지구별
오디세이

지구별 오디세이

니코스 하드지코스티스 지음

정수진 옮김

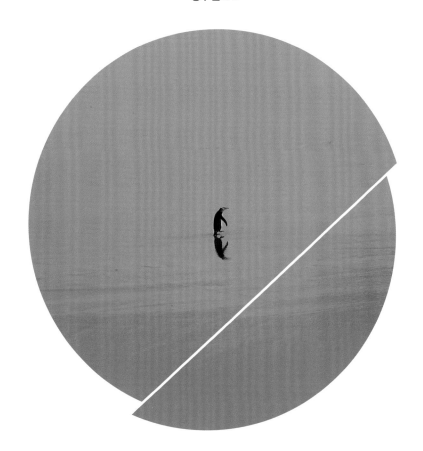

시그마북스
Sigma Books

지구별 오디세이

발행일 2018년 2월 1일 초판 1쇄 발행

지은이 니코스 하드지코스티스

옮긴이 정수진

발행인 강학경

발행처 시그마북스

마케팅 정제용, 한이슬

에디터 권경자, 김경림, 장민정, 신미순, 최윤정, 강지은

디자인 최희민, 조은영, 김미령

등록번호 제10-965호

주소 서울특별시 영등포구 양평로 22길 21 선유도코오롱디지털타워 A404호

전자우편 sigma@spress.co.kr

홈페이지 http://www.sigmabooks.co.kr

전화 (02) 2062-5288~9

팩시밀리 (02) 323-4197

ISBN 978-89-8445-958-8 (03840)

자유, 힘, 사랑 그 자체이신
나의 아버지에게 이 책을 바칩니다.

2005년 3월 뉴욕시티에 사는 친구들의 디너파티에 초대받았습니다. 손님 중에 그리스 키프로스에서 온 니코스 하드지코스티스라는 사람이 있었죠. 이틀 전 뉴욕에 도착했다며, 앞으로 미국을 샅샅이 여행할 계획이라고 했습니다. 그 후 니코스가 뉴욕에 머무른 한 달 동안 우리는 좋은 친구가 되었습니다.

니코스는 뉴욕을 중점적으로 둘러보았습니다. 역사적인 지역을 걸어 다니고, 미술관에도 가고, 사람들도 만나고, 뉴욕에서만 접할 수 있는 다양한 음식과 카페도 즐겼습니다. 뉴욕 주민으로서 저도 니코스가 진짜 뉴욕에서 산다는 게 어떤지 느낄 수 있도록 현지인만이 줄 수 있는 정보를 주고 뉴욕의 여러 면을 경험해보게 도와주었죠. 몇 주 후 니코스는 차를 빌려서 뉴잉글랜드로 떠났습니다. 그러더니 다른 지역도 여행하기 시작하더군요.

렌터카, 기차, 버스, 비행기로 미국을 다섯 달 동안 여행한 결과, 니코스 안에 내재되었으나 그때까지는 잠들어 있던 방랑벽이 깨어났습니다. 아름답고 다양한 자연 풍경을 보고, 미국 내 여러 지역 사람들을 만나고, 여행이 주는 자유를 누리던 니코스는 미국 너머의 세상도 여행하고 싶다고 했습니다. 어린 시절 배웠던 이국적인 문화(아즈텍, 마야, 잉카 문명 등)를 떠올리고 남은 유적을 직접 보고 싶어 했습니다. 세상의 다양한 자연 경관, 서로 다른 음식, 색다른 소리와 언어를 보고 듣고 경험하고 싶어 했어요. 새로운 방식으로 여행에 푹 빠져들어 보고 싶다는 강렬한 충동에 사로잡힌 니코스는 세계 여행이라는, 상당히 야심찬 계획을 세우기에 이르렀습니다.

미국 여행을 마칠 때쯤, 니코스는 세계 여행을 위한 첫 일정표를 만들고 저에게 편집을 해서 출력해달라고 부탁했습니다. 그는 여행할 때 노트북을 들고 다니지 않았거든요. 먼저 자연 경관, 문화, 역사를 바탕으로 가장 가보고 싶은 나라들을 목록으로 정리했습니다. 그다음에는 왔던 길을 되돌아가지 않고, 가는 길에 중요한 장소를 놓치지 않도록 여러 지점을 합리적으로, 최대한 조화롭게 연결해서 동선을 정했습니다. 이치에 맞도록 미국을 여행한 다음에는 중앙아메리카와 남아메리카를 여행하는 식이었습니다. 그런 다음에는 서쪽으로 향해서 남태평양, 오스트랄라시아, 아시아를 여행했습니다. 니코스의 미국 여행이 끝나갈 무렵, 제가 뉴욕의 카유가 호에서 니코스에게 건네준 첫 일정표에는 여행이 98주 만에 끝나도록 계획되어 있었습니다. 인도의 퐁디셰리에서 여행을 마칠 계획이었죠. 니코스가 존경해마지 않는 철학자 아우로빈도 고시의 유작을 연구할 수 있도록 아우로빈도 고시 사원에서 여행을 마치려고 했습니다. 그때쯤이면 마음속 방랑벽도 가라앉고 그가 삶에서 중요하게 여기는 영적, 철학적 문제에 집중할 수 있을 것이라 생각한 거죠.

하지만 실제로 겪어보니 세계 여행이란 우리 생각만큼 쉽거나 간단하지 않았습니다. 그렇게 체계적이고 꼼꼼하게 계획했는데도, 니코스가 처음 세운 계획들은 비현실적인 것으로 드러났습니다. 지구의 어마어마한 크기와 장기 여행만의 독특한 문제들 때문이었죠. 그래서 니코스는 순리에 따르기로 하고, 서서히 자신의 여행을 현실에 적절히 맞춰나가기 시작했습니다. 이런 이유로 니코스의 여행에 세 가지 큰 변화가 생겼고요.

첫째, 여행을 인도에서 끝내지 않기로 했습니다. 니코스의 강력한 의지와 남다른 호기심은 그가 인도에 머무르지 않고, 눈에 보이지 않는 자신의 발자국을 따라 세계 여행을 완주할 수 있는 동력이 되었습니다. 인도 여행 후 니코스는 북쪽의 티베트, 중국 서부, 중앙아시아의 실크로드, 중동, 그리고 아프리카까지 탐험했습니다. 여행을 마치기 전에는 이전에 제대로 돌아보지 못했던 유럽의 다른 나라들을 여행했습니다. 이렇게 니코스는 한 번의 여행으로 세계를 일주했습니다. 유럽에서 출발하여 서쪽으로 지구를 돌아 다시 유럽으로 돌아온 것이지요.

요즘 장기 여행, 세계 여행을 나서는 여행자들이 많아지고 있지만, 많은 수는 정해진 활동을 하는 데 그칩니다. 배를 타거나, 자전거를 타거나, 걷거나, 봉사활동을 하거나, 일하면서 세계 여행을 하다가, 집에 돌아오기 전에 휴식을 취하기도 합니다. 많은 경우 이렇게 정해진 활동이 여행의 중심, 또는 하이라이트가 되곤 합니다. 여행지와 문화에 대한 탐색은 뒷전으로 밀릴 때가 많지요. 이와 다르게 니코스는 세상의 모든 면을 경험하면서 여행하려고 했습니다. 왔던 길을 다시 되돌아가거나 정해놓은 여행 경로를 방해하지 않고서 말이죠. 이 책의 1장에서 소개하듯이 니코스의 목표는 지구 전체를 '하나의 여행지'로 간주하고, 지구 전체를 보는 것이었습니다.

둘째, 여행에 소요된 기간이 크게 달라졌습니다. 처음에 계획할 땐 98주를 예상했지만, 기간은 120주, 그다음엔 208주로 계속 늘어났습니다. 각 나라를 제대로 여행하려면 시간이 필요했고, 여행 수단을 바꾸지 않고서는 더 빨리 이동할 수가 없었습니다. 니코스는 금세 '여행의 목소리'에 귀 기울이게 되었습니다. 여행의 목소리가 여행 계획의 중요한 요소가 되었지요. 주변 상황과 여행을 맞추다 보면 모든 일이 조화롭게 잘 풀렸습니다. 버스 정거장에 도착했을 때 마침 버스가 들어오는 작은 일에서부터, 외딴 마을을 지나는 날이 1년에 한 번 열리는 축제 기간이라는 큰일에 이르기까지 일이 술술 풀렸죠. 그런가 하면 계획대로 되는 일이 없고 계속 방해물이 나타나면 니코스는 "균형이 깨졌다"고 말하면서 그 이유를 찾곤 했습니다. 다시 균형을 되찾을 수 있는 신호를 찾았죠. 균형을 되찾고 일이 술술 풀릴 때까지 일정을 계속 변경하곤 했습니다.

결국 니코스의 세계 일주는 339주가 걸렸습니다. 장장 6년하고도 6개월입니다. 뉴욕시티에 도착한 2005년 3월 15일부터 아테네 아크로폴리스의 언덕에 돌아온 2011년 9월 10일까지 여행은 계속되었습니다. 니코스의 예상보다도 훨씬 더 오래 걸렸죠. 다음 지도를 보면 니코스가 여행한 경로를 알 수 있을 겁니다. 이 책 맨 뒤에는 니코스가 여행한 나라의 목록도 첨부했습니다.

셋째, 니코스가 여행 계획을 수정하면서 생긴 마지막 변화는, 여행 파트너(바로 저죠!)를 구한 것이었습니다. 니코스는 애초에 혼자 세계 일주를 끝낼 생각이었지만, 결국 세계 여행의 많

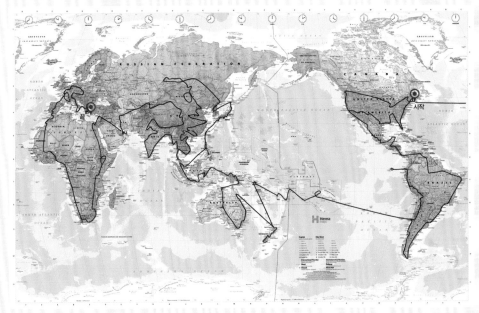

은 부분을 저와 함께했습니다. 처음에 니코스는 아메리카 대륙을 여행하고 저는 뉴욕에 살고 있었지만, 전화 통화를 하고 이메일을 주고받으면서 서로에 대한 신뢰가 깊어졌습니다. 니코스가 라틴 아메리카에 있을 때 저도 두 번 찾아가 몇 주간 여행했고, 아시아에서 다시 몇 달간 같이 여행했습니다. 2009년 태국에서 만났을 때, 니코스는 저에게 나머지 여행도 같이 하자고 제안했습니다. 저도 용감하게 그의 제안을 받아들였습니다. 우리는 서로가 소울메이트라 생각했고, 저는 니코스의 여행 파트너로서 나머지 2년 8개월간 아시아, 아프리카, 유럽 여행의 많은 부분을 함께했습니다.

이제 더 이상 혼자 여행하는 게 아닌 만큼, 제가 합류하면서 니코스는 여행 계획의 일정 부분을 조정하기도 했습니다. 저희는 여행이나 탐험을 바라보는 관점이 서로 같아서 성격이 잘 맞는 편이었어요. 하지만 같이 여행하는 중에도 서로 혼자라는 느낌을 받을 때가 있었습니다. 세상을 바라보는 관점이나 여행 경험이 항상 똑같지는 않았거든요. 다른 사람의 눈을 통해 세상을 바라보는 것도 상당히 흥미로운 경험이었습니다.

저 또한 예전에 혼자 여행을 한 적이 있었지만, 니코스와 함께한 장기 여행은 정말 새로운 차원이었습니다. 팡아만에서 로빈슨 크루소 스타일로 외딴 섬에서 캠핑을 하기도 했고, 미얀마 인레 호수에 있는 수상가옥에서 잠을 청하면서 외다리 뱃사공이 낚시그물을 던지는 모습을 보기도 했죠. 중국 청두 공원에서 자정에 중국인들과 춤을 추기도 했습니다. 모로코의 좁고 구불구불한 하이 아틀라스 산 속에서 대형 교통사고를 당하고도 무사히 살아나 알라신을 찬양하기도 했습니다. 프랑스 시골에서는 프랑스산 치즈의 풍미가 얼마나 다양하고 깊은지 배우기도 했습니다. 그랬던 순간들이, 그리고 그보다 더 많은 특별했던 순간들이 지금은 내 영혼에 깊이 새겨져 있습니다.

지금껏 설명했듯이, 저는 니코스가 어떻게 세계 여행을 하기로 했고, 계획을 세우고, 실제로 여행했는지 가까이에서 지켜보았습니다. 일정과 동선은 유연하게 정해놓고, 지식과 정보를 바탕으로 꼼꼼하게 여행 계획을 세우고 지켰습니다. 한 지역에 도착하기 전에는 책과 여행 가이드북을 읽고, 웹사이트와 포럼을 조사하면서 어디를 가보거나 제외할지 결정했죠. 무엇을 보고 싶은지 이미 알고 있었지만, 끊임없이 현지인들과 다른 여행자들의 의견을 구하기도 했습니다. 자기만의 공부와 틀 안에 갇히지 않기 위해서였습니다.

니코스는 하루하루를 구분했습니다. 여행, 공부, 계획, 휴식, 잡무 처리를 하는 날이 따로 있었죠(이 책 뒤의 부록 2에 자세한 내용이 있습니다). 한 달 중 보통 20일은 여행, 6일은 공부하면서 휴식, 2일은 계획, 그리고 2~3일 정도는 잡무 처리를 했습니다. 잡무를 처리하는 날은 보통 아주 새로운 경험을 하는 날이었습니다. 빨래하기기에 괜찮은 빨래방을 찾거나, 샴푸를 사려고 약국을 찾기도 했고, 신발 수선을 맡길 수선공을 찾으러 동네를 샅샅이 뒤지고 다니기도 했습니다. 잡무를 처리하며 일상을 새로운 관점으로 바라보게 되었고, 여행하는 날만큼, 어쩌면 여행하는 날보다도 더 신기하고 놀라운 경험을 하게 되었습니다.

이 책을 읽어보면 알겠지만, 니코스의 여행은 불교에서 말하는 중도(中道)를 따랐습니다. 이유는 두 가지였는데요. 하나는 숙소 때문이었습니다. 니코스는 럭셔리 호텔도, 배낭 여행자를 위한 숙소도 아닌, 중간쯤의 숙소를 선택했습니다. 어느 쪽도 장기 여행에는 적합하지 않앉기 때문이죠. 럭셔리 호텔은 금전적으로 제약이 될 수밖에 없고, 투숙하면서 노출되는 경험의 폭이 줄어들 수밖에 없었습니다. 배낭 여행자를 위한 숙소를 선택하면 장기 여행을 하는 데 체력적으로 힘들 수 있었습니다. 니코스는 40대 초반이었고, 몸만 누일 수 있는 아주 기본적인 숙소를 오랫동안 이용하기에는 무리가 있었습니다. 군대 시절을 다시 겪고 싶은 사람은 없을 테니까요. 따뜻한 샤워와 편안한 침대가 주는 적당한 편안함. 그런 편안함을 제공하는 숙소에서 묵는 것은 니코스가 여행을 지속하는 데 도움이 되었습니다.

니코스가 중도를 따른 두 번째 이유가 더 중요한데, 그것은 중도를 따를 때 현지 문화를 가장 잘 경험할 수 있다고 생각했기 때문입니다. 인도네시아 테르나테 섬 술탄의 궁전에서 술탄의 여동생과 차를 마실 때도, 솔로몬 제도에서 돼지 옆에 누워 바닥에서 잘 때도, 로마에서 클래식 음악회에 갈 때도 니코스는 현지인들과 어울리며 별다른 노력 없이 사회의 모든 계층 사이를 편안하고 자유롭게 움직였습니다. 심지어 어느 나라에서나 통하는 자기만의 보디랭귀지를 만들어내기까지 했습니다. 그리스식 손짓에, 중국식 표정, 원숭이 같은 소리를 내면서 말이죠. 그런데 어느 나라에서나 통하더라고요. 나중에 니코스와 중국 서부를 여행할 땐 저도 니코스를 따라서 무엇을 의미하는지 분명한 표정과 손짓으로 커뮤니케이션할 수 있게 되었습니다.

니코스는 사계절 여행에 꼭 필요한 물건들을 챙겨서 여행을 다녔습니다. 큰 빨간색 여행 가방 하나와 중간 사이즈 더플백에 짐을 다 넣어서 다녔지요. 어깨에는 메신저백 하나, 허리에는 현금 가방과 카메라를 지니고 다녔습니다. 마트에 갈 때 끌고 가는 바퀴달린 접이식 끌개 가방도 있었습니다. 작은 도서관 같았던 그 책가방은 무게가 10킬로그램 정도였습니다. 저희가 여행한 때가 아이패드 출시 이전이었던 만큼, 여행 책자와 미니 지도책은 저희의 필수품이었습니다. 하지만 책 대부분(니코스에게 꼭 필요하지 않은 필수품)은 니코스의 경험에 의미를 부여하기 위한 사치품이었습니다. 니코스는 여행하는 지역의 역사와 문화에 대한 책 외에도 항상 자신의 즐거움 또는 교양을 위해 철학책 등을 가지고 다녔습니다.

이 책가방에도 '수명'이 있었습니다. 책가방의 수명은 여행에도 영향을 미쳤죠. 미국, 페루,

모로코 세 곳에서 그야말로 바로 눈앞에서 니코스의 책가방을 도난당했습니다. 첫 번째 도난사건은 니코스가 미국을 6개월간 여행한 직후에 일어났는데, 그 때문에 미국에서 찍은 모든 사진이 다 사라져 버렸습니다. 그래서 이 책에도 미국 사진은 단 한 장밖에 실리지 못했지요! 지금 생각해보면, 이제 책 좀 그만 읽고 진짜 삶에 집중하라는 의미로 누군가가 니코스의 여행에서 책가방을 치워버린 것 같다는 생각도 듭니다. 책이 여행에 필요한 도구이자 정보의 보고인 건 당연하지만, 결코 실제 경험을 대신할 수는 없으니까요. 이런 상황에서 니코스는 가장 좋아하는 철학자, 프랭클린 머렐-울프를 떠올렸습니다. 우주의 주요한 기능은 바로 우리의 모든 노력에 저항하는 것이라고 했다나요. 니코스는 이렇게 설명했습니다. "우주가 저항할 땐, 우리도 저항에 저항해서, 처음부터 다시 시작하면 돼!" 그래서인지, 책가방을 도난당하면 바로 새 책가방을 챙기곤 했습니다.

여행하는 내내, 니코스는 두 개의 다이어리를 썼습니다. 하나에는 그날의 주요 활동을 간단히 적고 그날 본 광경이나 그날의 흥미로운 상황을 기록했습니다. 두 번째 다이어리에는 생각을 정리했습니다. 자신의 생각과 느낌을 정리했는데, 이 다이어리가 바로 이 책의 바탕이 되었습니다.

니코스가 세계 여행을 하면서 따랐던 '지혜로운 동선'을 이야기할 때, 2010년 니코스에게 닥친 비극적인 사건을 언급하지 않을 수 없습니다. 오만의 와디(우기 외에는 물이 없는 계곡)를 차로 여행하려고 준비하고 있을 때, 키프로스에서 전화가 한 통 걸려왔습니다. 니코스의 동생 앤디가 목숨을 잃었다는 소식이었습니다. 당시 앤디는 41세에 불과했습니다. 우리는 당장 키프로스로 날아가 가족과 함께하며 앤디의 죽음을 애도했습니다. 장례식을 치르고, 니코스는 가족 일을 돌보고 슬픔을 받아들이려고 애썼습니다. 4개월 후, 니코스는 동생 앤디도 아마 우리가 여행을 끝내기를 원할 것이라고 느꼈고, 우리는 여행을 마저 끝내기로 했습니다. 사실 니코스는 오만에서 키프로스로, 또 이집트로 이어지는 동선(앤디가 죽기 전 우리가 다음으로 가려고 했던 여행지가 마침 이집트였습니다)이 반드시 여행을 마쳐야 한다는 신호라고 생각했습니다. 니코스와 앤디의 관계는 흔히 볼 수 있는 형제간의 우애를 초월하는 끈끈한 유대감, 지

-
12

성, 사랑을 나누며 영적으로도 잘 맞는 관계였습니다. 니코스의 상실감은 말로 이루 표현할 수 없을 정도였지요. 그래서 어쩔 수 없이 남은 18개월간의 여행은 예전 같지 않게 어두운 그림자가 드리워졌습니다. 하지만 앤디의 모범적이고, 밝았던, 그리고 열정적이었던 삶은 우리에게 아주 단순한 진리를 다시 한 번 깨우쳐주었습니다. 우리 모두 지구 위에 존재하는 이 짧은 시간을 최대한 충만하게 살아야 한다는 것을.

이 책을 쓴 과정과 관련해서 한 가지만 덧붙이고자 합니다. 니코스가 이 책을 쓰기 시작한 것은 2012년, 완성한 것은 2014년이었습니다. 마무리 단계에서 저는 니코스에게 책의 내용과 구조에 대해 조언을 하기도 했습니다. 니코스는 이 시기에 자신의 생각을 발전시키는 데 온힘을 쏟아 부었고, 서로 다른 생각의 갈래를 하나로 묶어서 글로 표현하는 데 온힘을 기울였습니다. 니코스의 삶을 이끌어온 생각과 경험을 다시 떠올리며 카타르시스를 느끼는 과정이기도 했는데, 마치 15년간의 임신기간을 거쳐서 아이를 낳는 것 같은 산고의 과정이 아니었나 싶습니다. 여러 면에서 이 책은 니코스가 세상과 자신에 대해 질문하고 탐험했던 시기를 마무리하는 피날레와도 같다는 생각이 듭니다.

제인 카얀타스

들어가는 글

이 책은 나의 6.5년간의 세계 일주를 담은 결과물이다. 여행을 마치고 1년 후, 나는 그동안 작성했던 모든 일기와 노트를 들춰보며 어떤 내용을 공유할지 살펴보았다. 일기로 쓴 글 대부분은 내 안에 갇혀 있었고, 순간의 잔상을 남긴 것이거나 글을 써야겠다는 생각이 든 경험 바로 직후에 쓴 것들이었다. 책을 쓰면서 가장 어려웠던 점은 글을 썼던 당시의 신선함과 즉흥적인 느낌을 그대로 살리면서 새로운 책, 성격이 비슷하고 통일성을 갖춘 책 하나로 묶는 일이었다. 우선 몇 가지 주제에 맞춰 다이어리의 글을 정리하고 당시에 남겼던 대략적인 스케치를 바탕으로 새로 글을 쓰기로 했다. 그러자 새로 써야 할 글의 방향이 보이기 시작했다. 보통 작가는 따라야 하는 뼈대에 따라 글을 만들어내지만, 나는 그보다는 글이 '스스로 흘러나오도록' 두었다. 여행에 생명이 깃든 것처럼, 이 책도 원래 책을 만들려고 쓴 게 아니었던 글에서 스스로 생겨났다. 몇 년간에 걸친 작업에서 얼마나 내 생각과 글이 자연스럽게 어우러졌는지, 내 노력이 얼마나 성공적이었는지 나로서는 판단하기 어렵다. 그에 대한 평가는 그저 독자에게 맡길 뿐이다.

여행을 하면서 찍은 사진 일부와 독자의 시야를 넓혀주는 데 도움이 될 만한 사건들을 이 책에 일부 실었다. 여행 중에 일어났던 사건들을 소개한 '에피소드'는 책의 내용에 생생함을 더해줄 것이라 믿는다. 본문과 함께 읽어보면 책의 이론적 또는 실제적 내용을 구체화하는 데 도움이 될 것이다. 본문에서 사례를 소개할 때는 내 여행 경험에서 나온 생생하고 구체적인 예를 들려고 노력했다. 예를 들어 힌두교 장례식이나 브라질 카니발, 하노이 호텔에서의 논쟁 등이 그것이다. 사진, 에피소드, 실제 사례는 이 책의 이론적인 논의에 현실감을 더

하는 동시에, 나의 진짜 여행을 들여다보는 색다른 경험이 될 것이다. 이 책에서 나는 여행을 여러 개념으로 나누고 분석하며, 서로 다른 측면에 대해 고찰하고 있는데, 이걸 보면 여행이 여러 개념으로 따로 떼어내서 평가할 수 있는 별개의, 잘 정의된 대상이라도 되는 것 같다. 하지만 사실 여행을 다른 사람에게 완벽하게 전달할 수는 없다고 생각한다. 여행은 살아있는 경험이며 말과는 비교불가능[1]하다. 살면서 경험하는 만큼, 여행은 독특하고, 개인적이며, 커뮤니케이션할 수 없는 경험으로서의 지위qua experience를 갖는다. 자연, 민족, 사건, 감정, 생각은 단어와 문장으로 설명할 수 있다. 하지만 그런 설명을 진짜 여행과 비교하자면 그 관계는 '그냥 음악'과 '연주된 음악'과도 같다. 여행이라는 경험은 그저 생각만으로 이루어진 게 아니다. 실제적이고, 다차원적이며, 필수적인 경험이다. 삶의 진정한 방향성(예를 들어, 삶이 이루어지는 방식)과도 관계가 있다.

여행 경험을 다른 사람과 공유할 수 있는 방법이 있기는 한 걸까? 내 생각에 여행을 다른 사람과 의미 있게 공유하는 방법은 단 하나다. 여행에 대한 열정과 흥분을 표현해서 다른 사람들이 내 뒤를 따라 같은 경험을 하도록 영감을 주는 것이다. 내 길을 따른 누군가가 나와 비슷한 경험을 한다면, 바로 그 순간 여행이 진정으로 공유된다. 역설적으로 서로 다른 시점에 공유된다. 그리고 같은 여행, 여행이라는 마르지 않는 샘을 공유한 두 여행자 사이에 무언의 유대감이 형성된다.

그렇게 보면, 이 책은 여행 행위도, 여행 경험을 서술한 것도 아니다. 물론 책 곳곳에 그런 노력이 보이지만 말이다. 이 책은 여행 마지막에 나타난 나의 내적인 충동이자 자연스러운 욕구를 채우기 위한 것이다. 다른 사람들이 나와 비슷하게 장기로 세계 여행을 떠나거나, 최소한 대륙이나 여러 나라를 여행하도록 격려하고 영감을 주기 위해 쓴 것이다. 그러니 다른 사람들이 내 여행의 일부라도 따라 하는가, 또 자신만의 여행을 계획하도록 영감을 주는가에 따라 내 여행을 공유하는 데 성공했는지가 결정될 것이다. 책을 읽기만 한다면 부족하다. 독

---

1 비교불가능: 비교할 수 있는 공통의 특성이 없음. 예를 들어 무게(킬로그램)와 부피(리터)는 비교할 수 없다. 또는 그림과 음악처럼 현실적으로 완전히 다른 범주에 속해서 비교할 수 없는 것을 말한다.

자인 당신이 이 책을 읽었지만 소파에 그대로 앉아 있다면 내 노력은 허사나 다름없다.

이런 목표를 염두에 두고, 나는 현재 여행 중이거나 여행을 꿈꾸는 사람들이 장기 여행을 준비하고 계획할 때 도움이 될 만한 철학적 프레임워크를 만들려고 노력했다. 이 책은 (지금까지 없었던) '여행의 철학'에 관한 것이다. 하지만 애초에 '철학'으로 시작된 게 아니었기 때문에 잘 정리된 생각이나 체계적인 구조가 없다. 내가 존경하는 철학자이자 로마 금욕주의자였던 세네카의 서한과 비슷하다. 철학이라고 한다면, 논리적인 구조를 가진 철학이라기보다는 여러 생각이 상호의존적으로 서로 얽혀서 전체적으로 봤을 때 철학이라 부를 수 있어야 한다. 다시 말해 내가 말하려는 여행의 철학은 우리의 삶과 동떨어진 독립적이고 추상적인 철학이 아니다. 그보다는 나 개인의 인생 경험을 반추한 결과로, 체계적으로 정리되지 않은 생각들을 제시한 고대 철학자들과 비슷한 방식의 철학이라 하겠다. 나는 독자가 내 생각과 설명을 단순히 이해하는 게 아니라 느꼈으면 좋겠다. 내가 소개하려는 대부분의 철학은 3장, '새로운 여행 철학'에 담겨 있지만, 이 책 전체를 장기 여행과 인생에 대한 아주 긴 명상과 숙고의 결과라 봐도 무방할 것이다.

장기 여행을 떠날 마음의 준비는 되어 있지만 실제로 어떻게 해야 하는지, 또 여행하는 삶이 어떤지 궁금한 독자를 위해 원고에 부록을 두 가지 추가했다. 첫 번째 부록은 본문에서 소개한 개념을 바탕으로 어떻게 여행 일정을 짤 것인지 설명하며, 두 번째 부록은 세계 여행을 하는 여행자의 하루를 설명한다. 이 부록이 장기 여행에 대한 오해를 없애는 데 도움이 되면 좋겠다. 나는 여행을 묘사하는 여행 작가보다는 여행을 떠나라고 설파하는 선교사에 가깝다. 또 여행 철학자보다는 광고인에 가깝다. 하지만 실력 있는 선교사나 광고인에게는 아마도 여행가다운, 또는 철학자 같은 면도 있을 것이다. 그러니 나의 글에도 약간의 여행과 약간의 철학이 스며 있기를, 그래서 독자에게 전달되기를 바란다.

2016년 5월 그리스 나플리오에서

니코스 하드지코스티스

파르테논을 사서 집에 가져가겠다는 사람은 없다. 피라미드나, 마추픽추, 만리장성을 가져가겠다는 사람도 없다. 모든 위대한 기념물과 건축물은 인류 모두의 것이다. 물론 개인 소장품과 마찬가지로 원하는 만큼 감탄하면서 바라보고 즐길 수는 있다.

하지만 대상의 크기가 작아지기 시작하면, 갑자기 소유해야겠다는 '소유욕'이 생긴다. 땅이나 집이 필요하고, 미술 전시회에서 작품을 구입하고 싶어지고, 피규어, 도자기 꽃병, 기타 수백 가지 물건들이 갖고 싶어진다. '내 것'이라는 꼬리표를 붙이면 물건의 색깔, 구조, 품질이 영원히 바뀌는 것 같다. 하지만 사물에 이름이나 생각을 덧붙여도 사물의 본질은 아무것도 변하지 않는다. 소유를 표시하는 꼬리표를 붙이기 전과 같은 물건일 뿐이다.

사물을 소유한다는 개념은 역설적일지 모르지만 항상 크기와 관련이 있다. 우리가 소유하는 물건은 항상 인간의 몸과 주변 환경과 비교했을 때 크기가 적당해야 한다. 소유한다는 개념은 그저 작은 크기에서 비롯되는 환상이다. 하지만 이런 생각을 하지 않는 것은 우리가 자라면서 소유할 수 있는 건 뭐든지 소유하는 데 익숙해지기 때문이다.

하지만 사실 소유한다고 생각하는 모든 것은 어떻게 소유하는가? 예를 들어, 우리는 우리의 몸(인간과 관계된 모든 것을 측정하는 기본적인 기준)을 소유하는가? 우리가 우리 몸을 만든 건 아니잖은가? 간이나 뇌가 어떻게 기능하는지, 정신세계가 작동하는 원칙을 알고 있는가? 우리와 우리의 몸 사이의 관계를 제대로 설명하자면 사실은 우리가 지구에서 사는 동안 잠시 '빌렸다'는 게 맞다. 들이마시는 공기를 빌렸듯, 따뜻한 햇볕을 빌렸듯, 나라에 속할 뿐 누구의 것도 아닌, 어마어마하게 펼쳐진 땅과 바다와 마찬가지로 빌린 것일 뿐이다. 우리의 몸도 소유하는 게 아니라면, 사실상 우리가 소유하는 건 아무것도 없다. 재산으로 소유하고 물려받았거나 구입해서 내 것이라는 꼬리표를 붙인 것들은 내가 죽는 순간 이 땅에 남겨진다. 그러니 재산 또한 내가 살아있는 동안 빌린 것일 뿐이다. 옆집 사람이 모은 돈을 몽땅 털어서 산 집만큼, 내가 빌린 집도 빌린 동안은 내 것이 아니던가? 호텔 방에서 자는 동안은 집에서 내 방에서 잘 때처럼 소유하는 게 아니던가?

어떻게 보면, 우리가 소유한다고 생각하는 것들은 동네 호수보다도 '덜 소유하는' 것일지도 모른다. 왜냐하면 내 것을 소유하기 위해서는 공을 들여야 한다. 차나 집은 수리해야 하고, 잔디밭은 가꿔야 하며, 화단에는 물을 주어야 한다. 하지만 누구의 소유도 아닌, 주인 없는 호수는 아이러니하게도 모두의 것이다. 호수는 우리가 살아있는 한 계속해서 스스로를 돌볼 것이며, 아무런 노력을 하지 않아도 즐길 수 있도록 허용한다.

크기를 착각함으로써 시작되는 '소유'의 개념은 결국 사물을 '내 것' 또는 '내 것이 아닌 것'으로 나누게 하는 인공적이고도 잘못된 분류로 이어진다. 이런 분류법은 결국 인류에게 족쇄가 되어버린다. 이런 족쇄를 풀면 세상과 세상의 모든 것을 완전히 새로운 관점에서 바라볼 수 있다. 여행은 이렇게 소유라는 관습을 깨버리는 데 큰 도움이 된다. 여행이야말로 세상을 새롭게 '소유'하는 방식이라고 정의해도 부족함이 없다. 우리 한 명 한 명 모두가 지구를 소유할 수 있다.

나는 세상의 주인이다! 태평양과 대서양, 모든 큰 강과 숲의 주인이다. 하늘과 비, 별, 그랜드 캐니언, 페리토모레노 빙하, 그레이트 배리어 리프의 주인이다. 광활하게 펼쳐진 티베트 고원에 눈길이 가 닿은 순간 티베트 고원이 내 것이다. 시베리아 횡단철도로 시베리아 프레리를 지나며 감상하는, 수십 억 핑크색 데이지 꽃이 카펫처럼 펼쳐진 모습도 내 것이다. 내가 지나는 모든 나무 그늘도, 나에게 들리는 새 소리도, 모든 석양의 빛깔도, 바다 냄새도, 호수에서 춤추는 오리도 모두 내 것이다.

하지만 이렇게 전 세계 동서남북 끝까지 닿는 모든 것을 소유할 수 있는 행운은 여기서 그치지 않는다. 나는 인류의 모든 위대한 과학적 발명, 모든 문화와 국가에서 이룬 놀라운 성취의 주인이기도 하다. 라이트 형제가 발명한 하늘을 나는 기계는 나를 마드리드에서 뉴욕으로 데려다 주었다. 맥스웰의 방정식은 내 책상의 전구 속 인공 빛을 만들어냈다. 플라톤의 대화, 세네카의 서한, 모든 소유를 부정하는 부처님의 가르침은 내 생각에 깊이 스며들었다. 나는 모든 도시, 지금까지 전해지는 모든 전통, 모든 위대한 역사적 기념비의 주인이다. 나는 마추픽추의 비탈진 곳 풀 위에 누워 잉카 사제가 된 기분을 느낄 수 있다. 중국 황제가 그랬듯 베이징의 자금성을 거닐 수 있다. 위대한 피라미드를 경외하는 파라오이기도 하고, 실제 파라오가 즐기지 못했던 방식으로 피라미드를 즐길 수 있다. 아크로폴리스 발치에 서서 영원히 자리를 지키고 있는 가파른 절벽을 감상하는 고대 그리스인이다. 다른 교황들이 그랬듯 시스티나 성당에서 미켈란젤로의 걸작을 바라보는 교황이다.

우습게도 세상에는 주변을 울타리로 막고 눈에 잘 띄지도 않게 '개인 사유지'라는 팻말을 세워놓은 곳들이 있다. 스스로 자신을 그 안에 가둬두고자 하는 사람들은 그렇게 좁고 작은 땅에 만족하면 그만이다.

차 례

폭스 빙하에서 바라보는 석양(뉴질랜드 남섬)

PART 01

지구별 오디세이

여행이란 우물 밖으로 나오는 것.

나를 구속하는 소소한 편안함을 과감히 포기하는 것.

익숙함에서 벗어나 낯선 미지의 세계로 발걸음을 옮기는 것.

여행은 내면을 확장하고, 시야를 넓히며, 자신을 열어 보이게 한다. 두려움, 불안, 편견을 이겨내는 여정이다. 나의 과거와 현재를 한 발짝 떨어져서 바라보며, 세상이라는 큰 맥락에서 인생을 관조하는 것이다. 이미 형성된 '타자' 개념을 깨뜨리기 위한 맹렬한 싸움이며, 친숙하고, 내밀하며, 오랫동안 간직했던 믿음을 뒤흔들어놓기 위한 노력이다.

여행은 어린 시절의 상상력이 담긴 씨앗이다. 껍데기가 벌어지고 오랜 잠에서 깨어나 마침내 햇살을 마주한 씨앗이다. 다시금 자유롭게 풀려나 어디에도 구속되지 않은 영혼이기도 하다. 살아있고, 힘이 넘치며, 세상의 놀라움을 맞이할 준비가 된 영혼이다.

궁극의 대학

여행은 '궁극의 대학'이다. 삶의 모든 분야에서 가장 응축되고, 다양하며, 심층적인 '수업'을 해준다. 이론과 실제를 아우르는 유일한 대학으로, 지식과 삶의 조화를 추구한다. 호기심을 자극하여 천문학, 고고학, 지리학, 생물학에 이르기까지 새로운 지식을 접하고 빠져들게 한다. 존재조차 몰랐던 새로운 사회, 장소, 느낌, 의식으로 안내하는 문인가 하면, 존재 가장 깊은 곳까지 휴식으로 인도하는 길이기도 하다.

"책 만 권을 읽기보다 만 리 여행을 하라"는 중국 속담에 깊이 공감한다. 여행을 통해 얻는 지식은 심장 박동처럼 역동적이며 인간의 경험과 상호작용이 숨결처럼 배어 있다. 책은 다양한 분야의 지식을 얕게 이해하고 분류하게 한다. 즉, 1차원적이다. 하지만 여행은 다차원적이다. 인간의 정신적 영역에 흩어진 다양한 지식 분야를 엮어준다. '다른 나라'에 생생한 디테일을 더해주며, 새로운 소리, 냄새, 무한대로 펼쳐지는 온갖 상황을 경험하게 한다. 여행은 '궁극의 대학'일 뿐 아니라, 살아있는 단 하나의 대학이다! 셀 수 없이 많은 수업에서 인류가 축적한 지식과 경험을 가르침으로써 심지어 '대학'이라는 본래의 개념까지도 넘어선다. 여행은 가장 탁월한 교육이며, 그 어떤 기관이나 학습법보다도 우월하다.

이러한 '궁극의 대학'은 누구에게나 그 문이 항상 열려 있다. 누구든지 입학서류, 시험, 응시료 없이 입학할 수 있다. 여행의 모든 혜택을 누리지 못하도록 가로막는 장애물은 단 하나, 입학하지 않겠다는 본인의 결정뿐이다. 중국의 노자도 "천 리 길도 한 걸음부터"라는 말을 남겼다. 한 걸음만 내디디면 된다.

지구별 오디세이

인류 역사상 처음으로 세계 여행에 필요한 능력과 수단을 갖춘 사람이 수백만 명에 이르는 시대다. 그리스 역사가 헤로도토스, 로마 황제 하드리아누스, 한나라 여행가이자 황제의 특사였던 장건, 제임스 쿡처럼 한때 대담한 탐험가나 일부 귀족에게만 허락되었던 '여행'이라는 특권을 이제 중산층도 누릴 수 있게 되었다.

저렴한 항공료, 세계 구석구석을 촘촘하게 이어주는 고속도로, 도로, 철도 연결망, 어디에나 존재하는 숙박 시설까지, 이제 국가 간, 대륙 간 여행이 가능할 뿐 아니라 쉽고 저렴하게 즐길 수 있다. 시중에는 여행 책자가 넘쳐나고, 인터넷에서는 바로 접근할 수 있는 블로그도 많아서 여행 계획도 손쉽게 세울 수 있다. 대륙 하나나 둘 정도를 1년 동안 돌아보는 데 드는 여행 경비도 평범한 직장인들이 돈을 모아서 마련할 수 있는 수준이다.

과테말라 파카야 화산

더 이상 찾아 나설 대상이 없다. 발견은 끝났다. 탐험해야 할 미지의 세계가 없다. 세상의 모든 땅과 바다가 지도에 그려졌다. 정복해야 할 에베레스트도, 순록이 끄는 썰매로 가로를 남극 대륙도, 무슨 일이 있어도 이르려야 할 남극점도 없다. 정글 속에 숨은 마야 유적도 없고, 해석해야 할 상형문자도 없다. 모든 지도는 위성이 만든다. 모든 것이 사진으로 기록되었다. 모든 것이 연구되고 책으로 발간되었다. 위대한 도전도, 영웅적인 위업도, 미지의 세계도 없다. 모두 이미 누군가가 해냈다.

기를 쓰고 화산을 오르려고 하는 스무 살 배낭 여행자도, 요트를 타고 망망대해로 나가며 스릴을 찾는 중년도, 말을 타고 황야를 내달리는 노인 커플도, 빨간 여행 가방을 끌고 세계 여행을 떠난 나도, 결국에는 모두 돈키호테다. '돈키호테'라는 한 캐릭터의 변주일 뿐이다.

화산 꼭대기로 가는 길 중턱에는 기력을 잃었거나 겁먹은 사람들을 분화구까지 데려다주는 말이 택시처럼 대기하고 있다. 요트에는 물에 빠져도 죽지 않도록 구명조끼가 있고, 선장이 망망대해에서 길을 잃지 않도록 GSM 내비게이션이 있다. 승마는 지나간 시절을 추억하게 해주는 상술일 뿐이다. 비행기, 열차, 자동차에 몸을 실은 세계 여행자는 쥘 베른의 『80일간의 세계일주』에 등장하는 영국 신사, 필리어스 포스의 우스운 캐리커처나 다름없다.

주변을 둘러보면, 수많은 돈키호테들이 더 이상 할 일 없는 시대를 살아가려고 몸부림치는 것처럼 보인다. 알고 보면 풍차인 괴물에 맞서 용감하게 싸운다. 알고 보면 시골 여인숙에 지나지 않는 성을 정복하려고 든다. 우리 모두는 전형적인 영웅, 정복자, 탐험가의 세계를 경험하고 싶어 한다. 하지만 우리 시대의 모험, '티켓'을 사서 경험하는 모험은 모두 우리 마음속에 공고히 자리한 이미지를 대신하는 우스운 대체재일 뿐이다.

젖 먹던 힘까지 다해 내 앞에서 파카야 화산의 가파른 꼭대기를 기어오르는 스무 살 여성은 어린 시절 상상했던 신화를 온몸으로 느낀다. 세찬 바람과 출렁이는 파도에 맞서는 요트 선장은 최초의 탐험가들이 이겨내야 했던 자연의 위력을 느낀다. 배낭 여행자나 선장 모두 이미 오래전에 지나간 시대를 가상 체험하고 있다. 그중에서도 세계 일주를 하는 내가 궁극적으로는 가장 돈키호테에 가깝다. 세상을 새롭게 발견하고, 새롭게 탐험하며, 새롭게 지도를 그리고, 새롭게 이해함으로써 모든 걸 새롭게 경험하고 있으니 말이다.

어린 시절 들었던 영웅담에 우리도 등장했다면 얼마나 좋았을까? 위대한 역사적 사건에 우리도 어떤 역할을 할 수 있었다면 얼마나 좋았을까. 우리 모두는 탐험, 발견, 초인적인 위업을 경험하고 싶어 한다. 아시아를 횡단하여 알려지지 않은 중국에까지 이른 마르코 폴로가 되어 보고 싶다. 아프리카 깊은 곳을 탐험하는 데이비드 리빙스턴이 되어 보고 싶다. 끝없이 펼쳐진 태평양을 지도에 기록하는 제임스 쿡이 되어 보고 싶다.

하지만 그럴 수는 없다. 작고 약한 존재인 우리는 과테말라나 코스타리카의 아주 잘 정리되고 관리된 국립 공원에서 디즈니랜드를 누비듯 여행하는 데 그친다. 이것은 비극이다. 어쩌면 돈키호테보다도 더 우스꽝

스러운 모습이다. 우리가 살고 있는 세상은 우리 것 같지만 사실 탐험할 거리는 아무것도 남지 않은 세상이다. 우리는 상상 속 영웅들의 세계에 다가가려고 노력한다. 하지만 모두 실패한다. 영웅의 세계는 우리의 갈망 속에서만 존재하고, 현실 세계에는 결코 실재하지 않는 듯하다.

나는 오디세우스가 되고 싶었다. 어린 시절 사랑했던 고대 그리스 신화, 오디세우스 이야기는 나의 미국 여행에 의미를 더하고 여행을 계속하는 힘이 되어주었다. 신화의 결말에서 오디세우스는 그만 쉬기로 하고 평화로운 노년기를 보냈다. 네가 다시 리틴 아메리가 여행길에 오른 것처럼 처음부터 다시 시작하지 않았다. 신세계 중에서도 특히 아름답고 비극적인 여기 라틴 아메리카에서 사람들과 지내보니, 라틴 아메리카 어디를 가든 현재보다 과거가 더 화려하고, 영웅적이었다는 생각이 든다. 그리고 새로운 신화가 탄생하고 있음을 보게 된다. 고요히 앉아 나 자신을 정직하게 돌아보면, 나의 여행이 새롭게 다가온다. 웃기고, 작달막한 그리스인 중년 남자가 말에 올라타서 상상의 성과 괴물에 맞서 싸운다. 알고 보니 그저 풍차일 뿐이었는데도. 그렇다. 이제 확실해졌다. 내가 바로 돈키호테다.

예전 같으면 몇 달, 몇 년까지 걸렸던 여행 준비도 요즘은 몇 주면 끝난다. 여행 전체 또는 대부분을 미리 계획할 필요도 없다. 처음 몇 단계만 거치고 나면 나머지는 여행 중에 계획해도 된다. 장기 여행이 길어지다가 세계 일주로 바뀌기도 한다. 새로운 곳을 여행할 때면 마음속에 잠들어 있던 이븐 바투타[2]가 깨어나는 것 같다.

지구상의 모든 곳은 이미 누군가가 탐험했고, 지도로 작성했으며, 연구했다(26쪽 에피소드 1 '돈키호테'를 읽어보라). 하지만 그런 정보를 활용하는 사람은 그리 많지 않다. 예를 들어 이탈리아나 스페인을 여행하듯 진짜로 지구 전체를 여행할 수 있다고 생각하는 사람은 많지 않다.

잠시만 나라와 나라를 구분 짓는 국경선이 없다고 가정해보자. 국경선은 사실 지도에 그어진 선 또는 역사학자들의 머릿속에 존재하는 선일 뿐이다. 이 깨달음은 지구를 하나의 나라, 하나의 여행지로 인식하는 데 도움이 된다. 달이나 화성을 처음 탐

2 이븐 바투타(1304-1369)는 모로코의 여행가로, 역사상 가장 위대한 여행가 중 하나로 꼽힌다. 30년간 모로코에서 인도네시아에 이르기까지 이슬람 문화권을 여행하며 이슬람 국가 대부분과 비(非) 이슬람 국가 다수를 방문했다. 1354년 여행에서 돌아온 바투타는 모로코 통치자의 명에 따라 자신의 여행기를 예전에 그라나다에서 만났던 학자 이븐 유제이(Ibn Yuzzay)에게 받아 적게 했다. 그 책의 제목은 『도시의 경이로움과 여행의 놀라움을 그리는 이들에게 주는 선물(A Gift to Those Who Contemplate the Wonders of Cities and the Marvels of Travelling)』로 번역되었는데, 줄여서 '여행'을 의미하는 아랍어 '릴라(Rihla)'라 불리기도 한다.

사할 때 달이나 화성 전체를 목적지로 삼는 것과 마찬가지다. 다른 태양계에서 온 우주인이라고 가정하면 더 쉬울지도 모르겠다. 다른 별에 가려던 우주 여행자가 지나는 길에 지구에 몇 년 들렀다 가기로 했다고 생각해보는 것이다. 우주 여행자의 입상에서 보면 지구가 하나의 목적지가 아니라는 고정관념이 사라진다. 지구는 여러 나라의 집합체가 아니라, 다양한 자연 풍광과 아름다운 풍경, 셀 수 없이 많은 문화, 무수히 많은 동식물, 끊임없이 일어나는 사건을 담아내는 하나의 여행지가 된다. 그러면 비로소 굳게 결심하게 될 것이다.

"지구 전체를 봐야겠어!"

이미 몇십 년 전부터 20대 초반의 젊은이들이 유럽, 라틴 아메리카, 기타 지역으로 장기 배낭여행을 떠나고 있다. 물론 여행이 젊은이의 전유물일 필요는 없다. 단 몇 주만으로 여행을 끝낼 필요도 없다. 누구든 자금을 모으고 6개월이나 1년 혹은 그 이상 떠나는 여행 계획을 세울 수 있다.[3] 마르코 폴로의 발자취를 따라가 봐도 좋고, 하드리아누스 황제의 로마 시대 유적을 탐험해봐도 좋다. 그저 라틴 아메리카나 아프리카를 둘러봐도 좋다. 용감하고 대범한 사람이라면 마젤란을 따라 세계 일주를 떠나봐도 좋겠다.

지구는 우리가 상상할 수 있는 그 어떤 곳보다도 더 굉장하다. 전 세계적으로 중산층이 늘어나고, 여행 비용이 줄어들고, 비자 발급 같은 장애물도 사라지면서 세계 여행을 떠나는 사람들이 늘어나고 있다. 이러한 상황은 문화적 다양성에 대한 이해 증진을 부르짖는 사회 분위기에 힘입어 어느 순간 전환점에 이를 것이다. 그러고 나면 세계 여행은 21세기를 규정하는 가장 혁신적인 사회 현상으로 인정받을 것이다. 21세기는 인류 역사상 처음으로, 지구 전체를 여행하는 세기가 될 수 있다.

---

3 여행 경비를 마련하는 방법은 이 책에서 논하고자 했던 범위를 벗어난다. 롤프 포츠는 저서 『여행의 기술』 서두에서 이 문제를 잠시 짚고 넘어가긴 했다. 그는 장기 여행이 "통계학적인 수치, 즉 나이, 이데올로기, 수입 등과는 아무런 관계가 없으며 개인이 바라보는 관점에 달렸다"고 힘주어 말한다. "장기 여행은 대학생만의 전유물이 아니다. 일상 안에서 배우고자 하는 사람의 것이다. (중략) 장기 여행을 하려면 '현금 뭉치'가 아니라, 좀 더 자유롭게 세상으로 걸어 들어가려는 노력이 필요할 뿐이다."

지구상의 외계인들

지구 전체를 여행하는 것. 이것이 세계 여행자의 목표다. 조금씩 부분적으로가 아니라 지구 전체를 탐험하기 위해 떠나는 것이다. 딱히 정해놓은 목적지는 없다. 세계 여행을 하는 중에 우연히 머무르게 되는 곳이 목적지가 된다. 목표는, 지구의 영혼을 만나는 것뿐.

현대 교통수단의 발달에도 불구하고, 인류 대부분은 아직도 지구를 너무나 모른다. 얼마나 애석한 일인가. 우리 모두는 지구상의 외계인들이다! 세계 여행을 시작하면 얼마 지나지 않아 그동안 우리가 사는 지구에 대해 얼마나 무지했는지 깨닫는다. 세계 여행을 떠나는 순간, 외계 행성을 탐험하는 외계인이 된 것 같다니 얼마나 역설적인가.

진정한 여행은 언제나 미지의 세계에 대한 동경으로부터 시작된다. 세상에 대한 세계 여행자의 호기심은 끝이 없다. 여행자는 매일 자신이 얼마나 무지했는지를 깨닫고 겸손해진다. 한편으로는 세상에 대해 어림짐작했던 생각이 얼마나 틀렸는지 깨닫고 충격을 받는다. 그런가 하면 신세계나 태양계를 탐험하기 위해 지구를 떠날 필요가 없음을 알고 흥분하기도 한다. 바로 이곳, 우리가 알지 못하는 지구에서 여행자는 우주 여행자가 된다. 무한한 변주와 놀라움을 보여주는 수많은 작은 은하계를 탐험할 수 있게 된다.

우리는 모두 자신만의 우물 안에서 산다. 대부분 세상을 소설, 영화, 다큐멘터리를 통해서 '경험'하며, 외국과 외국 문화에 대해 서로 관련성이 없는 파편 같은 정보를 얻는다. 40인치 스크린을 통해 지구를 탐험하는 사람이 대부분이지만, 그들이 얻는 정보는 소소하고 평면적이다. 결국 그들은 세상의 정수를, 풍요로움을, 헤아릴 수 없는 경이로움을 알지 못하고 지나간다. 이렇게 표면적인 지식만으로 우리의 고향, 지구에 대해서 안다고 착각한다. 하지만 이건 정말 착각일 뿐이다.

뉴질랜드의 화이트 아일랜드

　꼭 직접적이고 다차원적인 경험을 해야만 이런 착각을 깨부수고, 여러 가지 가상 체험과 다른 '진짜 여행'을 할 수 있는 것은 아니다. 일단 여행을 떠나면 여행자의 정신세계는 곧 해체되고 새로이 재조합되는 과정을 거친다. 여행지에서 자신이 알던 지식은 죽은 지식이거나 현실과 완전히 다름을 알게 된다. 다른 나라와 사람들에 대해 갖고 있었던 생각 대부분이, 학교에서 배웠거나 책과 영화로 접했던 지식이 알고 보니 왜곡된 지식이었음을 깨닫는다.

　학교에서는 아즈텍 문명에도 베니스에 해당하는 운하의 도시, 테노치티틀란이 있었다고 알려주지 않았다. 에르난 코르테스가 그곳의 인공 운하를 흙과 돌로 메워버렸다는 것도 알려주지 않았다. 엄청난 대도시 테노치티틀란이 한때는 지구상에서 가장 큰 도시 열 개 중 하나였음을, 그곳에 당시 파리 인구와 맞먹는 사람들이 살고 있었음을 가르쳐주지 않았다(33쪽 에피소드 2 '틀라로크'를 읽어보라).

센트럴 오스트레일리아의 올가스 바위

　마야 문명의 도시에는 수만 명이나 살고 있었음을, 포장된 도로가 가득했음을, 다양한 색상으로 칠해진 건축물이 있었음을 가르쳐주지 않았다. 마야에는 책, 천문대, 의학과 과학이 존재했음도 알려주지 않았다. 마야인들은 무시무시한 뱀과 신비한 새들이 사는 빽빽한 밀림 속에서 문명의 꽃을 피웠던 것이다!

　가장 중요한 건, 학교에서는 마야, 아즈텍, 자포텍, 잉카, 기타 남미 토종 민족들이 비록 스페인에 정복당했을지언정 역사 속에서 사라지지는 않았음을 알려주지 않았다는 것이다. 이들의 문명은 아직도 존재하며 문화 또한 계속 이어지고 있다. 학교에서는 마야계가 과테말라 인구의 60퍼센트를 차지함을 알려주지 않았다. 페루 인구의 45퍼센트가 잉카인의 후예이며 또 다른 40퍼센트는 잉카계 혼혈인임을 가르치지 않았다. 그 이유는 이러한 문명들이 고등학교 교과서의 주석으로, 역사 수업의 강의계획서 구석으로 밀려났기 때문이다.

결국 모든 국가는 자국중심적이다. 자신의 이웃으로 구성된 소우주에 대해 배울 뿐이다. 다른 문화에 대해 배우고 다른 민족의 눈으로 세상을 바라보기 시작하면 그때서야 지난 몇 세기 동안의 '위대한 유럽 문명' 뒤에 사실은 훨씬 더 큰 현실이 자리하고 있음을 알게 된다.

유럽인 대부분은 학교에서 유럽 중심의 세계관과 지도로 교육을 받는다. 유럽이 세상의 중심이고 다른 문명은 유럽을 중심으로 돌아간다고 전제한다. 유럽 중심적인 역사관은 편견에 젖어 있으며 편향적이고 시야가 좁다. 다른 나라나 지역과 마찬가지로, 자기 나라를 중심으로 다른 나라를 평가하려는 경향이 있어 문제다.

이는 왜곡의 시작에 불과하다. 유럽인들은 그리스인과 로마인의 후예임을 자처하며 역사를 분명한 일련의 과정으로 서술한다. 고대 그리스와 로마에서부터 어찌어찌 15세기 르네상스에 이르고, 종교개혁과 계몽운동, 과학혁명과 산업혁명이 뒤따른다. 그럼에도 불구하고 객관적으로 보면 15세기 이탈리아의 피렌체, 영국의 튜더 왕조, 러시아의 표트르 대제와 고대 그리스 로마인 사이에 공통점을 찾기는 어렵다. 유럽을 인류 역사의 중심에 세우고 다른 나라는 유럽을 중심으로 돌아가게 하려고 했던, 매우 인위적인 구상이었다.

'발견의 시대'가 19세기 산업혁명으로 이어졌으며 거기에 유럽의 공헌이 컸음은 사실이다. 산업혁명은 20세기 정보혁명으로 이어졌고 말이다. 지난 5세기 동안 유럽에서 이룩한 수많은 발명, 발견, 사회 시스템은 다른 문화의 모델이 되었다. 우리가 세계화라고 부르는 현상은 유럽인(그리고 미국처럼 유럽 주변 문명인들이 함께)이 만든 아이디어, 행동 양식, 물질적 상품, 시스템을 중심으로 한다.

두바이의 쇼핑몰, 프랑스령 폴리네시아의 맥도날드, 브라질의 대학 강의계획서, 일본의 원전 시설, 뉴욕의 미슐랭 스타 레스토랑은 모두 유럽에서 비롯되었다. 우리가 입는 옷을 봐도 남성복의 셔츠와 타이는 영국인의 발명품이다. 다양한 패션 트렌드는 프랑스인과 이탈리아인이 만든다. 우리가 운전하는 차, 보는 영화, 먹는 음식 대다수는

멕시코 멕시코시티

틀라로크. 고대 멕시코의 비의 신. 나는 폐허가 되어버린 틀라로크의 피라미드 꼭대기에 우산을 들고 서 있다. 물론, 우리가 으레 상상하는 '피라미드'가 아니다. 그저 땅위에 나무 널빤지로 고정해 놓은 돌무더기일 뿐. 진짜 피라미드는 땅 밑에 묻혀 있다.

멕시코시티에 폭우가 쏟아진다. 오늘 아즈텍의 수도 중심에 있는 위대한 사원, 템플로 마요르를 방문한 이는 나뿐이다. 비열한 에르난 코르테스는 의도적으로 이곳을 현대 멕시코의 중심지로 바꿔놓았다. 내 오른쪽에는 국립궁전과 거대한 헌법광장이, 뒤에는 위풍당당한 메트로폴리타나 대성당이 자리한다. 모든 건축물 아래, 보기 흉한 콘크리트와 아스팔트 아래, 이 대륙에 존재했던 도시 중 가장 화려하고 웅장하며 놀라웠던 도시가 묻혀 있다. 신세계의 베니스, 아즈텍 문명의 불가사의, 전설적인 섬 도시, 테노치티틀란이 잠들어 있다.

내 바로 앞, 다른 유적과 떨어진 곳에 남자 형상의 페인트칠을 한 작은 석상이 나를 꿰뚫어볼 듯 응시한다. 양동이를 들고 있는 것 같다. 혹시 틀라로크는 아닐까? 자신의 위대한 도시를 뒤덮고 있는 회색빛, 지저분한 도시를 홍수로 떠내려가게 만들려는 것일까? 모든 쓰레기를 쓸어버려서 자신의 사원이 발굴될 수 있게, 그리고 테노치티틀란 중심에 서 있는 위대한 피라미드 전체를 드러내고 싶은 것은 아닐까?

우의를 입은 미술관 경비병이 빠른 걸음으로 나를 지나친다. 그의 눈빛이 '여기서 뭐하는 거요? 양동이째 퍼붓는 거 안 보여요?'라고 묻는 듯하다. 그는 모르는 게 분명하다. 오늘 이 사원은 내 것이다. 틀라로크는 이렇게 폭우를 쏟아 부으며 나에게만 말을 걸고 있다.

수많은 사원, 피라미드, 왕궁, 치남파(chinampa, 수중 성토지), 운하, 다리, 광장 중에서 지금까지 보존된 건 가로, 세로 30미터 정도 되는 돌무더기뿐이다. 그러나 오늘, 이 작은 유적, 그리고 이 유적에 깃든 영혼은 내 것이다. 비가 내리는 동안 나는 혼자 그곳에 서서 틀라로크를 기린다. 틀라로크를, 그의 사원을, 위대한 피라미드를, 테노치티틀란을, 그리고 지금은 존재하지 않는 위대한 아즈텍 제국을 기린다.

서양 또는 유럽 문명이라고 부르는 문화권에 뿌리를 두고 있다.

그럼에도 불구하고 세상 전체는 부분의 합보다 훨씬 크다. 역사적으로 보면, 지난 5세기 동안 유럽이 인류 사회에 미친 영향력은 전체 인류사를 놓고 보면 아주 작은 부분일 뿐이다. 이집트, 크레타, 바빌론, 중국에 이르기까지, 위대한 고대 문명은 이전에도 많이 존재했다.

고대 이집트 문명은 클레오파트라가 기원전 30년에 죽을 때까지 2,700년 동안

멕시코 멕시코시티

제비 하나가 날아오른다 * 잔인한 봄이여

태양을 돌려놓기 위해 * 어려운 일을 시작해야만 한다

죽은 자 수천이 * 바퀴에 던져지고

살아있는 제물도 * 피를 바칠 것이니

-오디세우스 엘리티스(그리스 시인)

멕시코시티의 국립인류학박물관. 다양한 형태와 크기의 석조상 가운데 내 눈을 사로잡은 것은 거대한 석조 바퀴였다. 갑자기 발아래 땅이 흔들리더니 우주가 기우뚱한다. 천체의 움직임과 매일 뜨고 지는 태양의 움직임이 불안하다. 우주를 관장하는 물리적 법칙이 사라졌다. 모든 것이 인간의 행동에 달렸다. 오랫동안 잊혔던 소리와 이미지가 되살아난다. 그들의 목소리를 들어보라!

1518년. 누더기를 걸친 전쟁 포로 수천 명이 테노치티틀란의 거대한 피라미드 아래 줄 서 있다. 멍하고 혼란스러운 표정은 특별한 의식을 앞두고 약에 취해 있기 때문이다. 피라미드 꼭대기, 틀라로크와 위칠로포치틀리 사원 사이에, 엄청나게 크고 복잡한 조각이 새겨진 둥근 석조 바퀴가 제단으로 세워져 있다. 제단 위 또 다른 돌 위로 첫 번째 제물이 밀쳐진다. 반쯤 약에 취한 제물은 자신에게 무슨 일이 일어나는지 알지 못한다. 사제 네 명이 제물의 다리를 붙잡고 다른 두 명이 손을 움직이지 못하게 잡는다. 가슴이 드러나도록 제물의 등은 돌 위에 바싹 붙는다. 화려하게 새 깃털을 붙인 머릿장식을 쓴 대사제가 흑요석을 갈아 만든 칼을 들고 제단으로 향한다. 발걸음이 가볍고 부드러워 마치 춤추는 것 같다. 완벽하게 자연스럽고, 감히 우아하다고 할 만한 동작으로, 대사제는 칼을 들어 제물의 가슴을 둘로 가른다. 심장이 아직 뛰고 있다. 두근, 두근, 두근… 수천 명의 제물을 희생시키며 완성시킨 기술로, 대사제는 한 치의 어려움도 없이 아직 뛰고 있는 심장을 거침없이 뜯어낸다. 양손에 쥔 심장에서 피가 솟구친다. 대사제가 외는 주문은 피라미드 아래 군중이 토해내는 함성에 묻히고, 대사제는 태양을 향해 제물의 심장을 들어 올린다.

태양은 위칠로포치틀리. 신들의 신, 지구의 모든 생명을 관장하는 주(主)신이다. 제물의 피가 닿아도 되는 몇 안 되는 고귀한 존재인 대사제와 군중은 이제 확신한다. 태양은 멈추지 않을 것이다. 태양은 내일도 떠오를 것이다! 제물의 피는 다른 제물의 피와 만나 강이 되고 우주의 바퀴를 돌린다. 군중은 믿는다. 위칠로포치틀리가 모든 반대세력을 이겨내기 위한 싸움에 필요한 힘을 얻기 위해 아즈텍 민족을 선택했다고. 그렇게 믿고 자부심을 갖는다.

아즈텍인은 태양이 불멸의 존재가 아님을 안다. 태양은 귀중한 생명의 음료인 인간의 피, '나와틀(nahuatl)'을 계속 공급받아야 한다. 살아있는 심장을 바치지 않으면 태양은 멈출 것이다. 매일 떠오르는 태양을 당연하게 여겨서는 안 된다. 태양은 강력한 아즈텍 제국을, 아즈텍은 태양을 필요로 한다. 아즈텍 제국과 태양이 서로의 생명을 유지시켜주는 관계로 얽혀 있어 하늘의 움직임, 낮과 밤의 전환, 생명을 주는 위칠로 포치틀리의 따뜻한 햇볕이 계속 유지되는 것이다.

심장을 빼앗긴 제물은 피라미드 밑으로 내던져진다. 시체가 피라미드 계단을 구르는 동안 그의 영혼은 한 마리 새가 되어 태양으로 날아오른다. 첫 번째 새가 위칠로포치틀리를 만날 때쯤, 다음 제물이 거대한 바위 위로 밀쳐져 신성한 바퀴에 오른다.

꽃을 피웠다. 중국 문명 또한 5,000년이나 번성했다. 최근 몇 세기 동안 보인 유럽인의 공헌은 인류의 기나긴 발전과 진화 속에서 보자면 가장 최근의 한 장을 채울 뿐이다. 업적 측면에서 보면, 지난 수천 년 동안 다른 문명에서도 유럽 못지않게 많은 산업, 과학, 기술 혁명에 기여해왔다.

농업, 저술, 건축, 도시 공학, 광업, 요리, 기타 다수의 과학과 예술, 대부분의 수학은 유럽인들의 발명품이 아니다. 철학만 해도, 철학의 발전을 이끈 것은 고대 그리스인과 현대 유럽인들만이 아니었다. 인도인들은 불교와 베단타 철학이라는 두 가지 심오한 철학을 발전시켰다. 2,500년 전, 지구에 존재했던 그 어떤 문명보다 더 정교한 도시, 사회 시스템, 인프라를 처음으로 고안해낸 것은 그리스나 로마인이 아닌 중국인이었다. 페르시아와 아랍 민족은 현대 기하학과 천문학을 만들어냈고, 모로코인 이븐 바투타는 처음으로 세계를 여행했다.

하지만 문명은 지식의 영역을 학교 수업 과목처럼 편리에 따라 명명하고 그룹화하는 데 그치지 않는다. 시(詩) 역시 문명의 일부지만 중국만큼 시를 많이 지은 곳은 없다. 유럽의 도시 여기저기에 장군과 정치가의 조각상이 세워져 있다면, 중국에는 아쉽게도 작품을 다른 언어로 번역조차 할 수 없는 위대한 시인들의 조각상이 가득하다. 문명에는 요리도 포함되는데, 요리라면 중국인들이 이미 몇천 년 동안이나 혁신적인 선구자 역할을 하고 있다.

문명의 수준을 가늠하는 또 다른 잣대는 '사람들이 얼마나 다른 구성원과, 또

전통 의상을 입은 케추아(Quechua, 잉카계) 여성(티티카카 호수에 있는 볼리비아 이슬라 델 솔)

자연과 조화를 이루며 살아가는가?'이다. 이는 이미 고대 금욕주의와 쾌락주의 철학자들이 논쟁을 벌였던 주제이기도 하다. 인도인들은 이 문제를 이미 수세기 전부터 요가와 탄트라라는 정교한 시스템을 통해 다루어왔다. 문명은 또한 특정 종교나 이데올로기가 국가 아이덴티티에 중요한 부분을 차지하는 국가들의 정교한 사회 시스템이기도 하다. 티베트 문화권, 독실한 이슬람 국가와 심지어 일부 물활론을 주장하는 사회들까지 이 범주에 속한다.

마지막으로 조금 이상하게 들릴지 모르겠지만 또 다른 예를 들어보겠다. 문명은 또한 '한 사회가 얼마나 이상을 일상으로 끌어들였는가?'로 논할 수 있다. 눈에 쉽게 띄지 않고 배타적으로 살아가지만 이런 측면에서 가장 강력한 업적을 이룬 민족이 바로 발리인들이다. 이들은 조화롭게 일과 예술, 영성을 일상에 엮는 데 성공했다. 인간 본성에 무수히 많은 면면이 있는데 한두 가지 면만으로 문명의 발전 정도나 문명의

볼리비아 라파즈의 전통 의상 가게

구성 요소를 판단한다면 자문화 중심의 편협한 시각에서 비롯된 습관이 튀어나온 것이다.

세계를 여행하다 보면 의식적으로나 무의식적으로 이런 생각을 많이 하게 된다. 세상에는 꼭 서양식 생활방식을 모방하려는 사회만 있는 것은 아니다. 소위 세계화 시대(유럽인과 미국인들이 유럽화라는 말 대신 선택한 용어)라고 하지만 사실 모든 게 세계화되진 않았다.

중국인들은 코카콜라나 맥도날드에 굴하지 않았다. 아직도 아름다운 중국식 정원에서 전통차를 마시고 수백 가지 요리를 파는 중국식 식당에서 식사를 한다. 인도네시아 청소년은 휴대전화로 문자를 보내고 동네 광장에 모여서 대형 스크린으로 챔피언스리그 축구 경기를 관람한다. 하지만 여전히 아침이면 집 근처 산호초 지역에서 낚시를 하고 수천 년 된 모스크에서 기도를 한다. 마젤란의 배가 처음 도착했을

인도네시아 술라웨시 중부지방에 있는 타나토라자의 장례식

때 그들의 선조가 그랬던 것처럼, 계절마다 육두구와 정향 열매를 따다가 티도레 섬 길을 따라 건조시킨다. 비틀즈의 음악을 듣긴 하지만, 매년 라마단 때가 되면 모든 이슬람 전통을 지키며, 이슬람 성가를 부른다.

　　세상은 한 가지 정신적 모델이나 특정 현대적 관점에 가두어서 이해할 수 없다. 지구의 역사는 과거의 시공간으로까지 확장되며, 지금 존재하는 것과 지금까지 존재해 온 것을 모두 포함한다. 세계를 여행하면 그동안 몰랐던 행성에서 살고 있었음을 알게 되고 의식하게 된다. 이에 따라 시야와 관심사, 공부하는 영역이 확장되어 지구 전체가 공유하는 역사와 문화까지 포함하게 된다. 처음에는 외계인으로 시작하지만, 결국에는 지구인으로 거듭난다. 진심으로 지구와 깊은 관련을 맺고, 결국에는 지구를 알게 되는, 흔치 않은 존재가 되는 것이다.

제물로 바쳐진 버팔로 중 하나. 인도네시아 타나토라자에서 며칠에 걸쳐 열리는 장례식 절차의 클라이맥스

스타트렉

모든 여행 중에서도 최고는 우주 여행이나 시간 여행이 아닐까? 그런데 가장 흥미로운 우주 여행이나 시간 여행이 바로 여기, 지구에서 가능하다니 참으로 역설적이다. 이미 탐험이 끝난 것처럼 보이는 지구지만, 지구의 중력을 벗어난 스타트렉 같은 느낌을 주는 수많은 세상이 지구에 존재한다. 누구든 장 뤽 피카드 선장이 이끄는 엔터프라이즈 호에 올라 "그 누구도 가본 적이 없는 미지의 세계로 떠나볼" 수 있다.[4]

알고 보니, 우주 여행은 우주선이 아니라 작은 배 하나면 충분했다! 보트에 올라타 방독면을 쓰고 뉴질랜드 연안 화이트 아일랜드를 방문하면 다른 행성, 그것도

4 SF TV 시리즈 〈스타트렉: 넥스트 제너레이션〉에서 가져왔다. 이 시리즈에서 장 뤽 피카드 선장과 대원들은 엔터프라이즈 호를 타고 "새롭고 이상한 세계를 탐험하고 새로운 생명체와 문명을 발견하기 위해" 우주를 여행한다.

움막에서 나오는 카로족 여성　　　　　암굴성당을 떠나는 신도들(성서의 시대, 에티오피아 랄리벨라)
(구석기 시대, 에티오피아 사우스 오모 밸리)

완전히 다른 태양계에 속한 행성에 도착한 것 같다. 이 행성의 중심은 좀 더 남쪽으로

내려간 뉴질랜드 북섬에 위치한 로토루아 화산 지대다. 김이 뿜어져 나오는 계곡, 호

수, 독특한 면면들을 경험해보라!

　　심플한 스노클링 마스크를 쓰고 다른 세상처럼 느껴지는 호주의 그레이트 배

리어 리프 지역을 탐험하든지, 인도네시아 술라웨시 북쪽 해안의 기이한 수직 암초를

탐험해보라. 마치 마법의 왕국에 들어선 것 같다. 심한 뇌우 속, 번개가 가득한 하늘에

아주 드물게 나타나는 자연현상인 '환등'도 탐험가의 열린 마음으로 보면 다른 세계로

향하는 문처럼 느껴진다.

　　우리에게 익숙한 의식과 너무 달라서 마치 다른 별에서 일어나는 일처럼 느껴

지는 문화행사도 있다. 발리인들의 특이한 의식, '끄짝Ketchak'에서는 합창이자 연극 형

태로 남자들이 불을 가지고 놀면서 야생 원숭이 흉내를 낸다. 술라웨시 중부의 타나

수백 년 된 무두질 공장(중세 시대, 모로코 페즈)

높은 미학 수준을 보여주는 현대적 쇼핑몰
(22세기, 일본 도쿄)

토라자 장례식에서 그들이 만들어내는 장관과 상황, 동물을 제물로 바치는 모습 등을 보면 여행자는 지구 밖 우주로 떠나온 듯한 느낌을 받는다.

더 신기한 건, 21세기에 살고 있는 우리가 시간 여행자가 되어 다른 시대를 방문할 수 있다는 점이다! 과테말라의 파카야 화산 같은 활화산에 올라보라. 코스타리카의 아레날 화산에서 분출하는 붉은 용암을 보라. 수백만 년 전 지구의 모습을 목격할 것이다. 마찬가지로 빙하 위를 걸어보라. 인류가 빙하기에 어떻게 살았는지 느낄 것이다. 모로코 페즈에 가보면 몇 세기 전 선조들이 살아온 그대로 일하며 살아가는, 살아있는 중세 도시로 여행을 왔음을 알게 될 것이다. 솔로몬 제도에서 구석기 시대를 사는 부족을 만나고 움막집의 울퉁불퉁한 바닥에서 돼지 옆에 누워 잠을 청한다면 인류의 과거를 여행하고 있는 것이다.

반대로 미래(이를테면, 22세기쯤)에 세상이 어떤 모습일지 궁금하다면 일본으로 떠나라. 단순히 기술적인 진보만을 의미하는 게 아니다. 일본인의 사회 풍습을 무심코 넘기는 사람들이 많은데, 그들의 자녀 양육 방식, 예의범절에 대한 정교하고도 상세한 규칙, 일상 업무에서 느껴지는 미학, 정교한 업무윤리, 고도의 책임감이 미래 인류의 모습을 보는 듯하다.

'현재 속에 자연스럽게 과거를 손에 잡힐 듯 실질석으로 느낄 수 있다'는 생삭은 데이비드 아텐버러가 이미 주장한 바 있다. 데이비드 아텐버러의 기념비적인 다큐멘터리 시리즈 〈라이프 온 어스(Life on Earth)〉[5]는 앞에서 설명한 시간 여행과 비슷한 아이디어를 바탕으로 탄생했다.

그는 지나간 모든 생물학적 시대의 생명체를 지금 지구에서 찾아볼 수 있음을 깨달았다. 생명체의 진화를 장황하게 보여줄 필요도 없었다. 그저 자연 속으로 들어가 지금 살아있는 각 시대의 종들을 촬영하면 됐을 뿐. 30~40억 년 전 지구에 나타난 단세포 생명체를 찾으려면 화산을 찾아가면 됐다. 가장 원시적인 형태의 해파리를 찾으려면 바다로 가면 됐다. 양서류 대표는 개구리를 촬영하면 됐고, 파충류, 조류, 포유류도 마찬가지였다. 자연 속에 과거 시대가 보존되어 있는 것처럼, 전 세계 다수 인간 사회도 과거 문화를 보존하고 있다.

하지만 과거 속에서 살아 보기 위해 꼭 머나면 곳으로 떠날 필요는 없다. 보통의 여행에도 이미 시간 여행이라는 요소가 상당히 포함되어 있다. 사람들이 로마의 고대 유적이나 중남미의 폐허를 찾아가는 이유는 어떻게든 놀라운 유적이 만들어졌던 시대로 떠나서 그 현장에 있는 듯 느끼고, 상상하고 싶기 때문이다(34쪽 에피소드 3 '위칠로포치틀리'를 읽어보라). 지난 몇백 년 동안 많은 지식인이 고고학적, 역사적인 장소를 찾았다. 이러한 장소가 상상력을 타오르게 하고 책에서 배운 지식을 과거의 시공간과 연결해주기 때문이다.

---

5 〈라이프 온 어스〉는 1979년 영국 BBC에서 방송된 자연사 다큐멘터리 시리즈로, 이후 모든 자연사 다큐멘터리의 기준이 될 만큼 지대한 영향을 끼쳤다.

너무 많은 이야기를 던졌나? 잠시 물러나서 좀 더 일반적으로 '여행'에 대해 생각해보는 시간을 갖자. 세계 여행과 세계 여행을 떠나는 여행자를 좀 더 큰 맥락에서 이해할 수 있게 될 것이다.

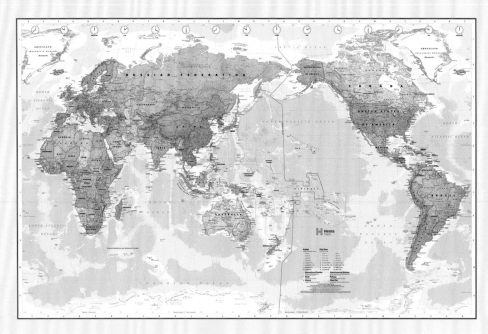

덧붙이는 글

지구의 초상, '지도'에 관한 논의

서양인은 대부분 유럽과 아프리카가 세상의 중심이라 생각하며 자란다. 미국은 왼쪽에, 아시아와 호주는 오른쪽에 있다고 생각한다. 역사적인 이유가 가장 크다. 유럽 탐험가들이 세계를 탐험하고 현대식 지도를 만들었기 때문에 세상의 중심에 유럽(자신들)을 두고 이를 바탕으로 현대식 세계 지도(유럽 중심 지도)를 발전시켰다.

유럽 중심 지도에서는 오른쪽의 유라시아와 아프리카, 그리고 왼쪽의 미국이 대서양을 사이에 두고 나뉘어 있다. 결국 이 지도에서 세상은 서로 다른 대륙 두 개로 나뉜다. 여기서는 이러한 유럽 중심 지도를 이용할 때 생기는 여러 문제를 살펴보고, 태평양 중심 지도가 세상을 더 적절하게 표현하고 있음을 밝히고자 한다.

1. 세상의 끝

15세기에 아메리카 대륙이 발견되기 전까지, 사람들은 수천 년 동안 대서양이 세상의 끝이라 여겼다. 유라시아 대륙과 태평양 일부가 존재한다고 알려져 있었지만, 마젤란이 항해하기 전까지는 아무도 태평양이 그렇게 어마어마하게 큰지 몰랐다. 역사적으로 대서양은 지구를 둘로 나누는 역할을 했다. 당시 알려지지 않았던 아메리카 대륙과 나머지로 나누었던 것이다.

역사적으로 거의 대부분 동안 세상의 '끝'이라 여겼던 곳에서 지도를 자른다는 것은 '역사적 관점'을 그대로 (간접적으로라도) 포용한다는 뜻이다. 한눈에 잘 드러나지는 않지만, 이는 아주 중요하고 의미 있는 문제다. 태평양 중심 지도는 지구를 태평양보다는 대서양에서 자른다. 세상을 어디에서 끊느냐, 라는 문제는 다음에서 논의하는 것처럼 더 큰 의미가 있다.

2. 여덟 번째 대륙

대서양과 달리 태평양에는 사람들이 사는 섬이 흩어져 있다. 지난 수천 년에 걸쳐 이 섬들에서 다양한 인류 문화와 언어가 발전해왔다. 각각 고유의 특성을 갖고 있으며, 문화적, 지역적으로 서로 연관되어 있다. 파푸아뉴기니에서 이스터 섬까지 걸쳐 있는 섬들은 태평양을 수놓은 진주 목걸이 같아 보이기도 한다. 태평양 제도의 섬들은 대륙에 속하지 않는 세상의 일부이지만, 사실은 '섬들의 대륙'을 이룬다고 할 만하다.

태평양 곳곳에 흩어진 외딴 섬들을 이제 제대로 바라볼 때다. 태평양의 섬들을 여덟 번째 대륙이라 부르면 어떨까?[6] 인구는 가장 적지만, 언어의 다양성은 가장 큰 대륙. 지정학적으로 가장 넓게 분포한 대륙. 가장 외딴 곳에 떨어진 시역이시만, 아마도 가장 친근하고 친절한 곳일 것이다. 지구를 평면 위에 표현하기 위해 어딘가에서 끊어야 한다면, 여덟 번째 대륙의 중간에서 끊는 것보다 대서양의 별 특징 없는 무인도에서 끊는 편이 낫지 않을까?

3. 지구의 주인공, 태평양

태평양 제도와 문화권의 단절만이 문제가 아니다. 유럽 중심 지도에는 태평양만의 중요한 특징도 반영되지 않는다. 태평양은 우리가 살고 있는 지구에서 가장 중요한 지형지물이다. 지구 표면의 32퍼센트를 차지하고 있으며, 가장 큰 대륙인 아시아 대륙보다 세 배나 크다. 지구상에 존재하는 모든 땅을 합친 것보다도 더 크다.[7] 지표면의 70퍼센트가 물에 덮여 있음을 기억하면, 태평양은 지구의 상징일 뿐 아니라, 지구를 규정하는 가장 중요한 특징이라 할 만하다. 태평양이 있기 때문에 지구는 우주에서 봤을 때 '푸른 별'이다. 태평양의 어마어마한 크기와 지구에서 물이 차지하는 비율은 태평양을 지도의 중심에 두었을 때 뚜렷이 보인다. 그렇다면 지구의 주요 특징이자 구성 요소인 물을 지구를 그려낸 지도의 중심에 두는 것이 마땅하지 않겠는가?

---

6 지구 위 대륙을 나누는 기준은 다분히 자의적이다. 유럽과 아시아 사이를 나눌 이유도, 아프리카를 수에즈 운하 기준으로 자를 이유도 없다. 호주를 대륙으로 간주하면서 그린란드는 안 된다고 할 이유도 없다. 이런 자의성에도 불구하고, 기존의 분류를 설명하는 다양한 역사적, 문화적, 지질학적 이유가 제시된다. 그래서 이와 비슷하게 논의를 통해 여덟 번째 대륙을 소개하기 위한 근거를 여기에 제시했다. 대륙의 숫자는 나라마다 다르게 채택하고 있다. 영어권 국가를 비롯하여 중국, 인도 등지에서는 대륙을 일곱 개로 구분한다(아시아, 북아메리카, 남아메리카, 아프리카, 유럽, 호주, 남극). 반면 스페인어권 국가를 비롯해 다른 나라에서는 북아메리카와 남아메리카 대륙을 하나로 간주해서 여섯 개로 구분한다. 이 책에서는 첫 번째 분류를 따랐다.

7 이 점이 지도에서 쉽게 드러나지 않는 것은 러시아, 캐나다, 그린란드 등 대륙의 북부 지역이 왜곡되어 실제보다 훨씬 커 보이기 때문이다. 예를 들자면 캐나다의 면적은 미국과 같지만, 지도상에서는 두 배로 커 보인다.

아후 통가리키의 모아이 석상(칠레령 이스터 섬)

4. 땅의 연속성

태평양 중심 지도에서는 아메리카 대륙이 유라시아 대륙에서 뻗어 나왔음을 즉시 알아볼 수 있다. 베링 해협 부근에서 두 대륙이 거의 맞닿아 있기 때문이다. 뿐만 아니라 세상의 모든 대륙은 호주와 남극 대륙만 제외하고, 서로 붙어 있는 하나의 땅덩이를 이룬다. 아프리카 케이프타운에서 시작하여 아르헨티나 티에라 델 푸에고에서 끝나는 하나의 땅덩이라니! 유럽 중심 지도에서는 이 점이 전혀 드러나지 않는다. 아메리카 대륙과 유라시아 대륙은 대서양에 의해 나뉜 게 아니라 베링 해협에서 이어진다.

가장 일반적으로 받아들여지는 인류학 이론에 따르면 인류는 아메리카 대륙으로 이동할 때 베링 해협을 따라 이동했다. 15,000년 전 마지막 빙하기에 얼음으로 덮여 있었던 베링 해협을 건넜는데, 두 대륙 간 80킬로미터는 당시 걸어서 건널 수 있었다. 한 가지 덧붙이자면, 앞으로 가까운 시일 내에 유럽의 채널 터널처럼 러시아와 알래스카를 잇는 터널이 생길 예정이다. 그렇게 되면 단절되어 있던 대륙들은 빙하기 시대의 연속성을 되찾게 될 것이다.

5. 판게아 이론과 초대륙

유라시아 대륙과 아메리카 대륙이 맞닿아 있는 것은 우연이 아니다. 지질학적으로 중요한 이유가 있다. 오늘날 각각의 대륙은 2억 년 전까지 하나의 거대한 대륙이었다. 그러다가 서로 갈라져서 거리가 멀어지기 시작했다. 엄청난 크기의 판게아(Pangaea, '전 지구'라는 뜻의 그리스어)는 모든 대륙이 갈라져서 별개의 대륙이 될 때까지 원래 하나로 붙어 있던 슈퍼 대륙이었다. 그렇기 때문에 아프리카 대륙 서해안이 남아메리카 대륙의 동쪽에 직소 퍼즐처럼 꼭 들어맞는 것처럼 보인다. 마찬가지로 아시아의 동쪽 해안은 아메리카 대륙의 서쪽 해안에 들어맞는다. 지구의 대륙이 원래 하나의 슈퍼 대륙에서 비롯되었음은 태평양 중심 지도를 봐야만 이해할 수 있다. 지도를 들여다보면서 거의 마음속으로 판게아를 다시 조합해볼 수 있을 정도니까.

6. 관점의 전환

유럽 중심 지도에는 드러나지 않는 지구의 중요한 특징이 또 하나 있다. 바다와 대비되는 육지의 모습이 그것이다. 태평양 중심 지도에서는 아시아와 아메리카 대륙이 북쪽 끝에서 서로 맞닿아 있으며, 남쪽 해안으로 갈수록 급격하게 멀어진다. 같은 극끼리 서로 밀어내는 자석마냥 이상한 '움직임'이 태평양이라는 깊은 틈을 만들어냈다. 태평양의 테두리는 아시아 대륙 동쪽 해안과 아메리카 대륙 서쪽 해안으로 그려져 있으며, 테두리에 자리한 지역은 최근 환태평양 지역으로 불리고 있다.

지도를 들여다볼 때 우리는 알록달록 칠해진 대륙과 국가, 도시에 집중해왔다. 아프리카, 호주, 아메리카 등 대륙은 주변을 에워싼 바다로 정의되고 형태가 정해진다고 생각했다. 세상은 아무 특징 없는 배경 위에 놓여 있는 대상이었다. 그 대상이 육지라면 배경은 똑같은 푸른색, 특징 없는 바다였다. 그냥 바다를 흰색으로 칠하고 지도에서 빼버렸어도 상관없었으리라! 그렇지만 의식적으로 노력하면 시각적으로 관점을 전환할 수 있다. 태어나서 처음으로, 태평양이 지구 위 어느 대륙보다도 크다는 점을 눈으로 볼 수 있게 된다. 이렇게 보면 꽃병, 저렇게 보면 마주보는 얼굴 두 개로 보이는 시각적 트릭처럼, 앞으로 나와 있던 육지가 배경으로 물러난다. 훌륭한 지리 선생님이라면 이런 연습으로 미래의 학생들에게 지구의 다양한 지물의 중요성과 관계를 제대로 알려줄 수 있을 것이다. 지구 대부분이 물이라는 점, 그리고 약간의 땅이 여기저기에 있음을 알려줄 수 있을 것이다.

지구는 '하나'였다. 대륙도 원래 하나였고 땅과 거대한 바다가 상호의존적이다. 이를 완벽히 이해하려면 태평양 중심 지도를 이용한 '관점의 전환'이 있어야 한다. 이것이 지구를 표현하는 지도로 태평양 중심 지도를 채택해야 하는 마지막, 그리고 아마도 가장 강력한 이유일 것이다.

구이린의 으스스한 카르스트 지형이 이강을 감싼 모습(중국 광시)

PART 02

세계 여행

여행하지 않는 사람 중에는 굳이 직접 외국에 갈 필요가 없다고 생각하는 사람들이 많다. 여행 관련 TV 프로그램을 보거나, 잡지를 훑어보거나, 책을 읽으면 충분히 외국에 간 듯 느껴지기 때문이란다. 이렇게 TV 앞에 앉아 여행 다큐멘터리를 보는 '소파 위의 여행자'는 지난 수십 년 전부터 등장했다.

자기 집 현관을 나서지 않고도 여행이 가능하다니! 이들은 여행을 '보는' 것이라 전제한다. 실제로 '가는' 대신 어떤 장소를 자기 집 안방으로 들여올 수 있다고 여긴다.

이것은 실수다. 절대 있어서는 안 될 실수다. 중국 이강 유람선에 올라 유람선을 에워싼 구이린의 카르스트 지형을 보면 생각이 달라질 것이다. 중국인으로 가득한 유람선에서 다른 세상 같은 이강의 풍경을 경험하는 것과 구이린에 대한 다큐멘터리를 보는 것은 사랑하는 사람의 사진을 보는 것과 실제 그 사람 곁에 있는 것만큼이나 다르다. 사진이든 영화든, 어떤 곳을 시각적으로 형상화하거나 말로 설명하면 직접 느껴보는 깊은 경험과는 너무 달라서 도저히 비교할 수가 없다.

사진에 찍힌 구이린과 직접 가서 느껴본 구이린은 비교할 수조차 없다. 프랑스산 치즈 플래터 사진을 보는 것과 직접 먹어보는 것에 비유할 수도 있겠다. 하나는 죽은 경험이요, 다른 하나는 산 경험이다. 진짜 치즈는 향과 질감, 맛이 풍부하다. 그러나 사진은 그저 치즈를 찍은 것에 지나지 않는다.

사람들은 구이린이 3차원적 우주에 실재하는 공간임을 잊기도 한다. 하늘을 머리 위에 이고, 진짜 강물이 땅을 통과하고, 농부들이 주변의 논을 간다. 디지털 재현이 아무리 뛰어나고 문학적 표현이 아무리 시적이라도, 실제 얼굴에 닿는 산들바람이나 흩뿌려지는 작은 물방울을 대신할 수는 없다. 어떠한 설명이든 기껏해야 실제로 소파에서 일어나 거기에 직접 가보면 어떤 느낌일지 알려주는 데 그친다.

중국 구이저우 시장 마을 외곽의 논

여행의 네 가지 종류

여행이라고 모두 같은 게 아니다. 여행은 네 가지 종류 또는 차원[8]으로 나눌 수 있다. 모든 나라와 문화는 여러 수준으로 경험할 수 있다. 이러한 '수준'은 '존재'의 서로 다른 측면에 해당한다.

　　예를 들어 일본이라면, 지금 존재하는 것만 경험하는 게 아니다. 일본을 깊이 이해하려면 일본 역사를 이해하고, 문화가 어떻게 발전했는지 알아야 한다. 시간을 들여 공부하고, 질문하며, 현지인과 상호작용해야 한다. 사찰, 영주의 성, 신도 사원, 가이

8 　차원이라는 개념은 수학의 '자유로운 정도'와 연결되어 있다. 상당한 우연이지만 굉장히 유용한 개념이다. 자유로운 정도는 여행자의 움직임이 자유로운 정도를 표현한 축의 숫자를 측정한다. 어떤 의미에서는 여행이 고차원적일수록 여행자의 자유도가 커진다(예를 들어 탐험의 자유가 커진다). 이 비유는 나아가 더 큰 의미도 갖는다. 여행이 고차원적일수록 여행자는 외국 문화의 더 많은 면면을 경험하게 된다.

일본 효고현 히메지 성과 성곽을 둘러싼 아름다운 정원

세키 식당을 방문하는 데도 시간을 투자해야 한다. 시간을 들이면 들일수록 일본 문화의 다양한 결이 보인다. 그러면 곧 세상을 일본인의 눈으로 보기 시작하고, 일본인으로 사는 게 어떤 느낌인지 알게 된다.

그럼 이제 여행의 네 가지 유형을 살펴보자.

일차원적 여행(특정 명소나 동선을 따라 움직이는 여행)

일차원적 여행은 가장 흔하고 널리 퍼진 여행 형태다. 특정 명소나 미리 정해지고 바꿀 수 없는 동선을 따라 움직이는 여행이다. 보통 도시 안의 한 곳에서 다른 곳으로 또는 한 도시에서 다른 도시로 움직이거나, 여러 곳에 걸쳐 하이라이트만 둘러보는 식이다. 문화적 경험 또는 현지인과의 실질적인 접촉은 없다. 보통 중요한 관광 명소를 방문하거나, 특정 문화에 대해 틀에 박힌 요소를 짧은 기간 동안 피상적으로 맛본다.

사실 이런 여행은 여행이라 부를 만한 가치가 없다. 여행의 모습과 구조를 갖췄지만 진정한 여행이 아니다. 집에서 영화를 보면서 세계의 풍경을 스치듯 느끼거나, 관광버스를 타고 한 나라를 둘러보거나, 편안히 자리에 앉아서 일차원적이고 피상적으로 외국 문화에 대해 알아보는 것은 모두 본질적으로 같다. 여행자는 보호막 안에 갇힌 채 역동적이고 살아있는 세상의 비, 소리, 냄새, 사람 간의 자연스러운 상호작용에서 단절되어 버리고, 방문한 나라에서 차가운 거리감을 느낀다. 알아듣지 못하는 외국어로 이야기하는 외국 영화를 보는 것처럼 말이다.

이런 여행은 (부정적인 느낌이 있더라도) '관광'이라 부를 만하다. 관광객은 즉각적인 욕구 충족과 엔터테인먼트를 원한다. 단체로 여행하거나 주변 여행을 위해 다른 사람들과 같이 움직이며, 육체적 편안함을 위해 호텔에서 자고, 조정의 여지없이 미리 정해진 일정에, 귀국 날짜도 정해져 있어서 바꿀 수 없다.

관광객에게 가장 중요한 건 관광 명소에서 사진을 찍거나, 관광업 발전을 위해 현지에서 일부러 만든 경우가 많은 문화 행사에 참여하는 것이다. 관광객이 외국 문화에 몰입하거나 관광업계에서 만든 디스플레이 윈도우 너머 진정한 현실에 빠져보기란 매우 어렵다. 무엇보다 관광객은 여행이 끝나도 아무런 변화 없이, 여행 전과 같은 사람인 채로 집에 돌아간다.

짧은 출장이나 한 도시로 떠나는 3박 4일 단체 여행이 이러한 여행의 예다. 부다페스트, 빈, 프라하를 돌아보면서 반나절씩 브라티슬라바나 쉰부룬 궁전을 다녀오는 10일짜리 클래식 중부 유럽 투어를 떠올려보라.

이차원적 여행(표면적인 여행)

가장 단순한 여행이며, 2차원의 표면으로 비유할 수 있다. '표면'이라는 말은 '표면적'이라는 말과 관계가 있으니, 가장 단순하면서도 다소 표면적인 여행이라 하겠다. 이런 여행에서는 투어 가이드나 여행사가 선택한 대로 아무런 연관성 없이 문화를 체험한다.

이차원적 여행은 독립적으로 이루어질 수도 있지만, 여정은 역시 미리 정해지고 변경할 여지가 별로 없다. 하지만 여행자가 주요 명소나 정해진 동선에 따라서만 움직이는 것은 아니다. 혼자 외부로 나갈 시간이 있거나 관심 분야를 탐구하고 동선을 바꿔보기도 하는 등 자유가 허락될 수 있다. 그렇지만 이렇게 표면적인 여행에서는 외국 문화를 가볍게 알아보는 정도의 경험만 가능하다.

이차원적 여행의 예로는 호텔을 미리 예약하고 떠나는 프랑스 남부지방 10일 여행이 있겠다. 이렇게 여행하면 프랑스 남부지방 아비뇽과 아를 같은 주요 도시뿐 아니라 시골과 마을 탐험이 모두 가능하다. 예약 등 모든 여행 계획은 여행사의 도움을 받을 수 있다. 여행 계획을 유연하게 하기는 어렵고 여정을 변경하기도 어렵다. 독립적인 여행자라면 프랑스 남부지방으로 떠나서 마을 사람들과 상호작용하고 파머스 마켓 등을 방문하면서 현지 문화에 익숙해질 수 있지만, 무언가 빠졌다는 느낌을 지울 수 없을 것이다.

삼차원적 여행(제대로 하는 여행)

삼차원적 여행의 목표는 지역의 특징을 보다 많이, 제대로 탐험해보는 것이다. 독립적인 여행자가 심사숙고 끝에 결정한 동선에 따라 여행한다. 여정은 거의 항상 유동적이며, '현장'에서의 발견과 관찰한 내용에 따라 원래 계획을 수정할 수 있다. 나의 경험에 비추어 말하자면, 삼차원적 여행을 하기 위해서는 보통 3주 이상 여행해야 한다. 외국 문화에 깊이 빠져들려면 출발 전에 미리 공부도 해야 하고 계획도 필요하다. 여행의 아주 작은 부분(왕복 항공편 등)만 미리 정하고, 외국 또는 지역을 여행하는 데 필요한 자유를 누릴 수 있다.

3주에서 몇 달로 이어지는 독립적인 장기 여행이 이 범주에 속한다. 예를 들어 '남아메리카 4개국을 버스와 자동차로 둘러보는 3개월간의 여행'은 제대로 하는 여행이다. 프랑스나 이탈리아를 2개월간 차로 여행하면서 시골 마을을 탐험하고, 중요한 장소와 기념물을 찾아가며, 파머스 마켓 등을 찾아 현지인들과 보다 깊이 있게 상호작용한다면 이 역시 제대로 하는 여행이다.

사차원적 여행(전체를 보는 여행)

가장 탁월한 여행이다. 사차원적 여행은 여행하는 나라의 영혼까지도 깊숙이 이해하는 것을 목표로 한다. 그러한 목표를 위해 타협하지 않으며 즐거운 순간만큼 고난도 많다. 또한 많은 사람들이 자주 오해하듯 결코 '휴가'라고 부를 수 없다. 매일 몇 시간씩 혼자서 교통수단, 음식, 숙박 계획을 열심히 세워야 하고, 끊임없이 발생하는 크고 작은 문제를 해결해야 한다. 무엇보다 여행지 문화를 깊이 연구해서 제대로 이해하려고 노력해야 한다. 외국의 모든 면이 연구 대상이다. 그다지 유쾌하지 않은 면에 도전하는 용기도 필요하다. 따라서 여행자를 피곤하고 지치게 하는 요소도 많고, 여행이 '진정한 일'이 된다.

사차원적 여행을 하려고 하면 관광업계뿐 아니라 아예 현대 인류의 발길이 아직 닿지 않은 외딴 곳으로 '주변 탐험'을 떠나도록 계획하고 실행해야 할 때도 있다. 이런 여행을 할 때는 항상 모든 순간에 정신을 집중해야 하며, 외딴 곳, 미스터리를 이해하기 위해 끊임없이 노력해야 한다. 여행의 끝이 언제가 될지 알 수 없고, 날짜가 정해져 있지 않다. 여행자는 항상 여행 계획을 바꾸고 다시 계획해서 여행지에서 배운 내용을 적용할 준비를 한다. 나도 출발할 때와 비교해보면 거의 항상 실제는 달랐던 것 같다. 전체 여정이 정해져 있다 하더라도, 꼭 따라야 하는 것은 아니다. 여행 일정은 대략적인 가이드일 뿐이다.

사차원적 여행은 기간이 훨씬 길며 보통 2개국 이상을 여행한다. 무한대의 자유를 누릴 수 있다. 완전히 새로운 광경, 소리, 냄새의 세상이 열리며, 세상을 바라보는 관점, 인류와 자기 자신을 바라보는 관점이 새로워진다.

사차원적 여행의 예로는 9개월간의 라틴 아메리카 여행이나 6개월간의 서아프

이오족 대가족(솔로몬 제도 센트럴 말라이타)

리카 여행을 들 수 있겠다. 이런 여행을 하다 보면 여행자는 기본적으로 혼자 알아서 여행하는 방법을 찾아내기 마련이다. 물론 모든 형태의 방랑[9]도 여기에 속한다.

세계 여행

세계를 돌아보는 세계 일주는 사차원적인 여행 중에서도 특별한 여행이다. 가장 야심 차고 폭넓은 여행이며, 따로 떼어놓고 생각해도 좋은 여행이다. 세계 여행자에게는 삶

---

9   방랑: 정해진 목적지나 날짜 없이 돌아다니는 것. 최근에는 롤프 포츠가 저서 『여행의 기술』에서 사용하면서 새로 조명되었다. 롤프 포츠는 방랑을 "(장기 여행을 염두에 두고) 여행의 자유를 누릴 수 있게 하는 삶의 방식"이라고 정의했다. 이 책에서는 '방랑'을 '여행을 위한 여행'과 동의어로 사용하였다.

티베트 유목민(중국 서부 암도 지역)

전체가 탐구의 대상이 된다. 가장 단순하고 평범한 경험에서부터 가장 복잡하고 기이한 경험까지, 경험의 모든 영역이 여행에 포함된다.

거부해도 될 만큼 사소하고 시시한 경험은 없으며, 피해야 할 만큼 지나치게 세련되거나 '하이클래스'인 경험도 없다. 세계 여행자는 자신이 머무르는 국가 또는 사회를 가장 완벽하게 이해하기 위해서 노력한다. 그렇게 완벽하게 이해하려면 금전적, 육체적, 시간적으로 쉽게 얻을 수 있는 대상만을 탐구하거나 자기가 관심 있는 영역만 탐구해서는 안 된다.

세계 여행자는 솔로몬 제도에 사는 부족을 찾아가거나 티베트 유목민들과 머무를 마음의 준비를 하고 실제로 찾아가려고 해야 한다. 다른 한 편으로, 필요하다면 대도시에서 열리는 클래식 음악회에 참석하기 위해서 정장을 차려입을 준비도 해야 한다. 브라질을 여행한다면 브라질 빈민가를 방문해봐야 하는 것처럼, 프랑스 문화를

과테말라 우스판탄

마야인의 후예가 사는 나라, 과테말라. 과테말라의 중심인 고산 지대를 가로지르며 코반에서 우스판탄까지 여행하는 미니버스에 올랐다. 내 옆에는 커다란 빨간색 여행 가방이 자리 잡았다. 이 가방을 내 옆에 앉히기 위해서 따로 버스표를 한 장 더 샀다. 안 그랬다면 내 가방은 미니버스 바깥 천장에 실렸을 것이고, 내 책들은 열대 폭우에 푹 젖어버렸을 것이다. 나와 내 가방은 사람들의 다리, 박스, 병, 알록달록한 마야 스타일의 담요와 바구니 틈에 끼어 있다. 짐 없이 12명 정원인 버스 안에 22명이 뒤엉켜 있다. 나는 사람들이 왜 이걸 '닭 버스'라고 부르는지 궁금했었다. 아무도 닭을 들고 타지 않았기 때문이다. 그런데 이제 알았다. 바로 우리가 닭이었다!

참으로 아이러니하지 않은가. 멕시코의 국조는 웅장한 아즈텍 독수리다. 벨리즈의 국조는 이국적인 큰부리새다. 과테말라의 국조는 별세계의 새 같은 케트살이다. 온두라스의 국조는 지구상에서 가장 알록달록한 새, 금강앵무다. 그런데 이곳에서는 현지인과 여행자가 모두 불쌍한 닭이 되어 버렸다. 빽빽이 들어찬 채 비좁고 낡고 더럽고 냄새나고 불편한 바퀴 달린 닭장에 실려 이 마을에서 저 마을로, 도로라고 부르지만 사실은 당나귀가 지나다니는 길을 이동하고 있다니. 독수리는 날개를 잃고, 큰부리새는 명랑함을 잃고, 앵무는 색깔을 잃고, 마야인이 신성하게 여겼던 케트살은 자유를 잃어버렸다.

이해하려면 파리의 고메 레스토랑에서 꼭 식사를 해봐야 한다. 파리의 값비싼 식문화를 반드시 경험할 필요는 없지만, 자신에게 익숙하지 않다는 이유로, 또는 비용이 많이 든다고 거부해서는 안 된다. 기회를 예산에 반영해두고 최소한 한 번은 특별한 경험을 함으로써 눈에 바로 보이지는 않지만 달리 경험할 수 없는 파리의 새로운 문화를 경험해볼 수 있다. 마찬가지로 불편하게 느껴지는 문화적 요소들을 회피해서는 안 된다. 너무 덥거나 너무 춥다는 이유로 특정 지역을 피해서는 안 되며, 불편하다는 이유로 비좁은 미니버스를 꺼려서도 안 된다(앞에 있는 에피소드 4 '닭'을 읽어보라).

　모든 것을 받아들이겠다는 열린 마음으로 각 지역과 문화에서 중심이 되는 요소를 받아들일 때 여행자는 세상의 모든 면을 진정한 의미에서 경험할 수 있다. 비용이 많이 들지 않아야 자기 스타일이라며 상류 문화를 회피하는 배낭 여행자나, 도시의 주요 지점을 현대식 관광버스로 편안하게 돌아봐야 하는 럭셔리 여행자는 모두 놓치는 부분이 많을 것이며, 현지인의 일상에 대해서 전혀 이해하지 못할 것이다.

그렇게 보면 '중용'을 따르는 여행이 최고의 여행이다. 지나친 사치와 편안함을 추구하지 않고, 돈에 집착하거나 거부하지 않는다. 여행이나 삶에 있어 모든 면에서 적절함을 추구하는 고대 그리스 철학이나 불교의 가르침은 이상적이다. 하지만 단순히 여행 모드 사이에서 균형을 잡는(예를 들어, 고급 vs 실속, 단순함 vs 복잡함) 문제만은 아니다. 그보다는 사회 안에 존재하는 이질적인 사회적 환경 속에서 얼마나 쉽게 이동할 수 있느냐가 문제다. 여행자가 사회 안에서 계층 간에 이동할 때 그 사회의 구성원보다 쉽게 이동할 수 있다면 이상적이다.

100년 전에 심리학자 카를 구스타프 융은 동료 심리학자들에게 다음과 같은 조언을 했다. 나는 이렇게 모든 것을 포용하려는 마음가짐을 세계 여행자의 만트라로 삼아야 한다고 생각한다.

"연구를 하려면 정확함을 요구하는 과학에서 벗어나 학자의 가운을 벗어놓고 그동안의 연구를 접어둔 채 인간의 마음을 품고 세상을 떠돌아야 한다. 끔찍한 감옥, 정신병원, 일반 병원과, 칙칙한 교외의 펍, 사창가, 도박판도 다녀야 하며, 우아한 사교모임이 열리는 살롱이나 주식거래소, 사회주의자들의 모임, 교회, 각종 종교 모임 등도 다녀야 한다. 그래야 인간의 몸에 찾아드는 모든 형태의 사랑, 증오, 열정을 경험할 수 있다."

단기 여행과 장기 여행

앞서 소개한 대로 여행을 네 가지로 나누지 않고 둘로 나눌 수도 있다. 일차원적 여행과 이차원적 여행은 단기 여행에, 삼차원적 여행과 사차원적 여행은 장기 여행에 속한다. 이차원적 여행과 삼차원적 여행 사이에는 엄청난 차이가 있다. 언뜻 생각할 때 단기 여행과 장기 여행을 구분하는 가장 중요한 요소가 경험의 풍부함이라고 생각하기 쉽다. 오랜 기간에 걸쳐 다양한 경험을 하는 것이 짧고 피상적인 경험을 하는 것보다 더 중요하기 때문이다. 경험이 풍부한가도 중요하기는 하지만 단기 여행과 장기 여행의 가장 중요한 차이를 설명하기엔 부족하다. 장기 여행의 또 다른 중요한 특징은 여행자가 떠나온 지점과의 거리다. 여기에는 두 가지 측면이 있다. 하나는 집에서 떠나온 거리, 즉 킬로미터로 측정된 거리다. 다른 하나는 '시간'이다. 단기 여행과 장기 여행의 차이를 이해하고 설명하기 위해서는 이 '시간'이라는 요소에 주목해야 한다.

경험을 발효시키는 이스트, 시간

시간은 여행에서만 중요한 요소는 아니다. 20세기 실존주의 철학자들의 주장처럼, 인간이 살아가는 환경에서 시간은 공간보다 중요하다. 시간은 공간과 함께 현실을 이루는 구성요소다. 물리적인 우주를 구성하는 아인슈타인의 시공간 연속체에서 말하는 사차원이며, 인간의 모든 사건, 진화, 역사의 단위다. 또한 인간의 모든 행위가 이루어지는 배경, 영원히 지속되는 배경이기도 하다.

시간은 경험을 발효시키는 이스트 같은 역할도 한다. 시간이 지나면서 경험은 소화되고, 흡수되고, 자아와 통합된다. 인간은 단 몇 주나 몇 달을 살다가 가는 나방이 아니다. 90년에서 100년까지도 산다. 인간의 수명은 시간이 지나야 성장하는 우리의 성장 방식과 연계되어 있다. 인간은 만으로 16년에서 18년을 살아야 비로소 성인이 되며, 반백년은 되어야 자신의 잠재성을 충분히 드러낸다. 이런 종인만큼, 무엇이든 배우고 이해하는 데 시간이 걸린다.

이게 여행과 무슨 관련이 있을까? 단기 여행은 '시간 속에 존재하는' 인간의 특성에 어울리지 않는다. 인간의 감각을 압도해버리는 단기 여행의 속도는 여행지의 새로운 요소를 흡수하고 삶 속에 받아들일 기회를 주지 않는다. 시간이 있어야만 가능한 '경험의 발효'가 이루어지지 않기 때문에, 새로운 세상에서 겪은 경험이 소화되지 않고, 우리의 내면 깊은 곳에까지 이르지 못한다.

장기 여행을 해야 시간이 경험을 발효시키는 이스트 역할을 하기 시작한다. 여행 기간이 길어져서 무언가를 배우는 데 시간이 걸리는 인간과 조화를 이룰 때에만 여행 경험이 인간의 정신세계 깊은 곳까지 영향을 미치기 시작한다. 시간을 빠르게 가게 하거나 완전히 뛰어넘을 수는 없다. 어린아이가 사춘기를 건너뛰고 어른이 될 수 없는 것과 같다. 사람을 변화시키는 시간은 단기 여행과 장기 여행을 구분하는 가장 큰 특징이며 장기 여행을 특별하게 하는 요소다.

세계 여행자의 깨달음

장기 여행을 하면서 일정을 따라 계속 나아가고 원래의 일상에서 시간적으로 멀어지다 보면 새로운 삶이 크게 다가오기 시작한다. 원래의 삶은 물리적으로, 심리적으로 희미해지기 시작하고, 여행자는 문화, 양육, 교육의 제약 없이 비로소 자유롭게 세상을 누빌 수 있게 된다. 마치 여행자와 그의 나라와 문화를 연결하는 탯줄이 끊어진 것처럼 말이다.

여행을 떠나고 시간이 흐르면서 여행자는 깨달음을 얻고 변화하게 된다. 동시에 이해의 폭이 넓어지고, 느끼고 보는 감각이 새로워진다. 세상과 자신의 관계, 여행과 자신의 삶 간의 관계가 새롭게 정립된다. 장기 여행 중에 얻는 깨달음은 다양하지만, 그중에서도 여행자가 반드시 맞이하는 핵심적인 깨달음이 있다. 이런 깨달음은 오랜 시간에 걸쳐 여행자에게 일어나는 변화를 보여주며, 시간이 어떻게 사람을 변화시키는지 보여준다. 깨달음을 얻는 순서는 여행, 여행자의 성격, 나이, 배경에 따라 달라지는데[10] 여기에서는 장기 여행에서 얻게 되는 깨달음 여섯 가지를 자세히 살펴보도록 하자.

세상은 어마어마하게 크다

세상은 어마어마하게 크다! 세계 여행자에게 가장 먼저, 가장 충격적으로 다가오는 깨달음이다. 사람들 대부분이 생각하는 것보다 정말 얼마나 더 큰지! 우리는 자라면서 각자의 나라에서 사용하는 자와 단위로 거리를 측정한다. 지구에서 두 번째로 작은 유럽 대륙에 살면서 로드(rod, 길이의 단위로 1로드는 약 5,029미터) 단위로 프랑크푸르트에서 파리까지, 로마에서 빈까지의 거리를 측정하는 유럽인들에게 비유럽 국가들의 크기는 정말 상상을 초월할 정도로 크게 느껴진다. 다른 나라의 크기에 별로 놀라지 않을 미국인이나 중국인들도, 여행을 하다 보면 엄청나게 커 보이던 자신의 나라도 훨씬 더 커다란 세계의 아주 작은 일부임을 곧 알게 될 것이다.

멕시코가 독일보다 다섯 배나 크다는 것을 아는 사람은 그다지 많지 않다. 브라질이 그린란드와 러시아를 제외한 유럽 전체 크기와 비슷하다는 것을 아는 사람도 거의 없다. 거대한 중국 옆에 자리한 일본은 영국과 크기가 비슷해 보이지만 사실은 독일보다 크다. 눈에 잘 띄지 않고 지도에서 거의 보이지 않는 남극 대륙은 사실 아프리카의 절반 크기다!

사람들은 지도는 반구를 평면 위에 인위적으로 그려놓은 것이고, 지도 위 그림은 거의 대부분 왜곡되었음을 잊는다. 지구의 크기, 지구상의 육지와 대양의 상관관계

10　이러한 깨달음은 저자의 경험을 바탕으로 정리했다. 모든 사람이 이와 같은 깨달음을 얻지 않을 수도 있고, 여기에 설명한 깨달음 외에 다른 깨달음도 있을 수 있지만, 여기에 언급한 것은 아마 세계 여행자 대부분이 어느 정도는 공감하는 깨달음일 것이다. 깨달음의 순서는 저자가 여행 중에 느낀 순서대로 소개한다.

푸르르게 경작된 밭과 황량한 히말라야가 대비를 이룬다. 티베트 불교인들이 모여 사는 인도 라다크의 흔한 여름 풍경

를 이해하고, 더 중요하게 느낄 수 있도록 도와주는 지도를 대체할 만한 삼차원적인 지구 모형이 없다. 삼차원적인 지구를 자세히 들여다보면 유럽이 얼마나 작은지(지표면의 겨우 2퍼센트에 해당한다), 유럽이 얼마나 북쪽에 위치해 있는지 즉시 알아차리게 된다. 아프리카가 평면 지도에 그려진 것보다 훨씬 더 크며, 호주가 사실은 브라질보다 작다는 것도 알게 된다. 지구를 제대로 들여다보면 (세계 여행자가 탐구하는 주된 대상인) 대륙이 사실은 지표면의 3분의 1에 지나지 않는다는 것을 깨닫고 충격을 받는다.

세상에서 모든 것을 얻는다

설산의 사자는 눈 덮인 산에서 얼어 죽지 않는다

독수리는 하늘에서 떨어지지 않는다

노란 모자를 쓴 거루파 수도승들이 중국 서부 암도 지역의 티베트 라브랑 사원에 들어가기 전에 노래를 부르고 있다

물고기는 물에 빠져 죽지 않는다

수행자는 굶어 죽지 않는다

그러니 살면서 찾아오는 근심 걱정은 내려놓기를!

앞날에 대한 계획도 접어두기를!

-샵까르[11]

세상의 모든 생명체는 주변 환경에 적응하는 덕분에 존재한다. 모든 생명체는 생존, 성장, 번식에 필요한 모든 것을 자연에서 제공받는다. 인간 또한 생명체이기 때문에 모든 인간은 이와 비슷하게 자연이 돌보아준다. 늑대가 사슴을 찾고 찾아내듯이, 새

---

11 샵까르 쪽둑 랑될(Shabkar Tsokdruk Rangdrol, 1781-1851)은 세상을 떠돌던 티베트 불교 수행자이자 시인이었다. 이 시에서 샵까르는 외딴 곳에서 홀로 수행하던 젊은 수행자들에게 가르침을 주고 있다.

수도승들이 사원에 들어가고 벗어놓은 부츠만 남아 있다

가 씨앗을 찾아내듯이, 인간도 몸과 마음이 원하는 것을 찾아낸다. 앞의 시에서 샵까르는 아주 단순한 표현으로 죽음의 공포, 필요가 충족되지 않을지도 모른다는 공포에는 근거가 없다고 말한다. 평정심을 갖고 고요한 눈으로 명백한 자연의 이치만 봐도 두려워할 이유가 없다는 것이다.

그럼에도 불구하고 미지의 세계에 대한 두려움 때문에 지구 위 인구의 대다수는 여행을 하지 않는다. 필요가 채워지지 않을까 봐, 혼자 무력하게 세상을 떠돌게 될까 봐 두려운 마음이 가장 큰 이유다. 여행을 하는 대다수의 사람들조차 자신이 편안하게 느끼는 영역을 떠나지 않은 것 같은 느낌이 들도록 여행한다. 단체 관광을 떠나는 여행자 대다수는 돈을 아끼기 위해서뿐만 아니라 안전하다고 느끼기 위해서, 그리고 나쁜 일이 일어나지 않을 것이라 확신하고 싶어서 단체 관광을 선택한다. 현대의 단체 관광업계 뒤에는 미지의 세계에 대한 은근한 두려움이 자리하고 있다. 여행자가 느끼는 두 번째 두려움은 통제력을 잃는 것이다.

현대의 여행사나 투어 가이드는 두 가지 두려움을 모두 해결해준다. 여행지의 사진을 보여줌으로써 미지의 세계를 아는 것처럼 느끼게 한다. 그리고 여행 일정을 통제함으로써 통제력을 잃을까 봐 두려워하는 여행자의 두려움을 해소한다. 정해진 일정과 상세한 스케줄을 제공하는 것이다. 여행자는 돈을 주고 자유를 포기하고 여행에 대한 안전과 통제라는 환상을 산다. 하지만 그렇게 함으로써 역설적으로 여행자는 자신의 여행을 자신이 통제할 수 없는 여행으로 만들어버린다. 이미 모든 것이 다른 사람의 손으로 계획되어 있기 때문이다.

샵까르의 시가 대단한 점은 미지의 세계에 대한 두려움을 극한, 즉 죽음의 공포로까지 표현했다는 점이다. 모르는 대상 때문에 나에게 일어날 수 있는 가장 나쁜 일은 무엇일까? 당연히 죽음이다! 두려움 중에서도 가장 큰 공포가 "물고기는 물에 빠져 죽지 않는다"는 관찰을 통해서 해소되며, 곧이어 이러한 삶의 원칙이 보편적으로 적용된다는 점을 깨닫게 되면 그보다 약한 두려움은 당연히 모두 사라진다. 죽음도 두렵지 않게 된다면 무엇을 두려워하겠는가? 샵까르의 시에는 통제력을 잃는 데 대한 두려움도 은근히 나타나 있다. 샵까르는 시에서 자연이 자연에 속하는 모든 것, '세상 만물'을 영원히 통제한다고 했다. 사실 사람에게는 통제권이 없다. 자연이 통제한다. 그리고 자연은 우리가 필요로 하는 것을 항상 내어준다. 자연을 우주라고 보고, 자연의 지속하는 힘을 종교에서 이야기하는 신의 섭리라고 봐도 무방하다. 신의 섭리는 어디 멀리 있거나 천상에 존재하는 것이 아니다. 손에 만져질 듯 실재적이며 우리 존재 전체를 감싸는 것이다. 숨 쉬는 공기든, 먹는 음식이든, 우리를 지탱해주는 모든 것은 이러한 섭리의 일부다.

신의 섭리 중 가장 높은 지위를 차지하지만 우리가 쉽게 인지하지 못하는 것은 바로 우리 인간이다. 사회적 존재로서 우리는 사회 속에서 자라고 커뮤니티에서 힘을 얻는다. 세상 사람들의 압도적 대다수는 내가 도움이 필요한 것처럼 보이거나 직접 도

미국 뉴욕시티

뉴욕시티에서의 둘째 날. 매디슨 애비뉴를 따라 걷다가 재킷 지퍼가 고장나서 지퍼를 올릴 수 없었다. 지퍼 고치기라면 전문가 수준인 내가 재킷을 벗어서 보니, 지퍼를 잡아당기는 손잡이를 두들겨서 펴려면 뭔가 무거운 물체가 필요해 보였다. 그래서 중간 크기의 돌을 찾아 나섰다. 근처 화분 안도 들여다보고, 나무 트렁크 밑도 찾아보고, 한줌 풀밭도 뒤저보았지만 아무것도 없었다. 돌이 없었다. 차도와 보도가 만나는 선을 따라 찾아보고, 소규모 공사 현장 주변도 찾아봤지만 모두 허사였다. 뉴욕에서 돌 하나도 찾을 수가 없었다!

돌은 인류 문명의 시작을 알리는 상징이며, 우리가 밟고 서 있는 지구 표면의 주요 구성물이다. 그런데 여기 아스팔트, 콘크리트, 금속 구조물, 하늘을 찌를 듯 근사하게 솟은 마천루 사이에 서 있는 나는 돌 하나를 찾을 수가 없다. 세심하게 공들여 깎은 돌들은 널려 있다. 대리석이든 화강암이든, 수많은 건물 전면을 장식하고 있는 돌은 많다. 하지만 그 돌들은 갇혀 있고 움직이지 않는다. 내가 필요한 건 자유로운 돌이다! 아니면, 원시적인 돌이라고 해야 할까?

이런 아이러니가 없다. 뉴욕에 와서 처음으로 찾아 헤맨 것이 뉴욕에서는 찾아볼 수 없는 단 하나의 것이라니. 너무나 굉장한 이 도시에 우리가 상상할 수 있는 모든 게 있는데, 자연 속에서 가장 흔하게 어디에서나 찾아볼 수 있는 물건이 없다니. 그것도 내 옷의 지퍼를 고칠 수 있는 단 하나의 도구가 없다니, 정말 이런 아이러니가 없다.

움을 청하면 기꺼이 도와준다.

　　"수행자는 굶어 죽지 않는다." 그 이유는 자연이 충분한 음식과 쉼터를 제공해 주기 때문이기도 하지만, 은신처에 있는 수행자를 찾아오는 다른 사람들이 그가 필요로 하는 것들을 가져다주기 때문이다. 이와 비슷하게, 여행자의 필요는 다른 사람들과의 상호작용과 거래를 통해서 해결된다. 무엇을 필요로 하든 항상 채워진다. 음식과 쉴 곳이 있으며, 이동 수단과 정보가 있고, 세상과 연결될 컴퓨터가 있으며, 무엇보다도 조언이나 도움을 구할 사람들이 있다.

　　몇 달쯤 여행하다 보면, 모든 장기 여행자는 '모든 것을 주는' 세상(모든 것을 아우르는 신의 섭리에 대한 제한적이고, 실질적이며, 비종교적인 표현)이 현실 속에 분명히 존재함을 알게 된다. 1년쯤 지나면 여행자는 이를 생각과 행동을 이끄는 현실로 받아들인다. 여행자는 지나치게 계획을 세우거나 걱정하지 않게 되며, 여행길에 발생하는 어떠한 문제든 해결할 능력이 있음을 믿어 의심치 않게 된다. 살아있는 생명체의 모든 문제가 해결될 것이라는 샵까르의 확고한 믿음은 여행자를 지배하는 철학이 된다. 여행자는 모든 문제, 중요한 것에서 소소한 것들까지도 하나씩 하나씩 시간이 지나면서 해결될 것이라 굳게 믿게 된다.

세상은 안전하다

또 하나 여행자가 얻는 깨달음은 앞에서 말한 것과 관련이 있기도 하지만 상당히 다르기도 하다. 바로 여행 중 안전에 관한 것이다. 여행 책자 대다수는 '치안문제와 위험'에 집착한다. 이런 책을 읽다 보면 여행 책자를 쓰는 작가들은 위험하고 적대적인 곳을 다니는 게 아닌가, 라는 느낌이 들 정도다. 이런 내용을 접한 여행자는 안전과 안정성 문제에 집착하게 된다.

여행 초반 여행자는 안전 문제에 신경이 쓰이고 여행 책자의 경고에 주의를 기울일 수 있다. 하지만 세계를 여행하며 다른 사회와 문화의 본질에 대한 큰 그림을 얻게 되면, 사실은 완전히 반대임을 알게 된다. 세상은 놀라울 정도로 안전한 곳이다. 진짜 세상은 우리가 지금 있는 곳과 조금도 다르지 않다. 지금 당신 주변에는 위험이 도사리고 있는가? 바로 지금 위험한 기운이 느껴지는가? 드물게 일어나는 아주 극단적인 사건을 제외하고, 세상은 지금 당신이 이 책을 읽고 있는 곳만큼이나 안전하다. 길거리에서 강도를 만나거나 공격받는 일은 교통사고를 당할 확률보다도 낮지만, 우리는 길 건너기를 멈추지는 않는다. 중요한 게 무엇인지 따져야지, 예외를 따질 게 아니다. 지극히 일어나기 어려운 상황을 기준으로 결정을 내리고 삶 전체를 결정해버리는 사람들이 너무나 많아서 안타깝다.

이는 아주 간단한 진리이지만 사람들이 만들고 믿는 신화에 가려져버린다. 범

칠레 발파라이소

발파라이소의 거리를 편안하게 거닐며 산책을 즐기는 중이었다. 퇴근길 사람들을 관찰하고 밤이 깃드는 도시의 색깔이 달라지는 모습, 자갈길이 덮인 작은 길, 냄새, 소리까지 모든 것이 만족스러웠다. 한가하고 느긋하게, 나 자신과 주변에 관심을 기울이면서 나는 도시의 영혼과 완벽한 조화를 이루고 있었다.

어느 순간 나는 별 생각 없이 지나가던 사람에게 파르케 이달리이에 가는 방법을 물었다. 그는 깜짝 놀라 자리에 멈춰 서더니 공포에 질린 얼굴로 진지하게 말했다.

"거긴 강도와 도둑들이 우글거려요. 절대 가면 안 돼요! 위험해!"

너무 과장된 답변에 당황스러웠다.

"이제 겨우 저녁 7시인데요? 어떻게 위험하다는 거죠?"

내 주변에는 사람들 수백 명이 퇴근하느라 길을 가득 메우고 있었다. 불길한 기운 따위는 없었다. 패닉에 빠져 있는 사람은 나와 헤어지면서 "위험해! 위험해!"를 외치던 그 사람뿐인 듯했다.

나는 본능적으로, 그 사람이 준 충격에서 벗어나기 위해 내가 걷고 있던 작은 자갈길에서 벗어나 같은 방향으로 향하는 메인 도로 쪽으로 걸어갔다. 순간 나를 공격할지 모르는 강도 생각에 사로잡혔다. 실제 분위기는 완전히 반대였음에도 불구하고, 내가 위험한 도시를 걷고 있을지도 모른다는 생각이 스멀스멀 찾아들었다. 갑자기 내가 바라보고 즐기고 있던 모든 것들이 더 이상 로맨틱하거나 그림 같이 보이지 않았다. 의심에 의해 더럽혀진 것이다.

이렇게 흥미롭고 역사적인 도시가 위험할 수 있는가? 나는 내 주변이 얼마나 위험한지도 모르고 돌아다니는 멍청한 여행자란 말인가?

하지만 어떻게 내가 본 것들을 지워버릴 수 있겠는가. 이렇게 정상적으로 돌아가는 정상적인 도시인데?

이런 생각을 오랫동안 하지는 않았다. 이미 지도를 따라 파르케 이탈리아로 걸어가기로 했기 때문이다. 몇 분 후 파르케 이탈리아에 도착했다. 거기에서 무엇을 보았을까? 고등학생들을 보았다! 고등학생들이 집에 가려고 버스 정류장에 모이거나 광장 벤치에 앉아서 키스를 하거나 농담을 하거나 놀고 있었다. 학생들 외에도 집으로 돌아가는 직장인들이 있었다. 위험한 징조 따위는 없었다. 무언가 잘못될 낌새도 없었다. 그날 내가 방문했던 모든 장소 중에 파르케 이탈리아는, 알고 보니 가장 안전하고, 가장 덜 위험한 장소였고 고등학생들이 젊음을 누리는 장소였다.

강도가 곳곳에 숨어서 우리를 노리지는 않는다. 인류의 압도적 대다수는 일상적으로 살아가는 보통 사람들이다. 도둑은 아주 극소수이며 보통 눈에 띄지 않게 행동한다. 그들로 인한 피해도 미미하다. 진짜 강도는 우리 머릿속에 있다. 가장 중대한 피해를 주는 것은 바로 그것이다.

죄자, 위험, '나쁜 동네', 피해야 할 국가나 대륙에 대한 신화다. 이런 신화를 믿는 사람 중 자기 나라를 벗어나지 않는 사람도 많다. 범죄자의 표적이 될까 두려워 집 근처 몇 블록조차 걷지 않는 사람도 있다. 하지만 이런 두려움은 사람들의 마음속에만 존재한다. 자신이 결코 알지 못할 진짜 세상을 대신해 만들어낸, 상상 속의 세계에만 존재하는 것이다.

우리는 안전한 세상에 살 뿐 아니라, 친절한 세상에 살고 있다. 어디를 가든, 우리는 친절하게 우리를 존중하며 도와주려는 사람들에게 둘러싸여 있다. 화장실을 찾는 간단한 일부터 적당한 호텔을 찾는 것처럼 복잡한 일까지 어디를 가든 도움을 주려는 사람들이 몰려든다. 세상의 절대 다수는 친절하고, 도와주고 싶어 하며, 개방적이고, 예의바르다.

놀라울 정도로 많은 사람들이 여행자를 도와주기 위해서 발 벗고 나선다. 내가 길을 잃지 않고 잘 가는지 확인하기 위해 가던 길을 멈추고 교차로까지 데려다주기도 하고, 내 문제를 자신의 문제인 양 해결하려고 노력하기도 하며, 자기 집이나 아들의 결혼식에 초대하기도 한다.

사람들이 만들어낸 또 다른 신화는 사람의 발길이 닿지 않는 외딴 곳은 다른 잘 알려진 곳보다 여행하기 어렵고 더 위험하다는 생각이다. 사실은 완전히 다르다. 관광객이 많이 방문하는 곳, 즉 여행자의 필요에 맞는 전문적인 서비스가 발달한 곳은 여행자를 당연하게 여기며 잘 도와주려고 하지 않는 편이다. 도움과 친절을 강조하는 관광업계에서 편리한 서비스를 제공하니 일반인들은 여행자에게 익숙하고 덜 친절하기도 하다.

그런가 하면 다양한 서비스는 여행자가 부당하게 이용당하지 않도록 균형을 잡아주기도 한다. 다양한 서비스가 제공될수록, 여행자가 틈새에서 원하는 서비스를 찾을 가능성이 높아진다. 반면 관광객이 많이 찾지 않는 곳은 편안함이 덜하고 여행 노하우도 부족한 대신, 그런 부족함을 여행지에서 만난 보통 사람들이 채워준다. 작은

마을, 외딴 곳에서 만난 모든 사람들이 자청해서 여행자의 가이드, 도우미, 수호천사가 되어준다.[12]

세상에 대한 소속감

인간은 소속감을 느껴야 한다. 태어나는 순간부터 우리는 가족, 친족, 국가에 소속된다. 자라면서는 학급, 스포츠 팀, 동아리, 시민 단체에 속하기도 한다. 많은 사람들이 이런 소속과 신분을 통해서 자아를 형성하기도 한다. 한 그룹에 소속되면 다른 사람은 배제해야 한다고 믿는 사람도 있고, 특정 그룹에 속하지 못한 사람들은 자아정체성을 획득하기 위한 다른 단체를 만들기도 한다. '나'와 '남'의 구분은 소속감을 나누고 구획하는 개념이다. 하지만 그렇게 닫힌 눈으로 보면 진정한 소속감은 왜곡되어 버린다.

세계를 여행하다 보면 가장 먼저 느끼는 것이 어디에 소속되려고 노력할 필요가 없다는 점이다. 소속감에 주의를 기울이거나 소속감을 얻고자 노력하지도 않는다. 자유로워지는 느낌이다. '소속감이라는 개념에서의 자유'라고 부를 만하다. '정상'이라고 느끼기 위해 어딘가 그룹에 속해야 한다는 조건적이고 무의식적인 욕구에서 자유로워진다.

여행자는 고독을 자연스럽고 괜찮다고 받아들이는 법을 배우는 한편, 별다른 수고 없이 타인과 관계를 맺을 수 있게 된다. 혼자 있어도 편안하고 그것이 고독이나 고립감이 아님을 깨닫게 된다. 앞으로 3장에서 다루겠지만, 여행하며 느끼는 이 감정은 '즐거운 고독', 즉 세상 속에서 혼자임을 즐기는 감정이다. 혼자 있는 것이 즐겁다고 느끼는 사람은 남들과는 다른 자신만의 모습을 자연스럽고, 적절하며, 좋다고 확신한다. 또 어떤 그룹에도 속할 필요가 없음을 확신한다. 우리는 이미 전체 인류에 속해 있는 한편, 개인적인 특징을 지속적으로 발현하는 존재이기 때문이다.

---

12 정말 재미있다고 생각하는 것 중 하나! 방금 만난 사람이 밤길에 '악명 높은 동네'를 지날 때 동행해주겠다고 나섰다. 하지만 나는 그 사람을 잘 모르니, 사실 알고보면 나를 해치려 하는 그 집단의 일원일지도 모르는 일이다!

이슬람교 대학생들의 쉬는 시간(인도네시아 테르나테 섬)

'진정한 소속감을 느끼기 위해 꼭 어디엔가 소속될 필요는 없다'는 깨달음은 '세상에 속한다'는 새로운 인식으로 이어진다. 소속감이 자연히 확장되어 무한히 다양하고 표현 방식이 다른 모든 인류를 포함하게 된다. 나는 이를 세상에 대한 소속감이라 부르고 싶다. 이런 깨달음을 얻으면 이전과는 달리 자유로워진다. 여러 사회를 누비고 다니면서 사회로부터 자유롭다는 뜻이 아니다. 그보다는 사회 안에서 자유로워진다는 뜻이다. 진정한 자기 자신이 될 자유, '어떤 사회 계층이나 사회 전체에 받아들여지려면 어떠해야 한다'고 받아들여지는 고정관념을 벗어던지는 것이다. 인간은 살아가는 방식이 어떻든 인간이라는 것만으로도 이미 사회에 소속된다.

표면적인 기준으로 소외감을 일으키는 기준에 순응함으로써 생겨나는 '그릇된 소속감'과는 다르게, '진정한 소속감'은 모두를 포함한다. 모든 단체와 국가를 포함할 뿐 아니라 모든 개인을 포함한다. 혼자만의 시간 속에서 자신을 마주하고 자신의 특이

한 본성과 독특함을 인정할 때에만 다른 사람들의 다름과 개성을 볼 수 있게 된다. 그리고 사회도 새로운 시각으로 보게 된다. 개인이나 단체를 무작위로 모인 집합이 아니라, 잠재력이 무궁무진한 집단으로 보게 된다. 각자가 가진 잠재력과 개성을 합친 것만큼 창의적인 집단이다.

이렇게 혼자 있는 것, 개인의 개성, 독특함을 긍정적으로 바라볼 때 진정한 소속감을 완벽하게 느낄 수 있다.

여행은 살아있는 존재다

여행자는 자기가 여행의 주체라 생각한다. 그런데 여행을 하다 보면 어느 순간 주객이 바뀐 기분이 들 때가 있다. 내 여행인데 더 이상 내 마음대로 할 수가 없다. 여행에 생명이 생긴 듯하다. 남아프리카공화국의 생물학자 유진 마레가 "흰개미집은 하나의 생명체고 흰개미는 몸의 세포와 같다"[13]고 주장한 것처럼, 나도 여행을 위해 존재하는 아주 미미한 존재가 된 것 같다. 또는 심리학자 카를 융[14]의 콤플렉스에 대한 설명을 빌리자면, 내가 여행을 '소유'하는 게 아니라, 여행이 나를 '소유'함을 깨닫는다.

이런 깨달음이 어느 날 갑자기 찾아오는 건 아니다. 처음엔 여행자 혼자서 여행을 이끌어간다. 최소한 그렇게 생각한다. 그러다 여행자가 통제할 수 없는 여러 사건들을 만난다. 때때로 이유는 모르지만 왠지 어떤 시간에 어떤 장소에 있어야 한다는 강렬한 느낌이 온다. 또는 왠지 모르게 주의를 끈 사람과 대화해야 한다는 충동을 느낀다. 또는 자신의 계획과 여행을 방해하는 것 같았던, 자신이 원하지 않았던 소소한 사

---

13 유진 마레(1871–1936)는 남아프리카 출신의 생물학자로 『흰개미의 마음(The Soul of the White Ant)』이라는 저서에서 이러한 이론을 주장했다. 마레에 의하면 흰개미를 각 그룹으로 분류하는 것은 인체의 세포를 구분하는 것에 해당한다. 즉, 나뭇잎을 이용해 흙더미 안에 산소를 공급하는 흰개미는 흰개미집의 폐에 해당되고, 흰개미집 겉표면을 비로부터 보호하기 위해 특별하게 코팅하는 흰개미는 피부에 해당하며, 흰개미집 가장 깊숙한 곳에 있는 여왕개미는 뇌라는 식이다.

14 카를 구스타프 융(1875–1961)은 유명한 심리치료사이자 21세기의 가장 영향력 있는 사상가다. "요즘 사람들은 누구나 사람들이 '콤플렉스를 가지고 있음'을 안다. 이론적으로는 훨씬 더 중요하지만 많은 사람들이 알지 못하는 건, 콤플렉스가 우리를 가질 수 있다는 점이다." (콤플렉스 이론 리뷰A Review of the Complex Theory, 204단락 中)

와야나드 동물보호구역의 흰개미언덕(인도 케랄라)

건들이 다 이유가 있어서 일어났음을 알게 된다. 예를 들어 어느 날 계획이 모두 틀어져서 외딴 곳에 있는 숙소에 머무르게 되었는데, 그곳의 주인이 여행지에서 만난 사람 중 가장 흥미로운 인물일 수도 있다! 때로는 별다른 이유 없이 마법에라도 걸린 것처럼 어떤 곳에서 벗어날 수가 없다. 발은 지구에 묶인 듯하고, 여행을 며칠 더 연장해야 한다는 걸 느낌으로 '알' 뿐이다. 일주일쯤 후 다음 목적지에서 특별한 의식을 접한 다음에야 전 여행지에서 오래 머무르지 않았더라면 그 의식을 보지 못했을 것임을 안다.

　　전체적으로 보면 여행자의 모든 일정, 계획, 노력에도 불구하고, 여행자가 통제하지 못하는 요소가 너무 많고, 그렇게 통제되지 않은 요소가 누적된 결과는 너무나 커서, 분명 '내' 여행이지만 그 결과물이 나의 계획과 예상치 못했던 요소의 합이 되어버리고 만다. 이렇게 기대하지 못했고 통제하지 못했던 요소가 여행의 더 큰 부분을 차지함을 깨닫고 뒤늦게 놀라기도 한다. 여행자가 결정을 내리는 것 같지만 사실은 보이지 않는 실에 묶인 마리오네트처럼, 다른 어떤 힘이 주도권을 잡고 있는 것 같다. 여행에 무언가 생명력이 깃든 게 아닐까? 여행이 자기만의 욕구가 있고 보살핌이 필요한 생명체가 된 것 같다. 내가 여행의 주인이라 생각했는데, 어느 순간부터 여행을 돌보는 입장이 되었다. 자신의 여행이라고 불렀던, 지도상의 동선, 달력상의 일정, 다이어리에 적은 경험은 여행자의 소유물이 아니었으며 여행자의 계획과 행동에서 비롯되지 않았다. 그보다는 여행자의 계획과 행동이 여행의 가이드를 받는다는 편이 차라리 맞다. 여행이 주도권을 쥐고 여행자의 모든 행동을 이끈다.

아우로빈도 고시의 서사시 〈사비트리Savitri〉에 이런 깨달음을 시적 언어로 가슴 아프고도 아름답게 표현한 부분이 있다. 앞으로 4장에서 인생과 여행의 불가분한 관계에 대해서 더 살펴보겠지만, 수백 번 흔들리는 '생각하는 인형'은 인생뿐 아니라 모든 장기 여행에 적절한 비유다. 그 부분을 소개하면 다음과 같다.

생각하는 인형은 살아있는 마음을 가졌으나

인형의 선택은 힘의 결과

자기의 탄생도 죽음도 의미도 알지 못하고

자기 삶에 부여된 커다란 의미도 전혀 알지 못하네.

칙칙하고 생기 없는 인간의 삶

슬프고 작고 비열한 것들로 채워진 인간의 삶에서

생각하는 인형은 수백 번 밀쳐지지만

미는 힘을 느낄 뿐 그 뒤의 손은 느끼지 못하네.

마스크를 쓴 극단을 보는 사람은 아무도 없고

그들에게 우리 또한 사람의 형상을 한 마리오네트일 뿐이니,

우리의 행동은 자신도 모르게 이리저리 흔들리는 움직임이고

우리의 열띤 다툼도 재밋거리에 지나지 않으리라.

이 정도 단계에 이르면 여행자는 여행이 이끄는 대로 행동을 맞춰서 균형을 맞추려고 한다. 특정 여행 경로를 보게 된다거나, 외국에서 특정한 행동을 하는 것을 '균형'의 문제로 보기 시작한다. 순리가 추상적인 개념이 아니라 분명하고 확실하게 보인다. 여행의 목소리를 얼마나 잘 듣느냐에 따라 여행자가 여행에서 얻는 즐거움과 혜택이 커진다. 이렇게 균형을 맞추려고 하다 보면 억지로 꾸미지 않고 자연스럽게 여행이 진행되고 이 단계 이후에도 여행의 흐름이 뚜렷해진다.

물론 여행을 하다 보면 균형이 깨지기도 하고 다시 회복되기도 한다. 그렇지만 특정 순간에 균형이 잘 잡혔느냐보다는 여행자가 세계 여행을 하는 동안 이런 균형이 실재함을 깨닫고 느끼는 것이 더 중요하다. 여행 과정에서 지속적으로 균형을 찾고자 하는 내면의 의식이 장기 여행의 모든 어려움을 이겨내고 계속해서 나아가는 힘이 되기 때문이다.

세상을 전부 알 수는 없다

마지막으로 가장 중요한 깨달음은 몇 년쯤 여행을 하면서 찾아오는데, 이 깨달음은 강력한 충격으로 여행자의 정신세계에 압도적인 영향을 미친다. 마침내 여행자는 일개 인간의 유한한 능력에 비해 세상은 무한함을 깨닫는다. 여행을 하면서 신체적, 심리적 무리로 피로가 누적되고 이러한 깨달음이 찾아오면 여행자는 애초에 세웠던 목표를 결코 이룰 수 없음을 알게 된다.

세계를 여행한다 한들, 결코 세상을 완전히 이해하거나 알 수가 없다. 세상 전체는 영원히 미스터리로 남는다. 전체를 담아낼 수 없고, 오직 접근할 수 있을 뿐이다. 수없이 많은 세계관 중 하나, 지극히 개인적인 세계관을 형성할 수 있을 뿐이며, 세상을 그린 무수히 많은 지도 중 하나를 만들 수 있을 뿐이다. 풍경, 사람, 사건 등 모든 경험을 통합하는 여행자는 세상을 쏟아 붓는 그릇이 되고 그 결과 여행자에게 주관적인 하나의 세계관이 생긴다.

인도네시아 실라덴

(…) 그리고 4년 동안 세계를 여행하겠다는 야심찬 계획에 따라 세상을 여행하던 그리스인 여행자는 지친 몸을 끌고 18,000개 섬으로 이루어진 인도네시아에 도착했다. 인도네시아의 중심은 다름 아닌 악명 높은 향신료 군도. 5세기 전 위대한 마젤란이 찾아 나섰다가 원주민들과의 싸움에서 목숨을 잃은 바로 그곳이다.

산전수전을 다 겪은 여행자는 이제 죽음 따위는 두렵지 않았다. 하지만 모든 실제 그리고 허구의 영웅처럼 그도 눈에 보이지 않고 죽음보다도 더 강한 적에게 무릎을 꿇어야 했다. 미처 예상하지 못했던 일이다. 여행자는 마젤란이 목숨을 잃은 자리에 이르러 마젤란의 여행 경로를 그대로 완주했다고 세상에 널리 외치기만 하면 되었다. 그런데 바로 그 순간, 2년 반 만에 지구의 절반을 횡단했다고 의기양양하게 선언하려던 바로 그 순간에, 그는 마젤란이 맞았던 죽음보다도 더 강력한 한 방을 맞았다. 다음과 같은 깨달음을 얻고 그 사실을 견디는 것보다 차라리 죽는 게 더 쉬웠으리라.

여행자는 4년 안에 세상의 주요 곳곳을 둘러볼 계획이었다. 그런데 주의 깊게 공부하고 생각해보니, 진지한 여행도 아니고 그저 표면적으로 훑고 지나가기만 해도 인도네시아 주요 지역을 돌아보는 데만 앞으로 4년 이상이 더 소요될 것이라는 결론이 나왔다!

유인도가 1,000개 이상 있는 이곳, 지구상에서 작은 부분에 지나지 않았던 것 같은 이곳은 알고 보니 어마어마한 은하계였다. 이 섬들에 축적된 어마어마함은 지구의 범위를 넘어서는 것이었다. 마치 모래알 같은 섬들이지만 알고 보니 무한한 우주까지 뻗어 나가는 섬들이었다. 여행자는 비로소 깨달았다. 일견 유한해 보이지만, 지구는 사실 영원히 알 수 없는, 그리고 전부 탐험할 수 없는 곳이다. 모든 곳이 다 알려지고 횡단되더라도 인도네시아의 무한한 소우주는 남을 것이다. 세계 여행자 누구라도 패배할 수밖에 없는 전장이다.

지친 그리스인 여행자는 지도를 접고, 책을 덮었다. 그리고 과거에 바로 같은 곳에 서 있었던 위대한 마젤란이 그랬듯이, 불가역적 항복을 선언했다. 슬프고 불명예스러운 패배 선언 외에 그가 할 수 있는 일은 없었다. 싸움도, 칼이 부딪치는 소리도, 아우성이나 피도 없었다. 누구도 아닌 바로 자기 자신에게 찾아온 고요한 깨달음, 즉 '반점처럼 소리도 없이 눈의 원반 위에'* 찾아온 깨달음 끝에 인정한 패배였다.

---

* 에밀리 디킨슨의 시 <살포시, 백옥의 순결한 방 안에(Safe in their Alabaster Chambers)>의 마지막 줄

모든 여행자는 주관적 해석을 더해 세상을 모두 다르게 보며, 모든 세계관은 다 다르다. 그럼에도 불구하고 모든 주관적 견해에는 진실과 가치를 포함하는 객관적인

힌두교식 간소한 장례식. 죽은 이의 재를 바다에 뿌린다(인도네시아 발리)

요소가 있다. 주관적 견해와 객관적 요소가 모두 다르게 합성되기 때문에, 모든 여행자는 이전에도 만들어지지 않았고 앞으로도 반복되지 않을 유일한 '지구의 초상'을 그려낸다. 그렇게 보면 세계 여행은 예술작품과도 같다. 그러니 세상을 다 알 수는 없다 하더라도, 여행자가 세계 여행을 예술로 보고, 자신을 예술가로 간주한다면 이를 받아들이기 쉬워진다.

하지만 물리적으로도 '세상을 보는 것'이 불가능하다는 점은 어떤가? 물리적으로도 세상을 모두 볼 수 없다니 마음이 더욱 불편해진다. 세상 전부를 알거나 이해할 수 없다고 인정하더라도, 물리적으로 물체를 볼 때 우리는 누구나 항상 같은 물체를 본다고 생각한다. 페리토모레노 빙하는 '그' 빙하이며, 에펠탑은 우리 모두가 보는 바로 '그' 탑이다. 그러니 여행자는 최소한 세상을 물리적으로 모두 볼 가능성이 있다고 생각한다. 물리적인 세상은 유한한 숫자의 명소, 사람, 문화로 구성되어 있는 것처럼 보이

힌두교식 축제를 준비하는 모습(인도네시아 발리)

기 때문이다. 그러니 인생 중 몇 년을 투자하는 유한한 여정으로 지구상의 모든 것을 보는 게 가능하지 않을까?

하지만 몇 년을 여행하다 보면, 여행자에 따라서는 아마도 좀 더 일찍, 물리적으로라도 세상의 모든 것을 보는 것은 불가능함을 깨달을 것이다. 세계 여행을 몇 년 하든, 물리적으로도 세상의 모든 것을 볼 수는 없다. 내가 '인도네시아의 깨달음'이라 부르는 이 깨달음은, 사실 인도네시아와 상관없이, 세계 여행에 대한 여행자의 기대를 뒤흔든다(79쪽 에피소드 7 '패배'를 읽어보라).

이러한 깨달음을 받아들이기는 쉽지 않다. 지구라는 유한한 범위 안에 사실은 자연적, 문화적 콘텐츠가 놀라울 정도로 빼곡하게 들어찬, '무한한 소우주'가 무수히 많이 존재한다. 여행하면 할수록, 각각의 소우주를 정의하고 연결하는 무수히 많은 길을 따라 가려면 죽을 때까지 여행해도 모자라다. 이런 소우주는 인도네시아 수천 개의 섬일 수도, 발리 문화권의 셀 수 없는 전통처럼 문화일 수도 있다. 그밖에도 세계 곳곳에는 특별한 공간, 특별한 우주가 얼마든지 있다. 역사의 흔적과 보물이 골목마다, 집집마다 간직되어 있는 모로코 페즈 같은 곳 말이다.

무엇보다 세상에는 몇 킬로미터 이내에 건축적, 문화적, 역사적, 기타 의미에서 엄청난 보물이 모여 있는 대도시가 있다. 여행 몇 번으로는 그곳의 모든 것을 담아낼 수 없는 곳들이다. 파리, 런던, 뉴욕, 도쿄 등 대도시는 영원한 탐험 대상이다. 그건 그곳에 살고 있는 주민들에게도 마찬가지다!

혼자 끼적여서 만든 일개 여정으로는 세상 전체를 담아낼 수 없다. 이러한 깨달음은 또 다른 깨달음이자 가장 중요한 깨달음을 얻는 촉매제가 된다. 여행은 아무 때나 그만둬도 괜찮다. 세상을 '보려는 노력'이 의미 없음을 깨닫는 순간, 더 이상 여행을 할 '필요'가 없어진다. 그 이후의 여행은 어떤 목적을 이루기 위해서거나, 해내야 하는 일이 있어서가 아니다. 그저 세상의 무한함에 놀라고 세상의 신비에 이끌려서 여행하는 것이다.

이렇게 중요한 깨달음을 얻은 뒤에도 여행을 계속하게 하는 동력은 다른 무엇도 아닌, 무한한 신비를 받아들이는 법을 배우고 여행의 끝(최종 패배)을 조금 더 미루면서 세상의 끝없는 경이로움을 경험하고자 하는 마음이다.

＊＊＊

앞서 나는 지구 전체를 하나의 여행지로 볼 것을 제안하고 세계 여행은 가능할 뿐 아니라 아마도 21세기를 정의하는 인간활동이 될 것이라 말했다. 또한 장기 여행은 인간이 '시간 속의 존재'이기 때문에 이치에 맞는다고 설명했다. 이어서 세계 여행을 하다 보면 알게 되는 것들에 대해서도 이야기했다.

앞으로는 세계 여행의 기반이 될 개념들을 논의하고자 한다. 이를 위해 먼저 세계 여행을 바라보고 논의하는 데 필요한 개념과 표현을 새롭게 정립하려고 한다. 그

후에는 세계 여행자가 갖추어야 할 마음가짐을 알아보고, 여행의 바탕이 되는 법칙과 태도를 소개하려고 한다. 또 여행자의 존재 방식을 설명하고, 이를 인생 전체와의 관계에서 바라보려고 한다. 이를 통해 나는 이 책에서 그동안 논의되지 않았던, 다소 어설프지만 야심차게 '새로운 여행 철학'이라 부르고 싶은 분야를 다루려고 한다.

사롱을 말리는 인도인(인도 푸쉬카르)

PART 03

새로운 여행 철학

20세기에는 생명 철학에서부터 언어 철학에 이르기까지, 사실상 모든 것에 대한 새로운 철학이 쏟아져 나왔다. 하지만 여행에 대해서는 정교하거나 추상적인 철학적 담론조차 없었다. 이 장에서는 이론적이거나 아카데믹한 철학적 체계를 만들어내기보다는 여행의 실천에 관련된 개념을 소개하고 논의함으로써 그 빈틈을 메워보고자 한다.

여행이 점점 대중화됨에 따라 이제 여행을 새로운 관점으로 바라볼 때가 되었다. 수십 억 현재와 미래의 여행자들이 현명한 결정을 내릴 수 있도록 돕는 프레임워크를 마련하고, 그 안에서 자신의 여행을 바라볼 수 있게 되기를 바란다.

이 장에서는 나의 실제 경험에 평범한 상식을 더해 여행에 접근하는 법을 소개하겠다. 세 가지로 나눠서 설명할 생각이다. 첫 번째로 한 나라를 여행하는 것과 관련된 새로운 개념들을 소개한다. 두 번째는 장기 여행자나 세계 여행자에게 필요한 마음가짐을 설명하고 자세히 살펴본다. 마지막으로 여행자의 존재 방식을 살펴보기로 한다.

한 나라 여행에 관련된 새로운 개념들

여기에서는 장기 여행과 관련해 새로운 개념 세 가지를 소개한다. 첫 번째는 한 나라를 여행하는 깊이에 대한 것이고, 두 번째는 탐험 분야를 정하는 방법과 한 나라 안에서 이동하는 방법에 관한 것이며, 세 번째는 여행의 최종 목적에 관한 것이다.

깊이/배율

현미경으로 살아있는 세포를 관찰할 때 우리는 배율을 바꿔가며 세포의 서로 다른 측면을 관찰한다. 렌즈 배율(50배 또는 1,000배)은 눈에 보이는 디테일의 수준을 결정한다. 현미경 배율처럼, 여행에서도 '배율' 개념을 이용할 수 있다. 여행의 배율은 여행자가 한 나라나 지역을 탐험하는 깊이를 나타낸다. 여행 계획의 중심이며, 알지 못하는 사이에 여행자의 여행 방법, 속도, 탐험 모드를 결정한다. 여행자가 한 나라를 탐험할 수 있는 깊이는 대개 주어진 시간, 즉 여행 기간에 달렸다. 호주 3주 여행은 3개월 여행보다 당연히 배율이 낮다. 3주 여행자의 경험과 이해도는 3개월 여행자와 비교했을 때 당연히 흐릿할 것이다.

외면적으로 쉽게 드러나지는 않지만, 여행의 깊이에는 사실상 제한이 없다. 한 나라에서 많은 시간을 보낼수록, 즉 많은 지역을 둘러볼수록, 각 지역에서 오래 머무를수록, 많이 공부할수록, 여행의 깊이는 더욱 깊어진다. 자신의 커리어 전부를 바쳐 남태평양의 부족 하나를 연구하는 사회 인류학자들이 있음을 잊지 말자. 아무리 오랜 시간을 바쳐 탐험하더라도 계속 공부할 게 있다. 5,000년에 이르는 오랜 역사가 있고, 수많은 민족 집단으로 구성되며, 지역마다 관습이 굉장히 다른 중국 같은 나라를 여행할 때는 더 깊이 파고들 때마다 언제나 새롭고 심오한 무언가가 나타난다.

낮은 배율로 여행할 때는 그 나라의 심장과 영혼, 문화에 접근할 기회가 없다. 이건 거의 확실한 사실이다. 한 나라를 수박 겉핥기로 둘러보면(물론 이것도 나름대로 합당한 목표가 될 수 있다), 예를 들어 호주를 3주간 여행하면 호주 대륙을 맛보기로 볼 수 있다. 하지만 이렇게 깊이가 없는 여행을 하고 나면 호주를 진짜로 '봤다'고 이야기할 수 없으며, 호주의 심장과 영혼을 접했다고도 할 수 없다. 여행이 피상적이고 짧아서, 비유하자면 어떤 책을 실제로 읽은 게 아니라 그저 책장을 휙휙 넘겨본 것에 지나지 않는다. 이와 달리, 깊이 있는 여행에서는 배율을 어디까지 높일지 제한이 없다. 중국에서 20년간 거주한 사람은 분명 그저 스쳐지나가는 여행자 누구보다도 중국과 중국 문화를 제대로 이해할 것이다. 하지만 무한대로 배율을 높인다 하더라도 어느 순간부터 수확체감의 법칙이 나타나게 마련이다. 앞서 이야기한 중국 거주자도 거주 기간 중 첫 번째 10년보다 두 번째 10년에서 두 배로 더 많이 중국에 대해 배우는 건 아니다. 거주 10년차 이후에도 중국 문화에 완전히 빠져 지냈다면 아예 중국인이 된 것처럼 느낄지도 모른다. 아마 중국 문화에서 중요한 내용은 거의 모르는 게 없을 것이다. 중국을 더 잘 이해하기 위해서 계속 책을 읽고 수백 곳의 지역을 더 여행해야 하더라도 말이다.

그렇다면 진지하게 세계를 여행하고자 하는 여행자는 배율을 어떻게 정해야 할까? 어떤 나라를 여행하는 데 있어서 '옳은' 배율은 없다. 배율은 어디까지나 여행자가 자신의 여행에 지정한 시간제한에 따라 달라진다. 그러니 두 가지 방법이 있다. 하나는 여행 기간을 먼저 정하고 여행의 배율을 기간에 맞춰 정하는 방법이고, 다른 하나는 먼저 배율을 정하고 여행 기간을 배율에 맞춰 정하는 방법이다. 세계 여행자라면 자연히 두 번째 방법을 택하게 된다. 먼저 여행의 깊이(배율)를 정하고 여행 기간을 그에 맞게 조정한다. 그런데 여행 기간에 제한이 없다면 한 나라를 여행할 배율을 어떻게 정할 수 있을까? 어떤 여행이든 깊이를 결정하는 데 도움이 되는 가이드라인이 있어야 하지 않을까?

계속 생각하다 보면 여행자의 여행을 결정짓는 요소 세 가지가 떠오른다. 객관적인 요소 하나, 주관적인 요소 두 가지다. 객관적 요소는 영토의 크기, 자연, 문화와 역사 등 한 나라에 대해 변하지 않는 사실과 사실적인 특징이다. 두 번째 요소는 각 여행자의 관심 분야이며, 세 번째 요소는 여행자가 추구하는 최종적인 목표와 연관이 있다. 객관적인 관점에서 보자면, 미국과 키프로스는 둘 다 동등한 주권국가다. 미국은 50개 주로 구성되어 있으며 어쩌다 보니 그중 48개 주가 키프로스보다 클 뿐이다. 여행을 한다면, 50개 주는 각각 서로 다른 나라로 간주될 수 있다. 미국은 사실 영토의 크기, 자연 풍경, 지역적 다양성을 고려하면 유럽 같은 대륙 전체와 비슷한 것이다. 기록상으로는 키프로스의 역사가 몇천 년으로 미국보다 훨씬 더 오래되었지만, 키프로스라는 작은 섬나라를 여행하는 데는 며칠에서 몇 주 정도면 충분하다. 미국은 그 크기와 풍부한 자연, 지역적 다양성을 대략적으로 느끼는 데만도 몇 달은 걸릴 것이다. 여행자는 어디를 가든 일단 이렇게 객관적이고 바뀔 수 없는 사실적인 특성들을 고려해야 할 것이다.

하지만 이렇게 객관적인 요소만으로는 부족하다. 한 나라를 여행할 깊이나 배율을 결정할 때는 여행자의 관심 분야 또한 고려되어야 한다. 관심 분야는 여행자의 가치관, 세계관과 불가분의 관계다. 비잔틴 예술을 가르치는 교수라면 키프로스를 여행하는 데 적합한 배율과 기간은 최소 1개월이라 결정할 수 있다. 키프로스에 집중되어 있는 비잔틴 예술 유적을 깊이 있게 둘러보고 싶기 때문이다. 키프로스 유적지와 박물관 대부분을 둘러볼 계획을 세우고, 비잔틴 시대 풍습을 아직도 지키고 있는 그리스 정교 수도원에서 머무를 수도 있다. 결국 그에게 키프로스는 다른 많은 나라보다도 훨씬 더 중요한 여행지일 수 있다. 마찬가지로 등산이나 트레킹 마니아는 미국이나 네팔 곳곳에서 트레킹을 하고 정복하기 힘든 산 등반에 많은 시간을 쏟아야만 만족스러울지 모른다. 그러므로 한 나라의 객관적인 요소와 여행자의 관심 분야, 세계관이 조화롭게 어우러지도록 여행의 배율을 결정해야 한다.

세 번째 요소이자 마지막 요소는 여행자가 추구하는 궁극적인 목표와 관계가 있다. 장기 여행자는 무엇을 추구하는가? 이를 살펴보기에 앞서, 또 다른 개념을 소개해야 할 필요가 있다.

지혜로운 동선

지구 표면은 구부러져 있기는 하지만 이차원적인 평면이다. 하지만 여행자는 일차원적인 선을 따라 움직인다. 그러니 지표면을 제대로 탐험하기란 사실 불가능하다. 그럼 여행자는 어떻게 지구를 여행해야 할까? 네모나 동그라미를 색칠할 때 아이들이 연필을 좌우로 계속 움직여서 도형 안을 채울 때처럼, 지그재그로 선을 그려서 '채우는' 방법이 있다. 하지만 이런 방식은 여행자에게 적합하지 않다. 지구상에서 인접한 지역들은 상당히 비슷하고, 이렇게 여행하면 비슷한 지역을 많이 방문하게 되기 때문에 현명한 선택이 아니다.

자연의 법칙에 따라 여행자가 이동하는 동선은 '선'일 수밖에 없다. 그러니 되도록 '지혜롭게' 동선을 짜야 한다. 여행하는 나라의 가장 특징적인 자연 풍경과 마을,

시베리아 프레리에 피어난 수십 억 핑크 데이지 꽃밭(러시아)

동네, 문화를 관통하는 선을 그려서 그 나라의 대표적인 단면을 얻어야 한다. 미리 공부하고 계획을 세워서 관심이 가는 장소나 지역을 찾아내고, 그런 장소를 최대한 잘 연결하면 이상적인 여행 경로가 될 것이다. 이러한 여행 경로를 따르면 에너지 낭비와 되돌아가기를 최소화하면서 한 나라 전체의 대표적인 특징을 보여주는 단면을 얻을 수 있다. 나는 이렇듯 한 나라의 대표적인 단면을 볼 수 있게 해주는 여행 경로를 '지혜로운 동선'이라 부르고 싶다.

　　그러면 이렇게 지혜로운 동선은 어떻게 얻을 수 있을까? 동선의 형태와 길이(길이가 가장 중요한 요소)를 결정하는 첫 번째 요소는 여행에 적용하기로 결정한 배율이다. 하지만 적절한 배율을 정하기 위해서는 두 번째 중요한 요소를 염두에 둬야 하는데, 이는 그 나라의 공통적인 특징은 배제하는 것이다. 각 나라는 지형학적, 문화적, 건축적 특징이 다른 지역들로 구성되어 있다. 각 지역은 대개 넓은 지역에 걸쳐 나타나는 공통적

인 특징을 보인다. 예를 들어 미국 루이지애나 주의 늪지대나 러시아 시베리아 지방의 끝없는 벌판, 일본 홋카이도 지방의 너른 꽃밭을 이야기할 때 이 지역들은 공통의 지형적인 특징으로 묶이는 커다란 지역을 의미한다. 이런 지역들을 보기 위해서 루이지애나의 모든 늪을 탐험하고, 시베리아나 홋카이도의 모든 곳을 둘러볼 필요는 없다. 대표적인 곳 일부만 봐도 전체를 이해하는 데 무리가 없다. 의사가 현미경 아래에서 소량의 혈액 내 세포를 관찰하는 것만으로 혈액형을 판별할 수 있는 것처럼 말이다.[15]

　페루를 예로 들어보자. 페루는 세 지역으로 구분된다. 해안 사막 지역, 안데스 산맥 지역, 아마존 열대우림 지역이다. '페루의 아마존'을 이해하기 위해서는 아마존 지역 일부만 여행하면 되며, 해안 사막 지역을 볼 때도 일부만 보면 된다. 해안 사막 지역

15　이러한 개념을 실제적으로 어떻게 응용하는지, 또한 한 대륙에서 국가를 어떻게 선택하는지에 대한 과정은 이 책 뒷부분에 있는 부록 1에서 자세히 설명하기로 한다.

콜럼버스가 아메리카 대륙을 발견하기 이전 시대, 남아메리카에서 가장 큰 진흙 도시 찬찬 유적(페루 산타 카탈리나)

을 따라서는 아메리카 원주민 문화가 꽃을 피웠다. 지형학적 지역과 마찬가지로, 이들 민족의 특성과 업적을 이해하기 위해서 모든 유적지를 방문할 필요는 없다. 유명한 진흙의 도시, 찬찬처럼 가장 특징적이거나 유명한 곳 몇 군데만 둘러봐도 충분하다. 이렇게 잘 고른, 대표적인 고대 유적지를 연결하며 지혜롭게 동선을 짜면서 사막으로 나가는 주변 여행을 더한다면 페루 해안 지역을 문화적으로나 지형학적으로 이해하기에 충분하다.

물론 지혜롭게 동선을 짜려고 할 때는 구체적인 지형학적, 문화적, 역사적 명소뿐 아니라 그 나라의 살아있는 문화를 경험할 수 있는 곳들도 포함해야 한다. 지역 주민들의 전통과 일상이 표현되는 모습을 놓치지 말아야 하기 때문이다. 그러니 여행 계획에 페루 음식 맛보기, 페루식 결혼식 참관, 댄스 클럽 방문, 전통 장인이 기술을 선보이는 워크숍 등을 포함시켜야 한다. 스페인과 잉카 문화가 고루 섞인 라티노 잉카 축

동정녀 카르멘 축제에서 동정 마리아상의 행진(페루 파우카르탐보)

제를 체험해볼 수도 있다. 라틴 아메리카 전통 축제의 어머니 격인 파우카르탐보의 '동정녀 카르멘 축제(Fiesta de la Virgen del Carmen)'를 참관하고 나면 아마 이런 축제의 광경과 느낌이 어떤지 충분히 알 수 있을 것이다. 그런데 여기에 만족하지 않고 비슷비슷한 대상을 계속해서 경험하려고 하다 보면 반복되는 경험에 지쳐버릴 위험이 있다.

지혜롭게 동선을 짜려고 할 때 가이드라인으로 삼을 세 번째 요소는 여행자의 관심 분야, 특징, 성격을 존중하는 것이다. 앞서 여행의 배율을 정할 때 각 나라의 객관적 특징과 여행자 개인의 관심사라는 주관적인 요소를 같이 고려해야 한다고 설명했다. 이와 비슷하게, 개인의 관심사는 동선을 짤 때도 나름의 역할을 한다. 자연 탐험을 좋아하는 여행자는 여행 일정에 급류 래프팅을 이틀 정도 넣을 수 있다. 조류 관찰을 즐긴다면 조류 관찰 일정을, 현대사 마니아라면 제2차 세계대전 유적지 몇 군데를 넣을 수 있겠다.

이렇게 관심이 가는 곳 여러 곳을 넣는 것은 어떤 여정에서든 빠져서는 안 될 일이며, 지혜로운 동선을 만들 때 매우 중요하다. 각 나라의 객관적인 '필수' 관광 포인트와 여행자의 개인적 관심사나 취미 사이에서 균형을 잡는 것은 그 나라에서 최고의 단면(경험)을 얻고자 할 때 겪게 되는 도전과제다. 지혜로운 동선은 객관적인 세상과 개인적인 세상이 균형 있게 어우러진다는 점에서 '지혜롭다'고 하겠다.

모든 '지혜로운 동선'은 개인의 관심사를 반영하는 주관적, 개인적 선택과 필터링으로 결정되었다는 점에서 고유하다. 삶에는 무수히 많은 측면이 있기 때문에, 동선을 결정할 수 있는 개인적 요소는 끝없이 많다. 태양 아래 무엇이든, 여행자에게 의미가 있다면 여행자의 '지혜로운 동선'에 포함될 수 있다. 다만 당부하고 싶은 것은, 개인적인 요소가 중요하긴 하지만 장기 여행자라면 나라 그 자체를 이해하겠다는 더욱 중요한 목표를 잊어서는 안 된다는 점이다. 네팔에서의 하이킹이나 뉴욕의 클럽 방문처럼 자신의 관심사에만 몰두해서 자제력을 잃고 열중해서는 안 된다. 네팔의 수많은 언덕과 숲을 따라 수없이 걸어도 네팔의 훌륭한 사원들을 지나칠 수 있고, 뉴욕 시민의 나이트라이프를 알게 되어도 뉴욕의 근사한 박물관들을 놓칠 수 있기 때문이다. 여행자들이 자신의 관심사에만 몰입한 나머지 관심사라는 좁은 렌즈를 통과한 아주 작은 일부 지역만을 보는 경우가 상당히 흔하다.

하지만 장기 여행자라면 그 반대를 추구해야 한다. 자신의 관심 영역을 넓히고 탐험 영역을 확장해서 앞으로 사랑하고 열정을 쏟을 새로운 대상을 찾아야 한다! 이미 정해진 관심사라는 편협한 렌즈를 통해서 한 나라를 바라보기보다는, 그 나라 여행을 통해 자신의 관심사를 수정하고, 확대하며, 확장해야 한다. 그래야만 미처 몰랐던 새로운 세상을 만나게 된다. '지혜로운 동선'을 짤 때 개인의 관심사와 개성을 존중하는 게 당연하긴 하지만 여행자의 전체적인 여정을 결정할 때는 여행하려는 나라의 객관적인 특징을 더 중요하게 여겨야 한다.

마지막으로 지혜로운 동선을 결정하는 요소가 하나 더 있다. 그런데 이 요소는 미리 계획할 수가 없다. 모든 여행에 따라다니는 조커라고 할 수 있으며, 앞날을 예측할 수 없는 삶의 변덕스러운 요소다. 데이비드 스타인들-라스트[16]의 표현처럼 "놀라운 일도 열린 마음으로 받아들이기"라 부르자(내가 생각하기에 그는 열린 마음이 어떻게 일상을 변화시키는지 가장 잘 설명한 사람이다). 여행자는 여행 동선, 가볼 장소, 참여할 이벤트, 집중해서 볼 문화적 요소 등을 계획한다. 하지만 미리 계획한대로 실현되기만 한다면, 정해진 계획에 따라 이동하는 관광이나 다를 게 없다. 독립적으로 떠나는 장기 여행만의 장점은 여행 중에도 새롭게 자신의 여행을 재창조할 수 있다는 점이다. 언제든지 동선을 바꿀 수 있을 뿐 아니라, 그 자리에서 여행을 접고 집으로 돌아갈 수도 있다! '인생'[17] 그 자체와 마찬가지로, 여행에는 매순간 필요 또는 '부름'에 따라 여행의 방향을 바꿀 수 있는 특혜가 있다. 예상치 못한 만남, 사건, 갑작스러운 변경사항 등 돌발 상황을 열린 마음으로 받아들이는 것은 '인생'의 흐름, 곧 순리를 따르는 것이다.

　예를 들어 볼리비아 우유니에서 며칠을 지내고 막 떠나려던 여행자가 다음날 전통시장이 열린다는 사실을 알았다. 그래서 더 있기로 한다. 저녁에 만난 다른 여행자가 소금 사막의 알록달록한 마을을 가보라고 권한다. 다음날 여행자는 전통 시장을 구경하고 그 다음날에는 추천받은 마을을 여행한다.

　놀라운 일, 또는 돌발 상황 대부분은 즐거움을 준다. 하지만 즐겁지 않은 상황, 이를테면 다음 목적지로 향하는 단 하나의 버스를 놓친다거나, 도둑맞거나, 누군가와의 상호작용에서 스트레스를 받는다거나 하는 상황도 새로운 경험을 하거나 기대하지 않았던 보물을 발견하는 기회가 될 수 있다. 버스를 놓쳐서 하루 더 머물렀는데 굉장한 사람을 만나게 될 수도 있고, 경찰서에서 절도 사건을 신고하는 동안 경험한 작은

16　데이비드 스타인들-라스트(1926-)는 지난 50년간 종교 간 대화에 적극적으로 참여해온 베네딕토회 수사로, 그의 저서와 강연은 전 세계 사람들에게 깊은 영감을 주고 있다.

17　여기와 이 장 뒷부분에서 어떤 단어들은 작은따옴표로 강조되어 있다. 이는 광범위하고 추상적으로 사용되는 단어의 뜻을 좀 더 제한된 보통의 단어로 쓰기 위함이다. 여기에서 '인생'은 '일상'이 아닌 '인생의 법칙'을 의미한다. 뒤에 나오는 '질문' 역시 '질문의 원칙'을 의미한다. 마찬가지로 '되는 것'은 변화되는 과정을, '자유'는 절대적 자유를 의미한다.

일 때문에 그날이 그 나라에서 가장 의미 있는 날로 기억될 수 있다. 현지 호텔 직원 때문에 스트레스를 겪는 상황도 여행자가 그동안 깊게 생각하지 않았던 현지 문화의 면면들을 알려줄 수 있다.

돌발 상황을 열린 마음으로 받아들이는 건 변화를 열린 마음으로 대하는 것이다. 여행자가 계획한 일정은 성서의 말씀처럼 반드시 지켜야 하는 게 아니다. 계획은 항상 잠정적이라 여겨야 한다. 지혜로운 동선은 전체를 미리 생각하거나 계획할 수도 없고 결코 그렇게 지켜지지 않는다. '인생'이 그러하듯 지혜로운 동선도 살아있으며, '인생'의 법칙을 따르는 것처럼 보일 정도로 현명하다. 여행하는 나라와 문화의 단면을 얻으려면, 예상치 못했던 돌발 상황도 받아들여서 이에 맞게 동선을 수정해야 한다. 지혜로운 동선은 곧 끊임없이 유연한 여행을 의미하기 때문에, 여행하는 나라의 가장 깊고 가장 귀중한 특징들을 담아낼 수 있다.

앞 장에서 이야기했지만, 사람은 여행을 통해 살아 숨 쉬게 되고 여행길에 알게 된 지식과 정보에 맞춰 스스로 끊임없이 적응해 나간다. 여행자가 돌발 상황을 열린 마음으로 받아들이는 것은 여행이 '생명'을 갖게 되는 가장 중요한 메커니즘이다. 또 돌발 상황에 열린 마음으로 대처하는 여행자가 추구하는 지혜로운 동선은 사실상 지구를 여행하는 '살아있는' 여행의 기록이 된다.

배율과 지혜로운 동선이라는 두 가지 개념을 소개했으니, 이제 장기 여행에서 탐색하고자 하는 심오한 대상을 살펴볼 차례다.

영혼의 포착

이제 지금까지 분석한 내용을 바탕으로 중요한 질문에 대답할 때가 되었다. 장기 여행자는 궁극적으로 무엇을 추구하는가? 한 나라를 여행할 때, 무엇을 가장 큰 목표로 삼아야 하는가? 앞서 이 질문이 여행에 적용할 배율을 결정짓는 세 번째 요소임을 살펴보았다. 이것이 주관적이라는 점도 설명했다. 모든 시간 모든 여행자가 공감하는 '객관적인' 여행의 목적이란 존재하지 않기 때문이다. 또한 여행을 계획하는 수십만 여행자 모두에게 여행을 떠나야 할 이유를 제시하기도 어렵기 때문이다. 지구상의 끝없는 경이로움을 느껴보고 싶다든지, 세계의 고고학적, 건축학적, 기타 보물을 집중적으로 돌아보고 싶다든지, 조류 관찰이나 천체 관측처럼 특정 활동에 몰입하고 싶다든지, 여행자가 중요하게 여기는 동기는 다양하다. 누구의 노력도 폄하하지 않고, 여행 경험 전체에 의미 있는 연결선[18]을 찾아야 한다.

시대를 막론하고 모든 진지한 여행 뒤에는 은밀하고, 표현되지 않았으며, 저변에 강력한 탐험 의지가 숨어 있었을 것이다. 이 탐험 의지는 때로는 의식적으로, 때로는 무의식적으로, 때로는 의도치 않았지만 완벽한 결과로 나타나며, 어떤 지역에서든 여행지의 영혼을 포착하려는 진정한 여행의 동력이 된다. 세상의 모든 지역, 모든 나라, 모든 곳에는 영혼이 있다. 표현할 수 없는 영역이라 말로 정의하기가 쉽진 않지만, 경험할 수는 있다. 실제로 그러한 영혼을 포착하면 알 수 있기 때문이다. 한 나라의 영혼을 포착하는 것은 그야말로 최고의 경험이다.

하지만 이러한 경험은 계획될 수 없다. 정신과 의사 빅터 프랭클[19]의 생각을 빌리자면, 추구한다고 얻을 수 있는 게 아니다. "행복은 추구할 수 없다. 그저 따라오는 것이다." 마찬가지로 여행자는 한 나라의 영혼을 포착하기를 계획하거나 좇아갈 수 없다. 첫째, 한 나라의 영혼은 누구나 포착하도록 객관적으로 존재하는 대상이 아니다. 둘째, 영혼을 포착하는 경험은 우리에게 달린 게 아니므로 우리의 의지대로 일어나길 바랄 수 없다. 프랭클이 말하는 행복과 행복의 의미처럼, 나라의 영혼을 포착하는 일은 여행자의 의지나 행동과 상관없이 일어날 수도, 일어나지 않을 수도 있다. 셋째, 영혼의 포착은 인과관계가 성립하는 확실하고 수학적인 결과가 아니다. 여행자가 한 나

---

18 이후에 소개되는 내용은 저자의 주관적인 여행 노력에 대한 상세 설명이다. 하지만 뒤이은 분석을 통해 이를 모든 장기 여행의 주된, 공통적이자 객관적인 노력으로 내세우고자 한다.

19 신경정신과 의사 빅터 프랭클(1905-1997)은 『죽음의 수용소에서』라는 고전에서 삶의 의미와 행복을 포함한 인간의 주요 실존적 문제를 다루었다.

라의 영혼을 포착할 수 있는 공식이나 시스템은 없다. 그렇다고 해서 여행자가 단순히 운명이나 상황에만 의존해야 한다는 뜻은 아니다. 우리의 의지대로 영혼이 '포착'되기를 강제하거나 명령할 수는 없지만, 영혼의 포착을 돕는 요인들은 있다.

영혼의 포착을 좌우하는 가장 중요한 요인은 여행자의 강렬한 염원이다. 여행에 대한 사랑, 이해하고 배우고자 하는 의지, 다른 문화와 관계를 맺고자 하는 열망이 그것이다. 여행자는 여행 경험에 완전히 몰입함으로써 그 나라의 영혼을 포착하려고 노력할 수 있다. 이러한 몰입은 여행을 계획할 때부터 시작되며, 계획을 하는 준비기간에도 계속되고, 실제 여행 중에도 계속된다.

여행자의 마음가짐 또한 영혼의 포착을 좌우하는 중요한 요인인데, 이에 대해서는 다음 섹션에서 자세히 다루겠다. 그렇지만 우리가 제어할 수 있는 몇 가지, 즉 강렬한 염원, 꼼꼼하게 계획하고 실행하는 지혜로운 동선, 여행자의 마음가짐과 같은 노력이 성공을 거둔다는 보장은 없다. 영혼은 여행자가 알아챌 수 있는 특정 순간에 갑자기 포착될 수도 있고, 여행이 숙성되고 여행자의 이해도가 깊어지면서 여행 과정의 완성으로서 서서히 포착될 수도 있다. 풍경, 동식물군, 자연의 아름다움과 경이로움 등 한 나라를 구성하는 모든 요소가 영혼의 일부이지만, 가장 중요한 요소는 그 나라 사람들과 문화다. 이렇게 인간적인 요소가 영혼의 핵심이다. 여행자는 새로운 문화에 깊숙이 파고들수록 그 문화의 일원이 되는 게 어떤 의미인지 알게 된다. 어떤 임계점에 이를 정도로 어떤 문화 속에서 오랜 시간을 보내면, 어느 순간부터인가 여행자는 그 문화의 '일원'으로서 진정으로 '느끼고', '이해할' 수 있다. 말하자면 새로운 문화의 일원이 '되는' 셈이다. 볼리비아 사람, 사모아 제도 사람, 또는 인도네시아 사람이 되는 것이다. 이런 경험을 할 때 비로소 그 나라의 영혼을 포착했다고 할 수 있다(100쪽 에피소드 8 '콰이오'를 읽어보라).

그저 관찰하고 연구하는 게 아닌, 상대방이 되어보는 경험은 모든 진정한 세계여행의 정점이다. 아주 느린 과정의 결과로 나타난다 하더라도, 한 문화의 영혼을 포착했다고 깨닫는 순간이 있다. 그 순간 이후로 여행자는 그 문화의 일원인 것처럼 생각하고, 느끼며, 움직인다. 별다른 노력 없이, 자연스럽게 그 사회 안에서 움직인다. 조금 이상할지 모르지만, 여행자는 이미 그 나라에서 몇 년은 살고 있었던 것처럼 느낀다. 아니면 그 나라 국민이 되어 죽을 때까지 그 나라에서 살 수 있다고 느낄 수도 있다. 자기가 살던 나라가 아닌 다른 나라에 속한 느낌은 관광업계에서 광고하는 '홈 어웨이 홈(home away home, 자기 집의 편안함을 외국까지 가져간다는 의미다)'과는 다르다. 그와는 반대로, 여행자는 자기가 살던 나라의 특징이나 편안함이 전혀 없는 다른 나라임에도 불구하고 마치 집에 있는 것 같은 편안함을 느끼게 된다. 새로운 집이다. 새로운 나라가 이국적으로 느껴졌던 모든 요소를 그대로 가지고 있는 것처럼, 여행자도 새로운 나라에서 얻은 새로운 감각, 느낌, 생각을 그대로 가지고 있다. 새로운 집으로 느껴지는 건 모든 소외감이 사라졌기 때문이다.

영혼을 포착하는 순간은 마법과도 같다. 그 이후로 여행은 어떤 장소에 가보거나 다른 문화를 관찰하는 것보다 훨씬 더 큰 의미가 된다. 존재의 핵심이 변화한다. '타자'가 내재화되어 더 이상 '타자'가 아니게 된다. 다른 나라, 다른 사회의 일원이 되는 것이 어떤 의미인지 경험해보면 원래의 출신 국가라는 제약에서 벗어나고 기존의 좁은 세계관이 새로운 버전으로 업그레이드된다. 그러고 나면 독일인 또는 호주인으로 살아왔던 것은 그저 운명의 수레바퀴가 자의적으로 돌아간 결과임을, 그저 상황적 우연이었음을, 다른 문화의 일원이 되는 것도 마찬가지로 그저 우연의 결과임을 깨닫게 된다. 자신의 문화에 대한 애착과 국적에 대한 집착도 영원히 사라진다.

앞서 우리는 배율을 논의하면서 배율을 결정짓는 세 번째 요소가 여행자의 목표라고 이야기했다. 여행자가 한 나라의 영혼을 정말로 포착하고자 한다면, 정말 깊이 여행해야 한다. 한 나라의 심장과 영혼에 더 깊이 파고들려고 하면 할수록, 여행의 배율 또한 더 커져야 한다. 궁극적으로 세상의 온갖 나라와 지역들의 영혼을 포착하려고 하다 보면 장기 여행은 으레 여행자가 원래 계획했던 것보다 오래 지속되곤 한다.

솔로몬 제도 말라이타

"콰이오 남자처럼 드시네요!"

가이드가 말하고는 뿌듯한 미소를 지으며 덧붙인다.

"방금 그러던데요."

잘 구워진 새끼 돼지 머리를 두 손으로 잡고 새끼 돼지의 부드러운 볼살을 막 앞니로 물어뜯는 참이었다. 주변의 젊은 콰이오 남자(발음: 코요)가 놀라워하며 나를 바라보는 가운데, 나는 솔로몬 제도 여행이 마침내 정점에 이르렀고 나의 마지막 목표를 달성했음을 깨달았다. 단 몇 초뿐이라도, 한때는 위용을 떨쳤던 콰이오 부족의 일원이 되었다! 별다른 노력 없이 콰이오 부족의 영혼과 연결되는 경험을 했으며, 콰이오족의 일원이 되는 게 어떤 것인지 느꼈다. 또 내 안에 있는, 인육을 먹는 뿌리를 되찾은 느낌이었다. 한때 식인 풍습이 널리 퍼져 있던 이 지역을 여행할 때 가장 염두에 두었던 부분이다. 콰이오 부족에는 식인 풍습이 없었다는 것, 그리고 내가 먹었던 고기는 인육이 아니었다는 점은 상관이 없었다. 바로 그 순간, 나는 잔칫날 식인종들이 느꼈을 법한 느낌과 가장 가까운 느낌을 받았다.

흙구덩이 안 돌과 잎새가 무더기로 쌓인 위로, 돼지가 도살되고 창자를 끄집어냈던 곳에는 돼지 몇 마리가 동료 돼지가 구워지고 남은 조각을 아무런 회한 없이 집어삼키고 있었다. 심지어 돼지 피와 껍질이 붙은 잎들도 뜯어 먹고 있었다. 알고 보니, 돼지들은 다른 수천 가지 종과 마찬가지로, 같은 종을 잡아먹고 사는 무리였다. 우리 인간도 지구상에 존재한 대부분의 시간 동안 그와 마찬가지였고.

수바에 있는 피지국립박물관 전시실에서 식인 풍습에 대한 글을 보았다. 당시에는 웃기다고 생각했다. 현재 피지 사람들의 바로 위 선조들은 지구상에서 마지막까지 식인 풍습을 유지했었다. 그 사실을 부끄럽게 여긴 박물관 관계자들은 다음과 같은 글로 피지의 식인 풍습을 부드럽게 표현하려고 했다. "식인 풍습은 고대에 널리 퍼져 있던 풍습이었다. 연구에 따르면 전 세계에 식인 풍습이 있었다. 스페인에는 8,000년 전, 프랑스에서는 7,000년 전, 영국은 3,000년 전, 남아프리카에서는 1,000년 전에 식인 풍습이 있었다. 피지에서는 1800년대 후반이라는 최근까지 식인 풍습이 있었다." 이 글의 오류는 접어두더라도(예를 들어 아즈텍 민족은 16세기까지도 대규모로 인육을 먹는 풍습이 있었다), 이 글이 전하는 메시지는 분명하다. 모든 인간, 모든 인종은 진화를 하면서 이 단계를 거쳤다. 전쟁이나 기근으로 먹을 것이 부족했을 때도 있었지만, 식인 풍습은 현대에까지도 종종 다시 나타나곤 했다.

중요한 질문 하나. 그런데 요즘 사람들은 왜 죽은 사람의 인육조차 먹지 않을까? 인간은 자신을, 그리고 동료 인간을 고기로 보지 않게 된 지 오래되었기 때문이다. 답은 간단하고도 분명하다. 살과 뼈로 이루어져 있지만, 우리는 인간을 그 이상이라고 여긴다. 이름, 개인사, 생각, 영혼까지 수많은 관념을 부여하면서 인간의 육신은 예전과는 다른 의미를 갖게 되었다. 그래서 죽은 후 육체의 처리도 자연에 맡긴다.

그리스 시인 요르기오스 세페리스는 이런 시를 썼다. "우리는 풀로 이루어져 있다." 나는 그 비유를 썩 좋아

빗속에서 노는 콰이오족 어린아들(솔로몬 제도 말라이타)

하진 않았다. 그건 인간의 동물적인 본성을 광합성하는 식물로 바꾸어버린 표현이다! 그의 시에 무례한 산문으로 대꾸해보고 싶다. 우리는 부드럽고, 육즙이 흐르며, 따스하고, 맛있는 살로 이루어져 있다. 다른 동물과 마찬가지로, 맛있는 살로 이루어져 있다. 그렇기 때문에 우리는 아직도 모두 식인종이다! 서로를 먹기 때문이 아니라(서로를 죽이는 건 그만큼이나 나쁜 일이지만), '잠재적으로' 먹을 수 있는 살로 이루어져 있기 때문이다. 심리학자나 이 주제를 연구하는 기타 연구진에게는 미안하지만, 나에게는 나만의 이론이 있다. 식인 풍습에 대해 우리가 끊임없이 매료되는 건, 그리고 식인 풍습에 관한 이야기와 영화가 매력적인 건, 다른 인간을 포함한 다른 동물에게 우리의 몸이 잡아먹히는 모습을 시각화할 수 있는 능력이 인간에게 있기 때문이다. 다른 사람의 죽음이 마음을 불편하게 하는 건 그 사람의 죽음에 자신의 죽음을 투사할 수 있기 때문이며, 식인 풍습이 충격적으로 느껴지는 건 누군가에게 잡아먹히는 남의 모습에 내가 잡아먹히는 모습을 투사할 수 있기 때문이다. 본능적으로 이렇게 할 수 있는 이유는 마음속 깊은 곳에서 우리가 아직도 식인종이기 때문일 것이다.

먹을 수 있는 고기 중 인간의 고기를 배제한 현대의 인간은 많은 것을 성취했으나 한편으로 많은 것을 잃었다. 밀튼은 이를 '실낙원'이라고 표현했으며 프로이드는 '문명 속의 불만'이라고 표현했다. 서로 다른 접근법이고 설명이지만, 한 가지만은 분명하다. 무언가 완전히 잃어버린 게 있다. 콰이오 부족은 그런 부재를 느끼지 않는다. 무엇을 잃어버렸는지 설명하기 위해 정교한 종교를 만들어낼 필요도 없다(우연인지 모르겠지만, 그들은 종교가 없는 아주 소수의 민족 중 하나다).

내 안에 남아 있는 식인의 뿌리를 발견한 나는 인간이 육신에 대해 기본적으로 갖는 불편한 마음을 털어버릴 수 있었다. 오랜 세월 이어진 호모 사피엔스의 후손으로서 나는 이율배반에서 오는 불편함을 느끼고 있었다. 솔로몬 제도에서 사람들이 생각하는 실낙원을 발견한 것도, 만족스러운 삶을 발견한 것도 아니었지만 그래도 보람 있는 일이 있었다. 내 안에 있는 날것의, 뼈와 살로 구성된 내 안의 본능을 알아볼 수 있었던 것이다.

한 나라의 영혼에서 대륙의 영혼을 포착하는 것으로 생각을 확대해보자. 나라의 구분과 마찬가지로, 대륙의 구분은 역사와 풍습에 따른 결과다. 하지만 지구상의 커다란 부분을 대륙으로 묶고 다른 곳과 구분 짓는 테마와 요소는 계속 이면에 남아 있다. 통합된 유럽에는 다양한 역사, 국가, 언어가 있지만 대륙의 특징과 영혼은 아시아나 남아메리카 대륙과 상당히 다르다. 르네상스 이후로 현대 유럽의 특색이라 할 만한 틀이 만들어졌고, 이러한 틀은 유럽의 사회 구조, 정치 제도, 교육, 일상, 관습 등에서 비슷하게 관찰된다. 유럽 국가들을 오래 여행하다 보면 어느 단계에 이르러 유럽을 관통하는 공통적인 특성을 느낄 수 있을 것이다. 이러한 유럽의 공통적인 특성, 또는 영혼은 모든 면을 아우르며 유럽 대륙을 구성하는 나라들의 일반적인 특징을 포함하고 표현한다. 마찬가지로 모든 남아메리카 국가들은 그 바탕에 공통적인 아메리카 원주민-스페인-포르투갈 문화가 있어 국가별 차이가 있더라도 현대 남아메리카 국가들은 하나로 볼 수 있다. 아시아 대륙은 더 다양하고 다른 대륙처럼 눈에 잘 띄는 기층 문화가 있는 건 아니지만, 중동 국가들, 동아시아 국가들(한국, 중국, 일본과 베트남까지) 등 공통의 역사, 가치관, 문화를 가진 큰 지역들은 있다. 그러므로 중동 지역의 영혼이나, 동아시아의 영혼에 대해서는 논의해도 되겠다.

마지막으로 세계 여행자들의 궁극적인 목표는 지구의 영혼을 포착하는 것이다. 지구의 영혼은 자신만의 방식으로 지구가 하나임을 깨달은 여행자가 개인적인 경험을 종합할 때 발견된다. 앞서 나는 세상 전부를 알기란 불가능하다고 설명했다. 그러니 지구의 영혼을 포착하려는 노력은 지속적인 노력이며 완료될 수 없다. 모든 여행과 여행을 통해서 얻는 경험을 모자이크처럼 채우면서 여행자는 지구 전체와 항상 잠시만 느낄 수 있는 지구 전체의 영혼과 자신의 관계를 정립하고 다듬는다. 지구에는 인간 사회 이상의 것들이 포함되어 있지만, 인간은 지구상 생명체 중에서도 꽃이라 할 수 있으며 탐험의 주요 대상이다. 그러므로 지구의 영혼을 포착하려면 인간 문화와의 상호작용, 인간 본성에 대한 이해를 분명히 넓혀야 할 것이다. 지구의 영혼을 포착하는 일은 매우 어려우며, 이런 노력은 앞서 언급한 한 나라의 영혼을 포착하려는 노력과 마찬가지로 어렵다. 하지만 인류 전체와 관련되고 지구의 영혼을 포착하는 데 중심이 되는 중요한 경험 한 가지가 있다. 세계 여행자는 더 많이 여행하고 지구를 알아갈수록, 자신을 하나의 거대한 인간 가족의 일부분이라고 느끼게 된다. 인간이 공통적으로 공유하는 특성과 특징이 자신을 다른 사람들과 구분하는 모든 차이점보다 더 강력하게 느껴진다. 여기에 대해서는 5장에서 더 깊이 알아보도록 하겠다.

깊이/배율, 지혜로운 동선, 영혼의 포착 등 지금까지 논의한 세 가지 핵심 개념으로 세계 여행자가 여행을 계획할 때 참고할 철학적 프레임워크가 마련되었다. 그러면 이제 또 다른 프레임워크를 살펴보자. 여행과 인생에 대한, 장기 여행자의 마음가짐이다.

세계 여행자가 지녀야 할 마음가짐

장기 여행자의 마음가짐에 영향을 미치거나 영향을 미쳐야 하는 요소, 태도, 생각은 많다. 그중에서도 가장 중요한 것들을 세계 여행이라는 맥락 안에서 살펴보도록 하겠다.

세상에서 겪는 어려움, 고생, 불편한 현실

> 눈에 보이지 않는 신의 섭리가 있기에 가장 큰 어려움은 가장 큰 기회가 되기도 한다. 최고의 어려움은 최고의 싸움에서 이길 것이며 궁극적인 문제가 해결되리라는 자연의 메시지다. 도망칠 수 없기에 피해야 하는 덫이나 너무 강해서 도망쳐야 할 적에 대한 경고가 아니다.
>
> ─아우로빈도 고시

물론, 그렇다면 불편하고, 어려우며, 반대되는 측면들을 받아들이는 편이 낫다. 이러한 측면들이 여행 경험을 가치 있게 해주기 때문이다. 편안함(고통 없이 얻은 목표)과 진정한 삶의 경험 사이에는 항상 모순이 있다. 삶에 있어서 필수적인 요소로, 우리가 이득이라고 여기는 모든 것은 노력과 저항에서 얻은 결과이며, 우리와 세상의 관계를 진정으로 강화시키는 모든 것은 어떤 방식으로든 우리 존재의 개인적인 면과 연결되어야 한다.

-슈테판 츠바이크

앞서 강조했듯이, 세계 여행자의 탐험 대상은 '인생' 전체다. 여기서 '인생' 전체란 모든 것을 의미한다. 여행이라는 실제 행위에 포함되는 모든 어려움, 문제, 위험, 세상의 불편하고 고통스러운 측면까지도 포함한다. 세계 여행자는 삶 전체에 완전히 몰입해야 하며 각각의 지역, 사회, 상황을 구성하는 모든 것을 경험해야 한다. 거리를 두고 세상을 관찰하는 게 아니라 그 안에 완전히 몰입해서 세상의 가장 깊은 내면까지도 다 보아야 한다.

세계 여행자가 세상의 진정한 현실을 경험하는 방법은 두 가지가 있다. 첫째, 여행 중에 불편과 고생을 겪고 불쾌한 상황에 말려든다. 전체 여행 경험에서 이건 상대적으로 작은 부분이지만, 그런 존재 또한 인정하고, 수용하고, 결과적으로는 완전히 받아들여야 한다. 둘째, 세상이나 사람들과 관련된 추하고 불편한 현실이 있다. 앞서 이야기한 것보다 큰 맥락에서 세상의 불편한 현실을 경험한다고 할 수 있겠다. 이렇게 큰 맥락의 불편한 현실은 보다 더 즉각적으로 느껴지고 우리의 감각을 직접적으로 공격하는 것처럼 느껴질 때도 있다. 인간의 행동이 빚어내는 추한 광경, 소리, 냄새. 누구도 '추한 풍경'이라거나 '보기 불편한 산'이라고 하지는 않으니까. 자연은 중립적이며, 나쁘게 이야기해봤자 지루하다거나 단조롭다고 할 수 있을 뿐이다.

나쁜 현실은 세상의 결 중 하나다. 여행자는 여행의 불쾌한 부분과 세상의 불쾌한 현실까지도 존재의 양극단 중 어두운 면으로서 받아들이는 법을 배워야 한다. 한 걸음 더 나아가 현실을 비판하거나, 거부하거나, 맞닥뜨릴 기회를 회피하는 대신, 그러한 현실을 더 잘 이해하기 위해 의식적으로 그리고 의도적으로 몰입해야 한다. 다음에서는 여행자가 항상 대면하게 될 수밖에 없는 두 가지 도전과제를 좀 더 자세히 살펴보자.

어려움과 고생

세계 여행은 쉽지 않다. 매일 여러 도전을 뛰어넘고 많은 문제를 해결해야 한다. 수시로 어려운 상황이 발생하는데, 여기에는 사람 간의 갈등이나 다툼도 포함된다. 불쾌한 상황은 그 범위도 넓다. 버스를 놓쳐서 여행이 하루 지체되는 것처럼 평범하고 흔한 일에서부터, 바가지를 씌우려고 하는 뱃사공과 언쟁을 벌이는 일까지 다양하다. 음식점의 음식이 형편없고, 호텔 방이 더러울 때도 있으며, 침대가 불편할 때도 있다. 권위를 내세워 나를 억누르려는 관리 때문에 진땀을 뺄 때도 있고, 원칙 문제를 놓고 내 힘으로 버텨내야 할 때도 있다. 살면서 부딪치는 상황이 무한히 다양하듯, 잠재적 문제의 리스트 또한 끝이 없다. 하지만 각각의 어려움과 문제는 여행자가 탐구하는 문화를 깊이 있게 이해할 독특한 기회가 될 수 있다. 그리고 개인의 정신세계와 심리적 깊이를 더하는 기회가 될 수 있다. 많은 경우 약간의 유머와 편안한 마음으로 즐기려는 태도에 의해 문제가 해결되곤 한다(106쪽 에피소드 9 '물 새는 아프리카'를 읽어보라). 각각의 어려움이 어려움을 겪지 않고서는 이해할 수 없는 무언가를 배우기 위한 기회라고 생각하면, 어려움에 위축되기보다 환영하게 될 수 있다.

마침내 여행이 끝나고 여행하면서 겪었던 어려움, 나아가 절망의 순간을 되돌아보면 그런 경험이 다른 무엇보다도 자신을 변화시켰음을 알게 될 것이다. 또한 외국 문화와 자기 자신을 깊이 이해하게 하는 계기가 되었음을 알게 될 것이다. 아우로빈도 고시가 이야기하듯, 어려움의 크기는 그 사람이 배워야 할 교훈의 크기에 비례한다. 드물

말리 바마코

마침내 프랑스인과 미국인 커플이 운영하는 바마코의 부티크 호텔에 도착했다. 드디어 온수가 나오고, 향긋한 수건과 푹신한 침대, 깨끗한 침대 시트까지 있다. 순간 아프리카를 떠난 게 아닌가, 하는 생각이 들 정도였다.

그런데 이른 아침 (항상 꼭 이른 아침이다) 문자 그대로 머리를 쿵쿵 때리는 소리에 현실로 돌아왔다. 머리 위 벽을 크게 울리는 소리에 잠에서 깼다. 호텔 방문을 여니 이번에도 또, 벽 저편에 있는 망가진 변기를 고치느라 작업 중인 배관공들이 보였다. 아프리카 대륙을 여행하면서 얼마나 자주 겪은 일인지. 잠이 덜 깬 나는 외쳤다.

"나중에 고치면 안 돼요? 이 방에선 아직 자잖아요. 지금 새벽 6시라고요!"

그 말에 배관공 하나가 중얼거렸다.

"물이 엄청 새서요."

물이 새다니! "태초에 말씀이 있었다." 세상을 창조한 것도 모든 걸 제자리에 둔 신성한 말씀이었다. 말씀으로 우주가 창조되었고, 사람과 장소, 상황과 국가에 대한 이해가 깊어진다. 이번에는 그저 새벽 6시에 배관공에서 들었을 뿐이다.

물이 새다니! "그러자 갑자기 빛이 생겨났다!" 마법의 부두(voodoo) 주문에 따라 대륙의 구조가 바뀌고 새로운 형태와 모양이 잡히기 시작했다. 이해되지 않던 아프리카의 어둠, 미스터리, 퍼즐이 갑자기 딱 맞아떨어지기 시작했다.

이제 이해할 수 있게 되었다! 아프리카에서는 이렇게 물이 새기 때문에 변기 물탱크에 항상 물이 없는 거다. 그래서 변기 아래 항상 물웅덩이가 있었다. 물을 샤워 꼭지까지 운반할 파이프도 물이 새서 물이 화장실 바닥으로 스며드는 것이다. 그래서 바닥이 항상 축축하고 냄새나는 것이다. 그러니 식수도 급수장까지 도달하지 못하고, 그래서 마실 물도 항상 없는 것이다.

갑자기, 신성한 말씀으로 모든 것을 깨닫게 되었다. 베일에 싸여 있었던 모든 미스터리가 밝혀지기 시작했다. 전기선을 배고픈 쥐가 물어뜯었기 때문에 전기가 방에까지 공급되지 않는 것이다. 거기에 물이 새니 전기 충격을 조심해야 한다! 전기선을 따라 흐르는 전기가 없으니 냉장고도 물이 새고, 고기는 상하며, 냉장고에서 물이 계속해서 새다 보니 냉장고는 더 이상 냉장고가 아니고, 그저 뜨거운 코카콜라와 완두콩 통조림을 보관하는 서글픈 하얀 박스일 뿐이다.

갑자기 비가 온다. 열대 폭우다. 지붕에 구멍이 세 개 있는데 비가 쏟아질 때마다 구멍이 계속 커진다. 지붕에 물이 새기 시작하니 집 안에서 수영을 하거나 카누를 탈 지경이다. 물 새는 아프리카….

30년 된 벤츠 택시의 시동이 걸리지 않는 건 배터리가 샜기 때문이다. 젊은 애들 여럿이 밀게 하니 그제야 다시 움직이지만, 이번엔 엔진 오일이 새기 시작해서 모터까지 공급되지 않는다. 하지만 운 좋게 다시 차가 움직인다면, 이번엔 서서히, 눈에 띄지 않게 공기가 샌다! 아프리카 대륙의 모든 자동차 타이어에서 끊임없이 공기가 샌다. 어쩔 땐 큰 소리와 함께, 어쩔 땐 낑낑거리는 소리와 함께, 다음 목적지에 도착하기 전에 꼭 타이어 바람이 빠져버린다. 아프리카의 절반은 타이어를 교체하느라 바쁘고, 다른 절반은 이너 타이어를 가져다가 물이 담긴 양동이에 넣어 구멍 뚫린 데를 찾아서 고치느라 바쁘다.

약간의 희망이라도 가지려고 교육을 잘 받은 아프리카 최고 집안의 정치인이 나타나 공정함, 지배구조 개혁, 진정한 민주주의를 약속하면, 그래서 투표함이 설치되고 새 출발이 가능할 것 같으면, 무자비한 말씀이 다시 개입해서 모든 희망을 없애버린다. 투표함도 새기 시작했다! 투표용지가 들어갔지만 그 안에 머무르지 않는다. 흰개미와 다른 이상한 동물들이 투표함을 뜯어먹기 시작해서, 투표용지들이 새어 나와 아프리카 정치계의 하수구로 사라져버린다. 여기서 사람들이 할 수 있는 일이란 없다.

은행에서 있는 돈을 다 찾아서 영원히 아프리카를 떠날 수도 없다. 투표함이 새기 시작하면 은행도 새기 시작한다(아프리카의 국부도 함께 새어 나간다). 돈도, 경제도, 제 기능을 하는 국가도 없다. 완전히 갇혀버렸다. 아프리카에 갇혀버렸다. 죽는 날까지, 모든 게 새어 나가는 걸 지켜봐야 하는 상황에 놓였다.

샌다. 물부터 돈까지, 모든 게 새어 나간다.

고 새로운 어려움일수록, 더욱 귀중하고 오래가는 선물이 되는 법이다. 모든 어려움은 나 자신에 대한, 그리고 다른 사람과의 관계에 대한 새로운 깨달음을 준다. 문제가 생기면 복잡하게 뒤엉킨 상황 속에서 정신 차리고 에너지와 능력을 최대한 끌어모아 다르게 행동하게 된다. 그렇게 함으로써 이전에는 존재하는지도 몰랐던 새로운 세계를 만나게 된다.

어려움은 형태도, 모양도 다양하다. 여행하며 반복되는 사소한 문제는 새롭고, 폭넓은 교훈으로 이어질지도 모른다. 명백한 갈등도 삶의 일부이며 나중이 되어서야 그 의미를 알게 될지 모른다. 모든 실제, 그리고 상상 속의 재앙에서도 축복이 있음을 알게 되면 용기를 내어 어려운 상황으로 이어질 것처럼 보이는 사건에도 '저항하지 않고' 순순히 따를 수 있게 된다. 태어나서 처음으로 모든 상황이 허리케인이 불어 닥치는 길로 이끄는 기묘한 순간도 받아들이고 나아갈 수 있다(110쪽 에피소드 10 '허리케인 윌마'를 읽어보라).

대조 1: 극도로 화려한 리오 카니발 퍼레이드 후 남아메리카의 아버지라 불리는 시몬 볼리바르의 동상이 빈민가를 배경으로 떠가는 모습
(브라질 리오데자네이루)

추하고 불쾌한 현실

여행은 세상의 아름답고 즐거운 요소만을 골라서 보려는 것이 아니다. 아름다운 자연, 경이로운 풍경, 위대한 도시, 그림 같은 마을, 웅장한 의식, 독특한 축제, 문화 이벤트는 여행의 중심이 된다. 하지만 이런 것들은 반대가 존재하기 때문에 의미가 있다. 숨 막히게 아름다운 풍경은 지루하고 단조로운 풍경과 대비되기 때문에 아름답다. 아름다운 도시와 마을이 그렇게 느껴지는 것 역시 추한 도시와 마을이 훨씬 많기 때문이다.

아름다움과 추함, 유쾌함과 불쾌함은 결국 상호의존적이다. 세상의 모든 것이 서로 얽히고설켜서 생겨난다는 불교 철학인 인연생기설을 떠올리게 한다. 자기 본성만으로 존재하는 것은 없고, 세상의 모든 것이 존재하려면 무언가에 의존한다고 했다. 이렇게 서로 반대지만 상호의존적인 특성들이 세상을 구성한다.

세상에 존재하는 부정적인 현실을 피하려고 하는가? 그런 행위는 불가능하거

대조 2: 귀금속 장수가 슬럼가 쓰레기에 묻힌 하수구 파이프 위를 걸어간다(인도 뭄바이)

나 의미 없는 시도다. 세상 만물은 양극단 사이의 스펙트럼 어딘가에 자리해 있고 양극단의 특성을 모두 갖고 있다. 그러니 여행자 또한 추하고 불완전해 보이는 상황에서도 아름답고 조화로운 측면을 보려고 해야 한다.

현실을 받아들이고 세상에 어쩔 수 없이 추함도 필요하다고 받아들이는 건 이성적으로 가능하다. 하지만 어린이들이 구걸하는 모습이나, 우리보다 자유와 기회가 부족한 현실에 처한 사람들을 보는 건 참 힘겨운 일이다. 이런 현실을 단순히 양극단 사이의 상호의존성 문제로만 받아들이기는 쉽지 않다. 도덕적 존재로서 우리는 이런 현실에 반발하고 제대로 바로잡히기를 원한다. 부당함은 없애고 빈곤, 질병, 억압을 없앨 수 있다고 믿는다. 잔인한 현실을 맞닥뜨리게 되면 스스로 나서서 세상을 바꿔보고 싶어질 수 있다. 당연하고 마땅한 일이다. 하지만 여행을 하면서 그렇게 할 수는 없다. 고귀한 일에 헌신하기로 했다면 여행을 마치고 해야 한다. 여행은 독자적으로 진행해

멕시코 칸쿤

성령의 눈이 진실을 만들고,

영혼의 상상이 세상을 만든다.

-아우로빈도 고시

내 일정표는 이랬다. "10월 20일. 치첸이트사에서 칸쿤으로 이동." 칸쿤은 요즘 멕시코 관광객들에게 핫플레이스로 통하고, 치첸이트사는 내가 처음으로 방문하려던 마야 유적지였다. 택시에 올랐다.

10분 후, 갑자기 기억났다는 듯, 택시 기사가 문법도 맞지 않는 영어로 물었다.

"You sure want go Cancun? Hurricane go there(진짜 칸쿤에 가겠다고요? 허리케인이 오고 있어요)!"

그는 뒷자리로 몸을 돌려 신문을 집어서 나에게 건넸다. 내 눈을 믿을 수가 없었다. 커다란 컬러 사진이 1면 절반을 채우고 있었다. 태양계가 자리하고 있는, 소용돌이치는 거대한 은하수 같았다.

"윌마랍니다."

'윌마 은하수요?' 거의 소리 내어 물어볼 뻔했다.

그가 재차 강조했다. "엄청난 허리케인, 윌마라고요."

사진 아래에 붙은 설명도 분명했다. '윌마가 무섭게 접근 중!'

"그래도 문제없어요. 꼭 칸쿤을 지난다는 건 아니거든요. 윌마 중심은 멕시코만 해상 10킬로미터 지점에 있을 거예요. 전문가들 말이 오늘 밤에나 지나갈 거라던데요."

손님을 놓치기 싫었는지, 기사가 문법은 맞지 않아도 유창한 영어로 말했다.

상황 파악에 몇 분 정도 걸렸다. 나와 거대한 나선형 은하수가 같은 날 같은 곳, 칸쿤으로 가고 있었다. 이건 뭐지? 이성적으로 설명할 수 없었다. 갑자기 은하수의 끝자락에서 중심까지 움직이는 나 자신의 모습이 상상되었기 때문이다. 나는 속으로 중얼거렸다. '중심이 바다에 있지 않다면 좋을 텐데.'

그러고는 외쳤다. "자, 그럼 갑시다!"

그래놓고 내 귀를 의심했다. 뭐야, 지금 내가 진짜 그렇게 말한 거야?

나는 이미 느꼈다. 나를 충동질했던, 눈에 보이지 않는 힘은 내가 통제할 수 없었다. 살다가 아주 흔하지 않게 만나는 순간이지만 운명이 내 주변에 거미줄을 치는 것 같았다. 이건 평범한 운명이 아니었다. 신이 보낸 선물이 분명했다. 윌마가 나를 만나러 오는 것이었다. 진짜 허리케인이라니! 지중해 섬나라 출신인 나는 허리케인을 겪어본 적이 없었다. TV에서 먼 거리에서 찍은 이미지와 메아리처럼 희미하게 들려오는 소리를 접했을 뿐이다. 이제 막 유대인의 신인 하나님의 도덕폐기론적인 면을 논한 『신의 어두움(The Darkness of God)』이란 책을 끝낸 것은 우연의 일치일까? 같은 날 칸쿤으로 오는 길에 치첸이트사의 사원 벽에 조각된 고대 마야인들의 천둥과 비의 신, 착(Chac)의 무서운 이미지를 본 것도 우연이었을까? 길고 구부러진 코, 파충류 같은 눈, 크고 무서운 송곳니를 가진 착은 강력하고 뚜렷한 인상으로 야훼의 어두운 면을 떠올리게 했다.

내심 원했던 대로 일이 풀렸다. 이번에도 기상 전문가와 택시 운전사의 말이 틀렸다. 몇 시간 후 칸쿤 호텔에 체크인했을 때, 최신 뉴스에는 윌마가 경로를 살짝 틀어서 중심이 칸쿤을 지나갈 것이라 했다. 이미 진짜 은하계의 중심에 접근하고 있다는 느낌이었다. 기꺼운 마음으로 이후 닷새를 보내게 된 호텔에서 나는 가장 흥미롭고 이상한 우주 여행자들을 만났다! 그때까지 나는 그렇게 환상적인 캐릭터들의 조합을 만나보지 못했고 이후에도 만나지 못했다. 마약밀매를 하다가 기독교 선교사가 된 사람(나를 빼고 허리케인 구경으로 흥분했던 유일한 다른 사람이었다), 세계 여행 후 미국에 이민 간 우크라이나인 커플, 미국 오리건 주에 사는 러시아 구교도인들(남성들은 턱수염을 기르고 여성들은 머릿수건을 썼다), 남태평양 노스포크 섬의 1,500명 주민 중 하나, 뮌헨에서 온 유대인, 모든 서바이벌 스킬과 도구를 다 갖춘 스위스인 교수, 정신 나간 게 아닌가 싶은 멕시코인 카를로스까지… 리스트에 끝이 없었다.

윌마는 약간 늦게 도착하긴 했지만, 끝내 약속을 지켰다. 얼마나 운명적이고 대단한 만남이었는지! 21일 자정에 윌마는 어마어마한 파괴력으로 도시를 강타했다. 나는 태풍의 눈에 서서 우주를 움직이는 신성한 힘을 보고, 듣고, 느끼며 마냥 행복해했다. 허리케인이 엄청난 천둥, 쏟아 붓는 폭우, 나무를 성냥개비처럼 쓰러뜨리는 강풍으로 변하는 모습을 지켜보았다. 무엇보다 윌마를 피부로 느낄 수 있었다. 윌마의 애인이라도 되는 양, 나는 길에 서서 강풍이 나를 밀고 가도록 두었다. 호텔 정원으로 나가 폭우에 몸을 적시기도 했다. 거대한 야자수 나뭇가지가 휘어지는 모습을 보고 만져보면서 윌마의 압도적인 힘이 나를 삼키는 것을 느꼈다.

하지만 그게 전부가 아니었다. 윌마는 나를 신의 어두운 면, 그 미스터리로 인도했다. 신들의 파괴력은 때때로 신의 진노라 불리기도 했다. 우리 삶을 이끌어가는 힘은 양극단으로 나타난다. 한쪽은 부수고 다른 쪽은 새롭게 창조한다. 파괴는 끝없는 창조의 과정으로, 모든 것을 부수고 스스로 새롭게 거듭난다.

성서에서 욥은 비이성적인 힘을 발휘하는 유대인의 야훼에게 고개를 숙였다. 야훼에게서 나는 마야의 천둥과 비의 신, 착을 본다. 이름은 모두 다를지라도, 파괴, 해체, 부패, 혼돈의 신은 자신을 기리는 웅장한 사원들이 서 있는 마야의 중심에서 무서운 송곳니를 드러낼 것이다.

하지만 단 한 순간도 나는 그 어떤 두려움도 느끼지 않았다. 오히려 반대였다. 그동안 경험하지 못했던 엄청난 힘을 아름답다고 느끼고 그 힘에 매혹되었다. 윌마의 무한한 파괴력에 최면이 걸린 듯했다. 윌마가 갖는 파괴력의 단순함, 거기에서 느껴지는 조화로움에 압도당했다. 때때로 윌마의 힘은 깊이가 무한한 예술 작품과 음악을 만들어내는 것 같았다. 다만 우리의 눈에는 아주 작은 일부만이 보이고 귀에는 아주 불완전하게 들리는 그런 기분이었다.

은하계의 중심이 나에게로 왔다.

착은 나에게 무서운 이를 드러내었다.

윌마와 나는 만나고, 교감하고, 헤어졌다.

야 한다. 중대한 일을 돌아다니면서 시작하는 건 불가능하다.

　　더 이상 여기서 인간 사회의 큰 문제를 논의하고 어떻게 해결할지 논의하느라 시간을 지체하지는 말자. 대신 불편한 현실, 세상의 추함에 직면한 여행자가 어떤 태도를 가져야 할지, 그리고 어떤 마음가짐으로 맞서야 할지 생각해보자.

평등함

　　우주아(universal soul)에 있어서 모든 사물과 사물과의 접촉은 산스크리트 미학에서 말하는 '라사(rasa)'로 가장 잘 표현되는 기쁨의 정수(essence of delight)를 동반한다. 라사는 어떤 대상과 느낌의 정기 또는 정수라는 뜻이다. 우리는 접촉하는 대상의 정수를 찾으려 하지 않고, 대상이 우리의 욕망과 두려움, 욕구와 움츠림에 어떤 방식으로 영향을 미치는지만 보려고 한다. 때문에 슬픔과 고통, 불완전하고 일시적인 기쁨이나 무심함에 가로 막혀 정수를 찾지 못하고, 라사가 불완전한 형태로 나타난다. 마음과 영혼에 완전히 관심을 끊고 불안해하는 자신에게서 거리를 둔다면, 이렇게 불완전하고 비뚤어진 형태의 라사가 점차 사라지고 다양한 형태로 존재하는 진정한 정수, 떼어 놓을 수 없는 존재의 기쁨이 손 뻗으면 닿을 곳에 있을 것이다.

　　　　　　　　　　　　　　　　　　　　　　　　　　－아우로빈도 고시

　　악취, 소음, 숨 쉬기 힘들 정도로 오염된 공기처럼 우리의 감각을 무지막지하게 공격하는 불쾌한 감각은 참 견디기 어렵다. 시각적으로 불쾌한 자극은 그 범위가 더욱 크다. 함부로 내버린 쓰레기가 곳곳에 넘쳐나는 나폴리의 거리, 리우데자네이루 외곽의 빈민가, 수정처럼 깨끗하고 맑은 물에 대비되는 스페인 해변의 난개발 마을. 모두가 인간 행동의 결과로 빚어진 보기 불편하고 가슴 아픈 광경이다.

　　세상의 불편한 자극에 맞서기 위해서는 모든 자극을 동등하게 대하려는 태도를 갖춰야 한다. 모든 감각을 정신적인 분석이나 평가의 개입 없이 가장 날것으로 경험해야 한다. 요가 수행자들은 이미 몇천 년 동안 수행을 통해 모든 감각을 평등하게 대하려고 노력해왔다. 라사, 즉 실체를 찾고자 한다. 정신이 즉각적으로 내놓는 평가에서 벗어나 모든 감각에 존재하는 정수를 찾고자 한다.

모든 감각은 무한한 감각의 스펙트럼에 포함되는 다양한 감각의 하나인 만큼 모두 동등하다. 그런데 현실적으로 존재하고 경험 가능한 무한한 감각 중에서 우리가 실제로 느끼고 경험하는 감각은, 일상을 영위하는 테두리 안에서 우연히 만나는 몇 가지에 지나지 않는다. 여행하며 만나는 새로운 감각은 즐겁든, 고통스럽든, 중립적이든, '경험의 도서관'에 모아둘 소중한 장서나 다름없다. 우리의 정신으로 하여금 물러나게 함으로써 우리는 세상의 모든 것을 신선하고 강렬하게 받아들이며, 가치 판단으로 오염되지 않은 채 세상을 있는 그대로 받아들이는 신생아처럼 새롭게 세상을 경험할 수 있다. 악취를 맡으면서 역겹다는 반응을 보이지 않거나, 본능적으로 얼굴을 찡그리지 않기는 쉽지 않다. 그렇지만 이런 반응을 멈추어야만 나와 악취 사이를 가로막는 것 없이, 직접적으로 악취를 경험할 수 있다. 악취도 새롭고 독특하다는 면에서는 아주 특별한 냄새다(116쪽 에피소드 11 '취두부'를 읽어보라). 이렇게 의식적으로 노력해야만 세상을 개인의 성장배경, 편견, 기존에 형성된 취향이라는 필터를 통해서가 아니라 있는 그대로 바라볼 수 있게 된다.

판단의 유보

세상의 불쾌한 진실과 맞서도록, 또 모든 자극이 평등하다는 마음을 갖도록 돕는 중요한 마음가짐이 있다. '판단의 유보'라 불러도 좋겠다. 판단을 미룬다는 말은 종종 인간 행동에 대한 판단을 미룬다는 의미로 사용된다. 하지만 그것만으로는 범위가 좁다. 여기에서 판단의 유보란 더 일반적인 개념이며 현지인의 행동뿐 아니라 그 나라의 건축과 미학, 음식의 맛, 음악 소리에 대한 판단을 미루는 것을 의미한다. 현지 문화의 모든

판단의 유보 1: 종교를 위해 자해하는 사람들의 행렬(인도 타밀나두, 티루치라팔리)

경험에 대한 판단을 미룬다는 뜻이다.

　　모든 대상에 이름을 붙이려는 인간의 본능을 극복하기란 정말 쉽지 않다. 이름을 붙이는 데 이미 판단이 들어간다. 그러려고 하지도 않았는데 마음이 나서서 모든 형태, 감각, 상황에 이름을 붙인다. 순간적으로 이름을 붙인 다음에는 분류를 한다. 우리는 마음속으로 대상을 어떤 그룹으로 분류했다는 이유만으로 '안다'고 생각한다. 안다고 생각하는 것을 이해하는 것과 혼동하기도 한다. 그렇지만 아는 것이나 이해하는 것 모두 경험하는 것과 같을 수 없다.

　　예를 들어 모든 감각은 마음이라는 매개를 통해 몸으로 느껴진다. 마음은 감각 재현에 필요하긴 하지만 마음만으로는 감각을 재현할 수 없다. 감각이 반드시 있어야 하는 이유다. 감각은 세상과 직접적으로 접촉한다는 점에서 즉각적이다. 감각은 개념일 수 있지만, 개념은 감각을 대체하지 못한다. 모든 감각 경험은 그러한 경험을 전달

판단의 유보 2: 가족 중 여자들을 채찍으로 때리는 하마르족 남성(에티오피아 사우스 오모 밸리)

하는 단어와는 차원이 다르다. 그렇지만 감각뿐 아니라 모든 것에 이름을 붙이는 인간의 본능은 분명 적절한 상황과 기능이 있음에도 불구하고, 세상을 순수하게 경험하는 데 가장 큰 걸림돌이 된다.

인간 행동의 측면에서 판단의 유보는 여행자가 반드시 지켜야 할 황금률이다. 인도에서 자신의 몸과 얼굴에 작살을 통과시켜 자해하는 종교 신도들의 행진을 봤다고 하자. 그들이 미쳤다고 생각하기보다는, 인지할 기회로 삼아야 한다. 그들의 행동을 이해하지는 못하지만 그런 행동을 있는 그대로 보고 나중에 자세히 알아보는 기회로 삼는 것이다. 그러면 그러한 자해 행위가 영적인 수행으로서 심오한 의미가 있음을 알게 될 것이다.

다른 예를 하나 더 들어보자. 에티오피아 사우스 오모 밸리를 여행하다가 시장에서 만난 사람들이 나를 마을 청년들의 성인식에 초대했다. 성인식에서는 젊은 남성

중국 상하이

외국에서 왔다면, 여기서 싫어하는 걸 싫어하고

좋아하는 건 좋아하는 법을 배워야지.

-소포클레스, <콜로누스의 오이디푸스> 중에서

중국에서 지낸 지 한 달이 지났을 때였다. 관광객들이 많이 방문하는 상하이의 올드타운, 유유안 지역에 들어섰다. 가판대와 먹을거리가 가득하고 사람은 그보다 더 많은 거리를 돌아다니다 보니, 중국 어디서든 나를 따라다니던, 하지만 어디에서 나는지 알 수 없었던 '그 이상한 냄새'가 코를 찔렀다. 처음 그 냄새를 맡은 건 베이징에서였는데, 분명 어디 하수구가 망가져서 나는 냄새라고 생각했다. 내 기억 속 냄새 사전에서 찾을 수 있는, 가장 근접한 냄새가 그것이었기 때문이다. 하수구에서 나는 냄새라지만, 이 악취는 뭔가 내가 아는 냄새와 아주 달랐다. 아마도 중국인의 배설물이 달라서 냄새가 다른 게 아닌가 생각했었다! 나중에 같은 냄새를 시안 등 다른 도시에서도 맡게 되자, 나는 하수구 이론에 문제가 있음을 간파했다. 모든 하수구에서 그렇게 똑같이 역겨운 냄새를 풍길 리가 없었다.

결국 상하이에서 냄새의 미스터리를 파헤치기로 했다. 사냥개마냥 사람들 틈을 다니며 코를 킁킁댔다. 악취가 강해지는 방향을 찾았다. 잠시 후, 중국인들이 엄청나게 늘어선 긴 줄이 눈앞에 펼쳐졌다. 냄새를 따라가니 음식을 파는 작은 노점상이 나타났다. 노점상에 가까이 다가갈수록 머릿속에 더 크게 알람이 울리는 것 같았다. 단 두 명에서 음식 한 가지만을 팔고 있었는데, 냄새뿐 아니라 모양도 딱 똥 같았다!

"대체 이게 뭐죠?"

줄을 서 있던 중국인에게 물었다.

"두부죠."

"두부 아니잖아요. 저도 두부 먹어봤는데 이렇게 생기지도, 냄새가 나지도 않았다고요!"

"아니, 이건 취두부(발효시킨 두부를 튀긴 것)요."

나와 중국인의 대화를 들은 다른 중국인이 말했다.

"아오, 냄새가 정말 끔찍한데요."

"그렇죠. 그렇지만 정말 맛있다오."

내 뒤에 서 있던 중국인이 미소 지었다. 바로 그 순간, 여행의 요정이 속삭였다. '사람들이 30분씩이나 줄 서서 먹는 걸 왜 먹는지 알아보지 않고 그냥 갈 수야 없지. 이건 꼭 먹어봐야 해!' 그래서 나도 줄을 섰다. 배고픈 중국인들 틈에서, 악취를 맡으며, 누군가가 종이접시에 똥을 담아서 건네주기를 기다리게 된 것이다!

첫 한 입은 별로 인상적이지 않았다. 두 입째에는 두부를 코앞에 가져가 가까이에서 냄새를 맡았다. 가까이에서 맡는 냄새와 멀리서 나는 냄새는 완전히 달랐다. 단 한 번도 맡아본 적이 없는 냄새라는 점에서 꽤 흥미로웠다. 멀리서 맡은 냄새는 두부를 튀기는 과정에서 기름과 아직 튀겨지지 않은 두부가 만나 내는 냄새임이 분명했다. 요리가 끝난 두부가 내는 냄새는 달랐다. 겪어 보니 가까이에서 맡는 발효 두부의 냄새와 맛은 조화로웠다. 코와 입으로 취두부를 탐색하자, 처음에는 느끼지 못했던 다양한 아로마가 서서히 느껴졌다. 점차 취두부에 대한 부정적인 입장을 버리고 꽤 맛있다고 인정하게 됐다. 다 먹고 나니 초콜릿을 먹고 난 다음처럼 더 먹고 싶다는 생각마저 들었다. 첫 취두부를 다 먹고 노점상 앞으로 돌아갔다. 방금 튀겨진 취두부를 두 번째로 먹었을 때 이상한 느낌에 사로잡혔다. 이거 진짜, 진짜 맛있는데?

다섯 개를 먹을 때쯤, 나는 천국에 와 있는 기분이었다. 상하이에서 가장 관광객이 북적이는 장소에 서서, 먹는 걸 멈출 수가 없는 '냄새나는 두부'를 먹으며 에피파니(epiphany, 황홀경)를 맛보았다. '에피파니'는 사실 이렇게 하찮은 육체적 쾌락보다는 종교적인 상황에 쓰이는 단어임을 알고 있지만, 그보다 더 적절한 표현을 찾을 수가 없으니 여기서 써야겠다. 나는 마음속 깊은 곳에서부터 중국 음식 그리고 무궁무진한 상상력을 발휘한 중국인들의 생각과 후각에 경의를 표했다. 내 안의 미각이 완전히 새롭게 일깨워지는 경험을 했다.

중국 다른 지역에서도 몇 번씩 발효 두부를 먹은 후 그 냄새는 더 없이 소중한 두부의 맛과 연결되었다. 악취로 여겨졌던 냄새가 유쾌한 냄새가 되었다. 이젠 다른 이유가 없다면 그 냄새를 따라 내가 사랑하는 취두부를 살 수 있는 곳으로 갈 것이다.

새로운 맛에 익숙해지는 것은 감각의 확장과 비슷하다. 어느 순간 그동안 내가 인지할 수 있는 감각의 영역이 극도로 제한되어 있었음을 느끼게 될 것이다. 그리고 새로운 감각을 접하게 되었을 때, 서로 다른 패턴의 맛, 음악, 예술의 신세계를 접하게 되었을 때, 우리의 감각은 새로운 감각을 수용하도록 자연히 확장된다.

취두부 이후로도 나는 비슷한 경험을 여러 번 했다. 처음에는 역겨웠던 냄새가 내가 존재하는지도 몰랐던 새로운 세계로 인도하는 열쇠가 되었다. 태국에서 두리안에 빠지게 되었을 때, 프랑스에서 냄새 고약한 치즈에 빠졌을 때, 나는 나의 미각을 깨어나게 했던 첫 번째 경험, 아마도 중국에서만 가능했을 경험을 떠올리곤 했다.

들이 자신의 남자다움을 증명하고 아내를 얻어 가정을 이룰 수 있음을 증명하기 위해 채찍질을 한다. 결국 내가 본 것은 숲속에서 젊은이들이 누나나 여동생이 피를 흘리도록 채찍질하는 모습이었다.

폭력적인 남성 중심 사회에서 빚어진 결과라 성급하게 결론내릴 수도 있다. 하지만 판단을 미루고 주의 깊게 살펴보면, 여성들이 사실 이 의식에 적극적으로 참여하고 계속해서 채찍으로 치라고 요구하는 걸 알게 된다! 자신의 기준으로 판단하기보다는 현지인들에게 적극적으로 질문해서 어떻게 된 상황인지 묻고, 관련 풍습에 대해 나중에 읽어보는 편이 낫다. 알고 보니 이 풍습에는 훨씬 더 심오한 목적이 있었다. 가족 간의 유대를 강화하고 젊은 남성과 여성을 성인으로 인정하는 것이었다. 보기에는 말도 안 되는 행동들이 사실은 새로운 문화를 이해하는 가장 정확하고 빠른 방법이 된다. 이러한 행동이 사실은 그 문화의 가장 중요하고 독특한 비밀, 그들의 영혼을 품고 있기 때문이다.

답변에서 질문으로

우리의 교육 시스템, 양육 방식, 심지어 사회 전체는 모두 '답변'을 중심으로 돌아간다. 교육, 시험과 평가 방식이 모두 질문에 대한 '정확한 답변'을 찾는 데 달렸다. 질문은 항상 아무 대가 없이 주어진다. 그저 주어지는 것이다. 하지만 실제 삶에서, 특히 생각을 할 때엔 항상 질문이 답변보다 중요하다. 논리적으로 그리고 시간적으로 '질문'이 '답변'보다 먼저일 뿐 아니라, 질문이 답변의 틀을 만들고 결정한다. 질문은 답변이 존재할 수 있는 바탕, 또는 맥락을 만든다. 질문은 거의 대부분 답변의 일부를 포함한다. 요구하는 답변을 어느 정도 설명하기 때문이다. 적절한 질문이 없다면, 답변은 관련성이 없고, 앞뒤도 없으며, 약하다. '질문'이 무지에서 지식으로 향하고자 하는 인간의 노력을 지지하고, 방향을 정하며, 이끈다. 모든 질문은 시작이자 지식 탐색을 위한 '선결 조건'이다. 그리고 모든 답변은 질문의 '결실'이다.

대개 정답은 하나 또는 소수만이 존재하지만, 질문이 생기고 질문을 만드는 방식은 무한히 많다. 그래서 질문을 제대로 하는지 알아보는 시험이 없는 것이다. 하지만 상황에 적절한 질문을 찾고 만들어내는 것은 인생에서 가장 중요한 과제 중 하나다. 모든 지식은 심사숙고 끝에 만들고 언어로 표현한 질문에서 비롯된 결과물이다. 인류의 철학, 과학, 심지어 예술까지도 모두 근본적으로 어떤 사람들의 마음속에 떠오른 질문에서 비롯되었다.

자연스럽게 배우고 세상과 세상 속 우리의 위치를 이해하기 위해서는 적절한 질문을 생각해내고 적절한 방식으로 만들어내는 과정이 중심적인 역할을 한다. 인생에 적절한 답변이 없는 게 아니라, 질문을 던지지 못하는 것이 현대 사회에서 카프카적인 소외감을 느끼는 근본 원인이다. 의미 없는 세상에서 패배감을 느끼는 건 인생의 중요한 질문에 대한 답변을 찾지 못했기 때문이 아니다. 심각하게 질문을 제대로 해보려는 노력을 하지 않았기 때문이다. 답변이 없는 것은 질문을 하지 않았기 때문이다!

인생의 몇 가지 중요한 문제와 관련해 '정답 찾기'에서 '질문하기'로 주의를 돌리는 것은 인간의 행동과 진정한 본성을 일치시키는 데 가장 중요한 요소다. 우리의 삶을 나아가게 하고, 어떤 사람이 되게 할 것인지, 무엇을 만들 것인지 결정하는 것은 다름 아닌 질문이다.

여행은 다른 어떤 활동보다도 '질문의 예술'이 더 큰 분야다. 여행자는 끊임없이 새로운 세계에 몰입하고 태어나서 처음으로 마주하는 수천 가지 사건을 목격하고 해석하고자 애쓴다. 세상의 모든 것을 경이롭게 마주하고 어린 아이의 호기심으로 대한다. 어린 아이가 세상을 이해하기 위해서 끊임없이 질문하는 것과 마찬가지로, 여행자는 입 밖으로 낼 수 있는 잠재적인 질문의 바다에서 헤엄치며 자신의 경험을 이해하는 데 적절한 질문을 만들어낸다. 어떻게 페루의 무성한 열대우림 바로 옆에 극도로 건조한 사막이 있는지? 중국 고원지대에는 주변에 강이나 바다가 없는데 어떻게 시장에서 수조에 살아있는 물고기를 담아서 파는지? 왜 불교는 부처의 고향인 인도에서 융성하지 않았는지?

이런 질문을 하면 촘촘하게 바느질되어 있던 세상의 비밀이 흐트러지고 드러나기 시작한다. 어린 아이가 다양한 지식의 끈을 쥐고 서로의 연관 관계를 알아내려고 노력하는 것처럼, 여행자는 새로운 경험을 실타래로 엮어서 계속 변화하는 세상의 태피스트리를 만들어낸다.

답변에서 질문으로 관심을 옮기는 것은 어른들의 세계에서 아이들의 세계로 관심을 옮기는 것이나 다름없다. 이를 '두 번째 무지'라 부를 만하다. 안다고 생각했던 세상을 처음 보는, 거의 아는 게 없는 새로운 세상으로 다르게 바라보는 것이다. 여행자는 질문에 몰입하여 항상 답을 절박하게 찾는다. 알고자 하는 여행자의 건강한 욕구가 여행의 수레바퀴를 돌게 한다. 삶에 질문이 얼마나 주된 역할을 하느냐에 따라 여행과 인생에 담기는 천진난만함과 흥분의 정도가 달라질 것이다.

계획과 즉흥성에 관하여

한 나라를 제대로 여행하려면 장기 여행에 대한 계획이 필요하다. 여행자는 여행하려는 지역의 지리학적 특성과 동식물상, 자연 풍경과 유산, 그리고 무엇보다 여행지의 역사, 문화 그리고 풍습에 대해 공부해야 한다. 그 후에는 연구를 계속하면서 잠정적인 일정표를 만들고 지도에 경로를 그리고, 각각 다른 지역에서 어떻게 여행할지 계획해야 한다.

주의 깊게 준비하고 연구하지 않으면 여행자의 경험은 얕은 수준에 그칠 것이고 아주 표면적인 감각과 인상만을 받을 뿐, 여행지를 진짜 이해하지 못할 것이다. 이슬람교에 대해 아무것도 읽지 않고 이슬람 국가를 방문한다거나, 불교나 티베트 현대사를 전혀 공부하지 않고 티베트를 방문한다면 피카소에 대해 아무것도 모르면서 현대 미술관에 들어서는 것과 마찬가지다.

공부는 여행 전에 시작되어야 하지만, 여행 중에도 계속되어야 한다. 새로운 문화를 접하고 나면 질문이 많이 생기기 마련인데, 이러한 질문에 답하면서 새로운 곳을 더 잘 이해할 수 있다. 이렇게 공부하고 질문하는 과정 속에서 여행자는 세상의 무수한 영역들을 풀어낼 수 있게 된다.

계획과 준비가 여행에 필수적이긴 하지만, 계획과 준비가 너무 엄격해서 즉흥성을 완전히 배제하고 계획을 다시 세울 자유라든지 여행 일정을 완전히 바꿀 자유를 제한해서는 안 된다. 여행자는 항상 열린 마음으로 새로운 여행지를 추천받을 수 있어야 한다. 현지인이든 다른 여행자(반대 방향으로 여행하는 여행자일 때가 많다)가 추천하든 마찬가지다.

여행자는 사전 계획과 동선을 바꿀 자유 사이에서 균형을 잡아야 한다. 볼거리가 많아서 흥미로워보였던 지역도 더 여행할 가치가 없을 수 있다. 반면 단 며칠만 지내려고 했던 지역에서 일주일 이상을 보내게 될 수도 있다. 놓쳐서는 안 되는 축제가 근처 마을에서 며칠 안에 열릴 예정이라면 동선뿐 아니라 지역에서 보내는 시간까지도 변경할 수 있다. 또는 현지인 가족이나 동료 여행자와 친해진다면 현지인 가족들의 환대를 조금 더 누리기 위해서 일정을 조금 연장하거나 새로 사귄 친구와 함께하기 위해서 여행 경로를 변경할 수도 있다.

여행자의 일정을 바꾸게 하는 요인은 수없이 많지만, 가장 흔한 건 아무래도 한 장소와 사랑에 빠져서 더 많이 알아보고 싶어지는 경우다. 장기 여행이 결국 처음 생각했던 것보다 더 긴 장기 여행으로 끝나는 이유는 보통 여행자가 마음에 들지 않는 여행지를 건너뛸 수 없다는 사실(실제로 가보기 전에는 마음에 들지 안 들지 알 수가 없기 때문이다)도 있지만, 여행자가 좋아하게 된 곳에서는 항상 일정을 연장할 수 있기 때문이다. 한 나라의 자연이 얼마나 아름다운지 경탄할 때도 있고, 새로운 문화가 너무나 다른 세계의 것 같아서 뭔가 눈에 보이지 않는 힘이 여행자에게 더 머무르게 하는 것처럼 느껴질 때도 많다.

즉흥성이 반드시 계획이나 동선의 변경만을 의미하지는 않는다. 즉흥성은 여행자가 필수적으로 갖춰야 하는 마음가짐이다. 즉흥성에 관해서는 여행 중 새로운 발견을 할 때 계획 없이, 충동적으로 행동하거나 반응할 마음의 준비가 중요하다. 예를 들어 기리 프라닥시나(Giri Pradakshina)[20] 하루 전에 아루나찰라에 있는 스리 라마나 마하르

---

20 아루나찰라는 인도 남부 타밀 나주에 소재한 성스러운 언덕으로, 시바 신에게 바쳐졌다. 한 달에 한 번, 보름달이 뜨는 날, 힌두교 순례자들은 기리 프라닥시나를 한다. 둘레가 14킬로미터에 이르는 아루나찰라 주변을 맨발로 천천히 경건하게 돌면서 그들은 마음을 정화하고 자유를 구한다.

시(Sri Ramana Maharshi) 사원에 도착했다면 즉흥적으로 순례자들을 따라 뜨거운 한낮의 열기 속에서 아루나찰라 언덕을 돌아볼 수 있겠다. 단 하루만이라도 직접 힌두교 순례자가 되어보는 것이다. 라마단 기간에 인도네시아 테르나테 섬을 여행하다가 이른 아침 귀가 찢어질 듯 시끄러운 음악소리에 잠이 깰 수도 있다. 현지인에게 물어보면 수백 년 동안 이어진 전통에 대해 들을 수 있다. 고등학생과 대학생들이 엄청나게 큰 스피커를 트럭에 싣고 동네마다 돌아다니면서 이슬람 성가를 불러 신도들이 새벽 기도를 올리도록 깨우는 것이다. 이럴 때면 낭연히 그들의 트럭에 올라타 지금까지 생생히 전해오는 전통을 경험하고 이슬람 청년들과 이야기를 나눠봐야 하지 않겠는가!

이러한 예는 여행자가 몰입하고 있는 문화와 자유롭게 상호작용하면서 보인 즉흥적인 반응이 어떤 것인지 보여준다. 기리 프라닥시나에서 순례자들과 함께 걷거나 학생들과 함께 트럭에 올라 이슬람교도들의 잠을 깨우는 경험은 여행 중에도 자주 일어나지 않는 아주 드물고 극단적인 예일지 모른다. 하지만 항상 이런 가능성을 열어두고 자신의 계획을 변경할 만큼 마음을 열고 있다면 이렇게 잊지 못할 순간을 경험할 수 있다. 준비, 계획, 공부는 여행에 있어 없어서는 안 될 요소이긴 하다. 하지만 여행 중 절정의 경험은 보통 여행길에서 만나는 예상치 못했던 사건들에 빠져들고 삶이 주는 경이로운 선물을 받아들이는, 계획하지 않았던 순간에 올 때가 많다.

여행자라는 존재의 방식

여행자는 여행을 하면서 달라진다. 여행자의 사고와 행동 방식이 너무 달라져서 완전히 다른 차원으로 바뀐다고 할 수 있을 정도다. 여행을 통해 달라지는 여행자의 존재 방식을 정확히 설명하기란 쉽지 않다. 서로 다른 경험적 요소가 많이 얽혀 있기 때문이다. 또한 경험적인 특성을 언어로 표현하는 것 자체가 왜곡이 될 것이다. 그렇지만

트럭에 올라 그들과 함께 신앙인들을 깨우는 것보다 더 자연스러운 일이 있을까(인도네시아 테르나테 섬)

여기에서는 가장 눈에 띄게 분명하고 강력한 요소들을 살펴보면서 여행을 통해 달라지는 여행자의 존재 방식을 설명해보고자 한다.

여행자와 수행자, 그리고 내면의 여행

수천 명의 사람들과 상호작용하면서 끊임없이 이동하는 세계 여행자의 삶을 영적인 성장을 추구하는 수행자의 그것에 비유하면 이상하게 들릴지도 모르겠다. 하지만 역설적이게도, 생각보다 여행자와 수행자는 공통점이 많다. 은둔하며 수행하는 수행자가 그렇듯이, 여행자는 대부분 '혼자'다. 항상 사람들에게 둘러싸여 있으니 사람들이 보통 이야기하는 의미에서 혼자는 아니다. 하지만 세상과 상호작용하는 동안에도 여행자는 인류 대부분이 매몰되어 있는 매일의 사회활동에 참여하는 것이 아니라 일종의 '학생'으로 산다. 그러므로 여행자는 세상 안에 존재하지만, 세상에 속한 존재는 아니다.

멕시코 코퍼 캐니언

피상적인 감사 표현은 그저 사회적 관습일 뿐이다. 감사의 형태는 곳곳마다 매우 다르다. 어떤 사회에서는 감사하다는 언어 표현을 하지 않는 것이 감사하지 않다는 뜻이 아니라, 우리 사회보다 구성원들이 더 깊은 소속감을 갖고 있음을 보여준다. 그 사람들에게 "감사합니다"라는 표현은 우리 문화에서 가족에게 팁을 주는 것만큼이나 부적절한 일로 보일 것이다.

-데이비드 스타인들-라스트

호텔 앞에서 전통 담요를 짜고 있는 타라후마라 부족 인디언 여인들과 아이들에게 주려고 아이스크림을 샀다. 그들 중 누구도 감사하다고 하지 않았다. 고개를 끄덕이거나 감사의 뜻으로 웃어보이지도 않았다. 선물을 가져온 그리스인을 보려고 고개를 들지조차 않은 사람들도 있었다! 한 여성은 아이스크림 컵을 힐끗 보더니 자기 일에 방해가 되지 않도록 왼손으로 아이스크림을 가까이 끌어당겼다. "응, 알았어"라고 하는 것처럼. 몇 분이 지나서야 그녀는 아이스크림을 먹기 위해 일을 멈췄다. 아이스크림이 빨리 녹는데 왜 당장 먹지 않았는지 알 수 없었다. 아마도 먹는 순간을 음미하기 위해서 기다렸으리라. 하지만 그녀의 반응을 보면 깜짝 선물보다는 자신의 일상적인 뜨개질이 훨씬 더 중요한 것 같았다. 그런데 막상 먹기 시작하자 그녀는 일에 몰두할 때만큼이나 아이스크림에 푹 빠져들었다. 서양 세계에서 생각하는 감사 표시는 하나도 없었지만, 선물을 당연한 것처럼 받아들이는 그들의 자연스러움에서, 그리고 진심으로 아이스크림을 즐기는 그들의 모습에서 그 여성의 감사한 마음을 어떻게든 느낄 수 있었다.

나중에 다른 지역에서도 이런 상황을 겪을 때가 있었다. 기독교가 전해지지 않은 파푸아에서 현지인들은 내 손에서 선물을 낚아챈 후 음식이면 바로 나눠먹거나 그저 즐겼다. 인도에서는 거지들이 고개를 끄덕이거나 무슨 말을 하는 법이 없었다. 에티오피아와 카메룬에서 아이들은 선물을 받으면 웃기만 할 뿐 곧장 달려가 다른 사람들과 기쁨을 나누기에 바빴다. 이런 곳들을 여행한 후에야 나는 이해할 수 있었다. 감사한 마음은 선물이나 도움을 받아들이는 행동에 이미 표현되어 있었다. 말로 감사의 뜻을 표시하는 건 그들에겐 불필요하고 의미 없는 일이었다.

감사 인사는 세계 여행자가 겪게 되는 여러 사회적 풍습 중 하나다. 적절성에 대한 규정은 문화권마다 다르지만, 우리는 어릴 때부터 자국의 풍습이 몸에 배어 있기 때문에 내가 아는 풍습이 세계에서 통할 거라 여긴다. 나는 가족끼리도 매일 '주세요'라고 수백 번 말하는 게 정상이라고 생각했다. '주세요'가 어떤 거래를 성사시키는 마법의 단어라도 되는 것처럼 말이다. 그런가 하면 우리는 맨손으로 밥을 먹을 생각을 하지 않는다. 하지만 인도, 남태평양, 그리고 이슬람 국가 대부분에서는 손으로 먹는다. 우리는 다른 사람들 앞에서 후루룩 소리를 내며 수프를 마시지 않는다. 사람이 많은 길에서 침을 뱉지도 않는다. 하지만 중국인들이 그렇게 행동하는 데는 나름대로의 이유가 분명히 있다. 후루룩 소리를 내면서 먹으면 음식의 풍미가 코로 더 잘 전달되어 더 맛있게 느껴진다고 한다. 스모그로 뒤덮인 더러운 대도시에서는 그렇게 침이라도 뱉어야 건강을 유지할 수 있다고 한다. 그리고 중국인들은 몸이 닿았을 때나 붐비는 길 또는 기차에서 남을 밀어도 미안하다는 말은 하지 않는다. 수십 억 중국인들이 한 번 부딪칠 때마다 수십억 번씩 미안하다고 할 수 있겠는가?

이렇게 관찰, 이해, 그리고 외국의 규범을 부분적 또는 전체적으로 수용함으로써 여행자는 '정상적인' 인간 행동이 결국 상대적임을 알게 된다. 또한 거의 모든 적절성의 규칙은 달라질 수 있음을 깨닫는다. 규칙은 한 나라의 역사와 특성에 달렸으며, 오랜 세월 동안 문화를 형성해온 무한한 사건에 따라 달라진다.

자신이 익숙했던 규범에 어긋나는 행동에도 적응해서 편안하게 느끼기 시작하면 여행자는 자유롭다고 느끼기 시작한다. 이제 무엇도 이전처럼 자신을 구속하지 않는다. 이제 여행자는 사회적 제약 대부분이 사실은 별 생각 없이 한 세대에서 다음 세대로 전해진 것임을 안다. 집에 돌아온 여행자는 다시 '정상적인' 행동을 하며 자신의 문화에 맞는 규범을 따를 것이다. 하지만 마치 견고하게 돌에 새겨진 듯 한때 신성하게까지 느껴졌던 규범들은 이제 아이들의 장난처럼 느껴질 것이다. 집에 돌아온 여행자는 기존의 규범이 힘, 나아가 존재 이유까지 잃었다고 느낄 것이다.

여행자의 상호작용은 탐험가의 상호작용과 같으며 외로움에서 벗어나게 해주지는 못한다. 하지만 시간으로 볼 때, 이러한 상호작용은 여행자 삶의 일부일 뿐이다. 이동하거나 사람들과 상호작용을 하지 않을 때면 여행자는 수행자가 하듯 책을 읽고 공부하며 몇 시간씩 보낸다. 그런 다음에는 자신의 경험을 모으고, 해석하여, 의미와 중요성을 고찰한다. 수행자가 내면 경험의 의미와 중요성을 명상하는 것과 비슷하다. 그리고 여행자는 여행 중에 만난 새로운 경험이 자기에게 영향을 미치고 자신이 새로운 사람으로 탈바꿈하도록 허용해야 한다.

이러한 내면의 변화는 여행자와 수행자를 아주 비슷하게 하는 요소다. 외부 세계를 이동하면서 여행자는 자신의 내면을 변화시킨다. 여행은 항상 외부와 내부, 두 가지 측면이 있다. 외부의 여행은 훨씬 더 중요하고 핵심적인 내면의 여행을 위한 도구가 된다. 여행의 외부적 측면은 전달하기가 훨씬 더 쉽지만, 여행의 진짜 내용과 의미는 내면의 변화로 전체적인 노력을 바라봤을 때 비로소 분명해진다. 외부 사건이 더 큰 현실의 일부로 이해되고 더 큰 맥락에 자리 잡은 다음에야 여행자는 비로소 무언가 새롭고 신선한 교훈을 얻었다고 느낀다.

이런 과정이 여행 기간에 지속적으로 일어나지는 않는다. 이동하면서 수많은 일을 겪어도 별다른 의미를 찾지 못하면서 며칠이나 몇 주가 지나기도 한다. 그러다가 기대하지도 않았던 어느 고요한 순간에 (그리고 더 흔치 않은, 수행자 같은 침묵의 순간에) 아무런 목표나 계획 없이 쉬고 있을 때, 여행자가 다양한 경험을 자유롭게 개편하고 재해석할 여유가 허락된 순간에, 서로 연결되지 않은 의미 없어 보였던 사건, 만남, 감각, 느낌 사이로 금이 가고 그 사이로 의미라는 밝은 빛이 새어 들어오기 시작한다. 그리고 마침내 모든 것을 이해할 수 있게 된다.

그보다 더 흔치 않은 경우가 있는데, 외부와 내부가 동시에 하나로 느껴지는 순간이 그것이다. 이렇게 깊고 놀라운 일치의 순간, 여행자는 그 찰나를 말로 표현하고 싶은 폭풍 같은 충동이 찾아오기도 한다. 그럴 때 여행자는 펜으로 종이에 자신의 생각, 느낌, 새로운 발견을 표현해야 한다고 느낀다. 이때 언어는 외부 세계와 내부 세계를 연결하는 끈이 되며, 서로 평행선을 그렸던 두 여정의 만남을 표현한다. 여행자의 글은 결국 수행자의 기도와 비슷하게 끝을 맺는다. 거의 인생과 여행에 대한 사랑과 경이로움으로 끝난다.

여행자는 여행할 때 혼자일 뿐 아니라, 세상을 경험할 때 혼자이고, 최종 목적이 내면의 변화라는 점에서 대체로 고독 속에서 산다. 결국 여행자는 수행자와 마찬가지로 내면을 다듬는다. 다만 움직임의 방향이 바깥세상을 향하고 바깥세상을 통한다는 점에서 수행자와 반대일 뿐이다. 여행자와 수행자의 진정한 목표는 자기 수양과 자기 변화다. 수행자가 세상에서 벗어난 영적인 여행자라면, 여행자는 세상에 뛰어든 수행자다(131쪽 에피소드 13 '팔과 다리'를 읽어보라).

하는 것과 되는 것

존재의 방식으로서 여행을 외면의 여행과 내면의 여행으로 나눠볼 수 있지만, 또 다르게 나눠볼 수도 있다. 여행하지 않는 삶은 뭔가를 '하는 것'으로, 여행하는 삶은 뭔가

여행자이자 수행자. 해가 지자 외로운 펭귄 한 마리가 집에 돌아온다(뉴질랜드 더니든)

가 '되는 것'으로 볼 수 있다. 엄격하고 정기적인 스케줄, 정해진 주소와 일, 가족의 일을 처리하는 일과, 1년에 한두 번 떠나는 휴가가 있는 보통 사람들은 '하는 것'에 집착한다. 일도 하고, 쇼핑도 하고, 사교활동도 한다. 일상이 해야 할 일로 가득하다. 취미나 공부, 자기계발을 위해 시간을 따로 떼어놓거나 훔쳐놓더라도, 이러한 활동은 사회 속에서의 삶에서 중심적인 역할을 하는 게 아니라 삶이라는 책의 구석에 넣은 주석에 불과하다.

　　여행하는 삶은 매우 다르다. 여행자는 할 일이 없다. 여행자는 공원의 벤치에 종일 앉아서 세상을 관찰할 수 있다. 여행지를 탐험하고 외국 문화와 상호작용하거나 공부를 하더라도, 그런 활동에 강제성은 없다. 반드시 해야 하는 일이나 데드라인에 맞춰 끝내야 할 일도 없다(한 나라 여행을 끝내기 위해 스스로 정한, 그러나 유연한 날짜를 빼고는 아마도 없을 것이다). 여행자가 평범한 직업을 가진 사람들처럼 일하지 않는다 하더라도, 그리고 보

현재에 충실하기: 온몸을 감싼 이슬람교 여인이 기도에 몰두해 있다(이란 시라즈)

통 사회에서 일반적으로 여겨지는 행동들을 하지 않더라도, 여행자에게는 다른 일이 일어나고 있다. 삶에 들어오는 모든 만남, 사건, 경험을 통해 여행자는 변화하고 있다.

여러 나라를 방랑하듯 돌아다니며 다른 문화를 가진 다양한 사람들을 만나거나 새로운 풍경을 수동적으로 구경한다 하더라도, 여행자는 자신이 변화할 가능성을 열어두고 있다. 한 곳에서 다른 곳으로 이동하는 것만으로, 여행자는 기본적으로 삶이라는 학교에 있는 셈이다. 여행자의 모든 상호작용과 경험은 독특하며, 여행하지 않는 삶에서 얻을 수 있는 모든 것을 능가하는 힘과 가치가 있다. 여행을 함으로써 여행자는 '하는' 것을 멈추고 '변화하는' 것이다.

그렇지만 결국에는 '하는 것'과 '되는 것' 사이에 도망칠 수 없는 상호연관성을 인지하고 받아들여야만 한다. 변화하려면 '해야' 한다. 그리고 하는 것은 무엇이든 변화의 깊이에 의존한다. 하는 것에 집착하는 현대 사회에서는 가끔씩 둘 사이의 균형을

미얀마 양곤의 여자 수도승

찾으려고 노력하면 좋다. 잠시라도 '하는 것'보다 '되는 것'이 더 중요하다고 느낀다면 다음과 같이 생각해보자.

　　무엇이든 가치 있는 일을 '하려면', 먼저 그런 일을 할 수 있게 '되어야' 한다. 그래서 '되는 것'이 먼저고 '하는 것'이 부차적이라는 것이다. 내가 무엇이냐에 따라 내가 할 수 있는 일이 달라진다. 우리가 존경하고 공경하는 위대한 인물들은 먼저 자신이 되려고 했다. 자신이 된 다음에는 하는 일이 결실이 되고 자신의 표현이 되었다. 베토벤의 9번 교향곡은 곧 베토벤이다. 9번 교향곡은 그 곡을 작곡하기 이전에 베토벤에게 일어난 보이지 않는 변화가 실제 삶에서 표현된 것이다. 그러니 결국 베토벤이 9번 교향곡이 되었다고 주장할 수 있다. 마젤란이 자신의 여행이 된 것처럼, 그리고 소크라테스, 공자, 예수가 자신의 가르침이 된 것처럼. 그들이 한 일은 자신이 먼저 된(이룬) 모습을 그대로 살면서 표현한 것이다.

되는 것의 핵심 요소

여행자가 일상을 벗어나 몇 달간 여행하기만 하면 이렇게 변화하는 단계에 들어서고 변화를 경험할 수 있다. 이를 경험적 측면에서 정의하고 설명하자면 네 가지 요소가 있다. 자유, 지금 이 순간에 집중하는 것, 살아있는 느낌, 그리고 열린 태도다. 이 네 가지 요소는 우연인지 몰라도 수행자 삶의 특징이기도 하다. 결국 수행자는 변화하는 삶을 꾸준히 추구하는 사람이 아니던가. 여기서는 가장 중요한 요소로서 좀 더 주의 깊게 논의해야 할 '자유'를 가장 나중에 살펴보기로 하겠다.

지금 이 순간에 집중할 것. 여행자는 끊임없이 새롭고 이상한 상황을 만나고, 또 항상 변화하는 상황을 처리하기 위해서 극도의 집중력을 유지해야 한다. 이런 까닭에 여행자는 평소 일상에서보다 더 집중하는 경향이 있다. 지금 이 순간에 대한 완전한 몰입은 물론 여행에만 해당되는 이야기가 아니다. 많은 종교와 철학적 전통에서 집중을 이상으로 본다. 불교, 힌두교, 기독교에서 이미 수천 년 동안 명상이나 묵상에 집중을 중요한 요소로 보았고, 마음챙김이나 의식처럼 그 이름도 여러 가지였다. 최근에는 에크하르트 톨레가 이를 '지금 이 순간의 힘'[21]이라 부르기도 했다. 이상적으로는 어떤 행동을 하든, 가장 반복적이고 지루한 활동 중에도 그 순간에 집중하는 것이다.

그런데 여행이 독특한 점은, 모든 명상, 요가, 영적인 수행과는 다르게 나를 현재의 순간에 집중하게 만든다는 것이다. 새로운 것, 놀라운 것, 이국적인 것들이 여행자가 보는 그리고 경험하는 모든 것에 빠져들게 만들어 상당히 자주 그리고 꽤 오랫동안 현재의 순간에 집중하게 한다. 역설적이지만 마음챙김도 어쩌면 여행의 부작용으로 간주할 수 있겠다. 여행자가 의식적으로 얻고자 하는 게 아니라 여행을 하다 보면 자연스럽게 노력 없이도 그렇게 되기 때문이다. 여행 중인 존재에게 내재된 특성이다.

그러나 여행자가 항상 명상하며 휴식 중이거나 계속 특별한 느낌을 받거나 절

---

21 에크하르트 톨레(1948-)는 저서 『지금 이 순간을 살아라』에서 현재에 집중하는 것을 여러 측면으로 살펴보았다.

페루 푸노

나의 하얀 다리. 현지인들과 햇볕에 그을린 중남미 혼혈인들이 들어찬 미니버스에서 유난히 눈에 띈다. 어찌나 뚱뚱하고 튼튼해 보이는지! 신이 나에게 튼튼한 다리를 주신 건 내가 언젠가 이 다리로 세계를 여행할 것을 아셨기 때문이다. 그런데 약한 팔은 왜? 이제 알았다. 이렇게 팔이 약하기 때문에 항상 남들에게 도움을 받을 수 있다. 나는 한 곳에서 다른 곳으로 내 여행 가방을 직접 옮겨본 적이 없다. 너무 무겁기 때문이다. 항상 주변 사람들이 도와주었다. 하지만 누구도 나를 대신해서 걸을 수는 없지 않은가.

다리는 나의 고독, 혼자 가는 길, 나의 독특함을 의미한다.

팔은 단란함, 다른 사람들과의 유대감, 인류에 대한 소속감을 의미한다.

내 다리는 나만의 특징으로, 혼자서 나아가는 길을 만든다. 내 팔은 내가 누구에게 속하는지 보여주고, 나를 세상과 연결해준다.

내 다리는 나의 힘과 독립적인 정신을 상징한다. 내 팔은 나의 나약함과 의존적인 본성을 의미한다.

내 다리를 내려다본다. 군인처럼 절도 있게 행진한다. 내 팔을 바라본다. 양팔을 벌려 나는 함께 여행하자고 사람들을 초대한다. 다리가 있어야 여행할 수 있다. 팔이 있어야 우리 모두 여행한다는 점을 잊지 않는다.

내 팔을 이용해, 도와주겠다고 하는 다른 사람들과 함께, 여행 가방을 버스에, 택시에, 비행기에 싣는다. 그래야 내 다리가 책임을 다해 계속 여행할 수 있다. 인생에서 그렇듯이, 함께함으로 시작하지만 고요함 속에서 이동한다. 그리고 또다시 함께함으로 마친다. 다른 사람들의 도움으로 그동안 쌓은 지식과 경험을 풀어내어야 진짜 경험과 지식을 얻게 되기 때문이다. 그 후에야 비로소 새로운 여행이 시작되고, 새로운 사이클이 다시 시작된다.

혼자 있음과 함께 있음은 서로 얽혀 있다. 하나 없이 다른 하나가 존재할 수 없다. 혼자만의 시간 속에서 길을 찾으면 찾을수록, 다른 사람이 인생에 나타났을 때 더욱더 유대감을 느낀다. 항상 그렇다. 혼자만의 시간은 진실하고 진정한 유대감을 느끼기 위한 선결 조건이다. 자신을 이해하지 못한다면, 다른 사람들과도 깊이 있는 관계를 맺지 못하기 때문이다.

혼자만의 시간 없이 사람들과 함께 있기만 하면 움직이지 않는 버스에 의미 없이 짐을 실었다 내리는 것이나 다름없다. 그러다 보면 함께 있는 것도 한 자리에서 끝없이 반복해야 하는 부담이 되어버린다. 자신을 유지하려는 필요에 의해 어쩔 수 없이 짊어지게 되는 부담이다. 사실 수많은 사람들이 이렇게 의미는 없지만 항상 다른 사람들과 함께해야 한다는 고정관념에 갇혀 있다. 하지만 혼자만의 시간에 몰입한 후에 사람들과 함께하면 더 큰 성과를 얻을 수 있다. 버스에 짐을 싣고 다음 동네에 도착해 짐을 내려야 하는 순간 다른 이들이 나를 도와주는 것과 비슷하다. 끝없이 위로 향하는 나선형 계단을 오르는 동안 함께함의 의미가 확대되고, 확장되며, 몇 배나 더 커진다. 혼자만의 시간을 가지며 계단을 오르고, 사람들과 함께하며 나선형으로 자신의 세상을 확장하는 것이다.

정의 경험을 하는 것은 아니다. 현재에 집중하는 것은 오히려 상당히 평범한 일이다. 누구나 일상 속에서 여행보다 빈도는 낮아도 이런 순간을 경험한다. 예를 들어 중요한 일에 집중하거나 뭔가 의미 있는 것을 만들 때, 완전히 몰입할 수도 있고, 그림이나 음악에 완전히 사로잡혀 있을 때, 현재 순간에 집중하고 있다고 할 수 있다. 그보다 더 드물고 특별한 상황, 이를테면 자연재해, 전쟁, 급박한 위험을 겪을 때 이런 느낌은 더욱 확연해진다. 살아남기 위해 싸워야 할 때, 또는 촉박한 시간에 엄청난 노력을 기울여야 할 때, 사람은 온전히 현재의 순간에 집중한다. 이러한 상황에서 우리는 시간이 멈춘다고 이야기한다. 그 사람이 시간의 흐름이라는 정상적인 상황에서 벗어난 것 같기 때문이다. 앞서 언급한 현재에 집중하는 모든 상황에서 가장 공통적으로 나타나고 중요한 요소는 아마도 자기망각일 것이다. 모든 감각을 집중하고, 자신이 접하는 신세계에 온 정신이 향한 여행자는 많은 경우 자신을 망각하고 자신의 행동 또는 경험에 완전히 집중한다.

살아있는 느낌. 현재에 집중하면 필연적으로 진짜 살아있다는 느낌을 받는다. 현재에 집중하는 것과 사람이 느끼는 살아있는 느낌에는 비례 관계가 있는 것 같다. 삶을 돋보기로 크게 들여다보거나, 희석하는 느낌이다. 살아있다는 느낌에 압도당한 사람들은 말한다.

"나 오늘 정말 살아있는 것 같아!"

여행자는 이런 느낌을 받을 때가 많은 편이다. 여행자가 꼭 항상 기분이 좋거나 어떤 황홀감을 느껴서가 아니다. 오히려 그 반대다! 뭔가 상당히 사소하고 유쾌하지 않은 상황에 놓여 있을 수 있다. 이를테면 마드라스에서 망고 1킬로그램을 놓고 인디언 과일가게 주인과 입씨름을 하거나, 숙박 요금을 과다 청구한 하노이의 호텔 매니저와 열띤 말싸움을 벌이고 있을 수 있다. 둘 다 평범하고 흔한 사건이지만 외국에서 일어난 사건이기 때문에 극도의 집중력이 필요하다. 외국에선 여행자가 현지의 규칙과 관습을 끊임없이 배우고 그에 적응하는 중이기 때문이다. 상황적 맥락과는 상관없이,

또는 경험의 내용과는 관계없이, 여행자는 여행길에 만나는 모든 것에 집중해서 목적의식을 가지고 대응할 수밖에 없다.

열린 태도. 여행자는 항상 새로운 것을 열린 태도로 대한다. 삶이 자신에게 무엇을 던지든 계속 열린 태도를 유지하면 여행하지 않는 사람들과 상당히 다른 경험을 하게 된다. 여행을 하는 사람은 당연히 놀랄 일이 있을 거라 기대한다. 방어기제를 내려놓고 자기가 아는 것 또는 익숙했던 것에 의문을 품으면서 여행자는 세상을 새로운 눈으로, 호기심과 열정을 갖고 바라본다. 당황스러운 일이나 미스터리에 대해서는 끊임없이 질문하게 된다.

이러한 열린 태도는 여행자의 사고방식, 오랫동안 견지했던 입장, 확실하다고 생각했던 것들조차 바꾸려는 더 큰 의지와 관련이 있다. 이렇게 타협하지 않고 변화를 모두 받아들이겠다는 입장은 시간이 가면서 더욱 강해진다. 마침내 여행자는 헤라클레이토스의 격언, "모든 게 변한다(또는 모든 게 끊임없이 흐른다)"는, 아마도 이 우주에서 유일하게 계속되고 변화하지 않는 진실일 것이라 깨닫는다.

자유. 가장 중요한 요소다. 여행하지 않는 삶과 달리, 여행하는 삶은 영원히 자유와 함께한다. 여행자는 자유롭다. 마음대로 한 장소에 머무르거나 떠날 수도 있고, 외국 문화와 상호작용하거나 하지 않을 수 있다. 공부하고 계획을 세우거나 잠을 자고 아니면 그저 멍하니 시간을 보낼 수도 있다.

이러한 절대적 자유는 어릴 때 누구나 누렸으나 어떤 순간 이후 잃어버린 자유다. 어린 시절, 우리에게는 세상을 발견하고, 놀고, 경이로워할 만큼 끝없는 시간이 있었다. 그렇게 즐거웠던 자유가 여행을 하면 다시 살아난다. 그리고 여행하는 삶의 기본적인 재료가 된다. 아무도 여행자를 기다리지 않는다. 어디에 갈 필요가 없다. 회사 일 때문에 만나는 약속도, 프로젝트 기한도 없다. 물론 이렇게 다시 누리게 된 자유는 잘 활용해야 좋은 결실을 맺을 수 있다. 그런 의미에서 이제 다음 논의로 넘어가보자.

베트남 카이랑 수상시장

자유와 규율

창의적 행위는 완전히 자유롭고 즉흥적이지만, 창의적 행위로 인한 효과에는 '필요의 법칙'이 적용된다. 창의적 행위는 의식적으로 선택할 수 있지만, 행위의 결과로 어떤 필요가 등장할지는 행위 전에는 완전히 알 수 없다. 이런 상황에서 나는 내 노력이 의도했던 것보다 지나쳤다고 느낀다. 그리고 내가 창의적으로 만든 환경에서 어쩔 수 없이 해결해야 할 또 다른 필요를 만나게 된다. 결국 그 필요를 해결하기 위한 더 큰 노력이 요구된다. 내가 만들어낸 결과가 나에게 저항하는 셈이다. 내가 만들어냈음에도 불구하고, 거기에 따르는 조건에 순응해야 한다.

-프랭클린 머렐-울프

오스트리아 빈

이집트 카이로 중심가를 걸을 때였다. 사람이 많은 인도를 걷는데 길거리 좌판 상인이 다가와 가죽 벨트를 팔려고 한다. 고개를 흔들어 관심이 없다는 뜻을 보이고 발걸음을 재촉했다. 상인이 따라오며 계속 채근한다. 걷는 속도를 높여서 그에게서 벗어났다.

이제 빈 중심가를 걷는다. 빈미술사박물관으로 향하는 슈테판 광장을 통과할 때였다. 도시의 소음 속에서 갑자기 첼로 소리가 들렸다. 왼쪽을 돌아보니 연주복을 차려입은 젊은이가 다리 사이에 첼로를 끼고 손에 활을 든 채 까르띠에 매장 앞에서 바흐의 곡을 연주하고 있다. 무의식적으로 걷던 속도를 줄여 자리에 멈춰 섰다.

곧 그의 주변으로 사람들이 모여들었다. 지나가던 사람들이 즉흥적인 연주회의 청중이 된다. 곡이 끝나자 박수갈채가 쏟아진다. 나는 구석진 곳에 길가에 주저앉았다. 박물관은 좀 있다가 가도 된다. 광장은 야외 콘서트홀이 되었다. 첼리스트가 연주를 계속했다. 슈테판 광장이 마법에 걸린 듯했다. 그리고 그 마법은 빈 전체에 메아리처럼 퍼져나갔다.

상인은 도시의 속도를 재촉한다. 음악가는 속도를 늦춘다.

상인은 도시의 스트레스, 소음, 혼란을 키운다. 음악가는 사람들의 속도를 늦추고 중심을 잡게 한다. 어느 도시, 국가에서나 마찬가지다.

물론, 상인과 음악가도 상호의존적임은 인정해야 한다. 상인이 없었다면 음악가도 없었을 것이다. 쇼핑가, 상점가, 시장에서 보듯이 상인은 어느 도시에서나 없어서는 안 될 존재다. 나아가 역사적으로 모든 도시는 원래 물품을 교역하던 상인들과 무역상이라는 아주 작은 핵을 중심으로 진화했다고 주장할 수도 있다.

그러니 나는 상인을 존중한다.

하지만 그래도 음악가를 지지한다. 앞으로도 언제든 멈춰서, 그들의 연주를 들으리라.

여행은 자유의 결정체다. 여행처럼 자유가 많이 관련된 인간 활동은 없다. 일정표 없이, 계획도 없이 여행하는 방랑은 아마도 모든 인간 활동 중 가장 자유로우리라. 여행자는 반복되는 일과, 도망칠 수 없는 일상적인 일, 사회적 상호작용의 필요 등 개인의 시간을 소모하는 일상과 세상의 고민이라는 족쇄에 묶여 있지 않다. 사회적 제약의 개입 없이, 또는 사람들 대부분이 벗어나지 못하는 규칙과 상관없이 자유롭게 자기

이란 시라즈

보름달이 가까워온다. 구도심의 미로 같은 골목 위로 오래된 돔 그림자가 드리운다. 영어를 하는 페르시아인 친구를 새로 사귀어서 그가 이끄는 대로 돌아다니는 중이다. 한참 후 좁은 통로로 이어지는 문이 보였다. 길을 안내하던 친구가 말했다.

"여기서 가장 오래된 주르카네예요."

신성한 곳에 들어서기라도 하듯 속삭이는 목소리였다.

"주르카네가 뭔지 아세요? '힘의 집'이에요!"

역한 땀 냄새. 기묘한 리듬에 따라 북소리가 들려온다. 통로 끝으로 돔이 씌워진 커다란 방이 보인다. 중심에는 땅 밑으로 움푹 들어간 육각형 모양의 경기장이 있고 다양한 연령대의 남성들이 같은 동작으로 체조를 하고 있었다. 남자들은 맨발에, 심플한 티셔츠를 입고 있었다. 허리에는 짧은 천을 두르고 있었다. 손에는 나무 몽둥이, 쇠사슬, 그리고 중세시대 고문 기구와 비슷하게 생긴 도구를 들고 있었다. 작은 상자 위에는 모르셰드가 서서 북을 울리며 시를 낭송하고 있었다. 그는 템포를 바꾸면서 사람들의 움직임을 조종하고 있었다. 그가 낭송하는 시는 하피즈, 루미, 피르다우시 등 페르시아의 위대한 시인들의 작품에서 가져온 것들이었다. 경이로운 광경에 벽을 따라 놓인 벤치에 앉아 관찰하기 시작했다. 다른 시대, 다른 시간으로 순간이동을 한 느낌이었다.

모르셰드의 북소리와 시는 남성들의 움직임을 너무나 편안하게 이끌고 있었다. 남성들의 우아하고 리드미컬한 움직임은 음악가와 너무나 조화로웠다. 음악과 시에 깃든 원시적인 힘이 북소리와 함께 인간 육신으로 변화하는 광경 같았다. 우주의 영이 지구로 내려오다가 힘찬 인간의 육신에 깃들어 땀과 냄새, 체액을 분출하는 게 아닌가 싶었다. 갑자기 '무술 연마장'은 우리가 서 있는 그곳이 아니라, 인간의 육신이 아닌가, 라는 생각이 들었다. 저 남성들의 몸이 바로 주르카네, 힘의 집이다! 지칠 줄 모르고 동작 하나하나에서 에너지, 기운, 힘을 내뿜는 육신이 바로 주르카네다. 심장박동 같은 리드미컬한 움직임이 무생물이었던 주르카네에 생명력을 불어넣는다. 모르셰드의 리드미컬한 시 낭송이 우주에서부터 마법과도 같은, 미스터리한 힘을 인간 육신에 불어넣고 다시 우주로 돌려보낸다.

여행하면서, 또 살면서 나는 그처럼 분명하고 순수하게 역동적인 인간의 모습을 본 적이 없었다. 내 육신에 주의를 기울이거나 제대로 대접해준 일이 거의 없어 한없이 허약했던 나는 그날 밤 시라즈에서 인간 육신이 만들어내는 움직임과 리듬에 완전히 매료되었다. 그날 육신은 영혼과 동등한 제자리를 찾고 영혼과 마찬가지로 우리의 삶을 지배하고 통제하며 이끄는 힘을 가졌음을 선포하고 있었다. 살면서 처음으로 나의 모든 탐색과 노력의 뒤에 있는 육신의 힘을 느꼈다. 미처 깨닫지 못했지만 내 육신은 항상 내 모든 움직임을 지탱해왔다. 이렇게 이상한 지하 세계에서, 신비하고 마법 같은 음악에 맞춰 동시에 움직이는 사람들의 우아한 몸동작에서, 나는 아주 중요한 진실을 깨닫게 되었다.

육신은 힘이다. 그리고 나는 육신이다.

마음대로 하루를 계획하고 구성할 수 있다.

여행자의 자유에 대한 유일한 제약은 세상 자체의 제약과 자연의 법칙뿐이다. 일, 가족, 친구 중심으로 살아가는 보통 사람들과 달리, 여행자의 일과 사회적 상호작용은 본인이 정의하고 결정할 수 있다.

여행자가 누리는 자유에서 가장 큰 핵심은 다름 아닌 시간이다. 여행자에게는 마음대로 사용할 수 있는 시간이 무한대로 주어진다. 그렇지만 굉장한 축복처럼 느껴지는 무한한 자유 시간은 아주 쉽게 굉장한 저주로 돌변할 수 있다. 작가에게 자신의 생각과 스토리로 채워야 할 빈 종이를 대면하는 것이 쉽지 않듯이, 여행자가 '빈 시간'을 마주하는 것 또한 벅찬 일이 될 수 있다.

가능성은 무한하다. 여행 경로, 일정, 행동 계획 또한 무한히 많다. 여행자가 하겠다고 (또는 하지 않겠다고) 선택하는 활동은 인생 전체처럼 너무나 다양하다. 자유 시간은 멈춤 없는 속도로 사람을 잡아끄는 경향이 있다. 자신이 품고 있던 아이디어를 끄집어내는 도구를 찾아내는 일꾼이 되는 대신, 자유 시간은 종종 길들여지지 않은 말처럼 행동한다.

그 힘을 이용하기 위해서는 자유라는 영역을 벗어나 자유와 완전히 반대되는 '규율'의 힘을 빌려야 한다. 자유 시간을 효과적이고 생산적으로 활용하려면 신중하게 목적을 염두에 두고 규율을 이용해 행동 계획을 세워야 한다. 그러므로 여행자는 절대적 자유와 자유를 활용하는 데 필요한 규율 사이에서 춤을 춰야 한다.

여행자가 계획한 모든 일정의 근원은 여행자의 자유다. 그러나 일정표가 만들어지면 여행자는 자유를 잃고 틀에 갇힌 자유를 누리며 의식적으로 자신을 제한하는 행동의 제약을 받는다. 자신이 스스로 만들어낸 제약은 역설적이게도 자유의 일부다. 무한한 가능성을 제한하여 개인의 자유 의지에 따라 유한한 실제로 바꾼 자유다. 그러나 자유 의지가 만든 창의적 행동이 스스로 제약을 만들어내고 나면, 여행자는 머렐-울프[22]가 말할 것처럼 '필요의 법칙'을 따르고 자신이 만든 환경에서 '강제적 필요를 마주해야' 한다. 여행자의 여행에서, 그리고 인생에서 만나는 모든 어려움은 그 후에 자신이 스스로 선택했다고 간주할 수 있다.

우리에게 저항하는 외부 세계의 모든 것들은 사실 우리의 선택에서 기인할 때가 많다. 예를 들어 가파른 산을 오르기로 결심했다면, 이는 산의 여러 조건을 받아들이는 것이다. 가파른 산이라는 조건은 산을 오를 때 느끼는 신체적인 어려움과 이미 연결되어 있다. 그러니 신체적으로 힘들다. 가파른 산을 오르는 우리의 노력, 자유에 저항이 있을 것이다. 이는 산을 오르기로 결정했을 때 이미 정해진 것이었다. 가파른 산을 오르는 게 힘들다는 건 이미 알고 있었다. 물론 얼마나 오르기 어려울지는 몰랐을지도 모른다. 실제로 얼마나 어려울지는 제대로 이해하지 못했을 수 있다. 우리는 매일 살면서 스스로의 자유의지로 여러 선택지 중에서 특정 상황을 고르거나 만들어낸다. 하지만 이런 상황들에는 따라야 할 법칙이 연결되어 있다. 우주에서 창조되고 존재하는 모든 것들은 법칙의 지배를 받기 때문이다.

절대적 자유란 세상 바깥에 존재한다. 인간의 자유란 항상 상대적이고 자연의 법칙, 공간, 시간, 그리고 시간에 의한 제약 안에서 움직인다. 우리의 삶은 어찌 보면 자유와 우리의 자유에 저항하려는 자유의 상호작용이 되고 만다. 다르게 표현하자면, 우리의 삶은 자유, 그리고 자유가 자유 의지로 직접 선택한 규율 간에 이루어지는 대화의 결과다.

그렇다면 규율을 통해서 시간을 최대한 잘 활용하는 것은 여행자의 가장 중요한 숙제다. 여행자는 능력 있는 직원이 자신의 일을 대하듯 책임감을 가지고 숙제를

---

22 앞에서 소개한 머렐 울프(1887-1985)의 글은 그의 저서 『대상이 없는 의식의 철학(The Philosophy of Consciousness without an Object)』의 '경구 36'에서 인용한 것이다. 이 경구는 무한한 우주의 심연에서 우주(또는 인간의 우주)가 창조되는 과정을 형상화한 것이지만, 여기서는 좀 더 평범하고 현실적으로 우리의 행동을 설명하기 위해 사용했다. 예를 들어 우리는 자유롭게 결정을 내리지만, 결정 이후에는 결정에 내포되어 있던 조건에 순응해야 한다('불완전하게 이해'했다 하더라도). 머렐-울프의 경구는 그의 형이상학적 이론에만 적용되는 것이 아니라, 자유 의지로 선택한 모든 인간 행동에도 적용된다. 이는 인간의 삶에서 만나는 어려움과 고통이 사실은 많은 부분 자신이 선택하고 자신에게 부여한 것임을 설명한다.

해결해야 한다. 의식적이고 책임 있는 방식으로 자기가 짊어질 제약을 결정함으로써 여행자는 최대한의 자유를 누리면서도 동시에 직접 자신을 위해 선택한 가장 유쾌한 제약을 경험할 수 있다. 여행자는 자유와 자유 시간의 이용 사이에서 왔다 갔다 하면서, 여행하지 않는 삶에서 감당해야 하는 삶의 무게에 방해받지 않고 계속 여행할 수 있다. 그리고 모든 족쇄와 제약에서 벗어난, 가장 해방된 인간으로서 자유의 상징이 될 수 있다.

여행자이자 은둔자(중국 쓰촨성 주자이거우 국립공원)

PART 04

여행과 인생의 평행관계

모든 존재의 문제는 근본적으로 균형의 문제다.

-아우로빈도 고시

인생에서 정말 유일하게 덧없는 건 바로 잠재성이다. 잠재성은 일단 실현되면 그 순간의 현실이 된다. 실현 후에는 저장되어 과거로 옮겨지며, 덧없음에서 구원되고 보존된다. (…) 인간은 끊임없이 현재의 수많은 잠재성 중 무엇을 실현할지 선택한다. 어떤 잠재성이 실존하지 않는 가능성으로만 남을 것이며 어떤 잠재성이 실현될 것인가? 어떤 잠재성이 한 번의 돌이킬 수 없는 선택으로 '시간이라는 모래에 새긴 발자국'처럼 영원히 남는 존재가 될 것인가? 모든 순간, 인간은 좋든 나쁘든 무엇을 자기 존재의 기념비와도 같은 업적으로 남길 것인지 선택해야 한다.

-빅터 프랭클

인생은 오랜 세월에 걸쳐 여러 문화권에서 여행에 비유되었다. 호메로스의 『오디세이』 이후 수많은 사람들이 인생은 여행과 관계가 있거나 여행과 비슷하다고 했다. 여행에 목적지나 특별한 목표가 있는 것처럼, 인생에도 목표와 의미가 있다는 믿음은 소설가, 시인, 철학자, 신학자, 최근에는 심리학자에게까지 영감을 주었다.[23]

장기 여행자에게 인생과 여행은 떼어놓을 수 없기 마련. 여행을 하면서 인생과 여행 양쪽에 새로운 깨달음을 주는 비유와 아이디어를 얻는다. 그러니 이 장에서는 내가 찾은 인생과 여행의 유사성을 설명해보기로 하겠다.

---

23 융 학파 정신분석가 제임스 홀리스(1936-)가 학파의 특색이 잘 드러나도록 쓴 저서의 제목은 『우리가 인생이라 부르는 여행: 질문하며 살아가기(On This Journey We Call Our Life: Living the Questions)』다. 이 책의 3장에서 논의한 것처럼, 답보다 질문을 강조하고 있다.

하나의 인생, 무수한 잠재성

인생의 매 순간 선택할 수 있는 가능성에는 수백만 가지가 있다. 그런데 선택은 결국 하나만 해야 한다. 나머지 가능성은 모두 실현되지 않는다. 결정을 내리는 순간, 다른 가능성은 사라진다. 어디에 가려는 계획을 단 몇 초 지연한다든지, 길거리에서 누구를 우연히 만난다든지, 이렇게 사소하고 중요하지 않은 사건도 어느 순간 우리 삶에 존재했던 수많은 가능성 대부분을 없애버림으로써 삶의 방향을 영원히 바꾸어놓을 수 있다. 인간의 정신과 의지는 잠재성이 무한한 영역에서 움직인다. 그렇지만 인간의 삶은 현실이라는 하나의 길을 따라 움직인다. 처음엔 무한한 잠재성에 둘러싸여 있었지만, 우리의 삶은 결국 단순하고, 일차원적이며, 고정되고 바꿀 수 없는 역사의 궤적으로 남을 뿐이다. 우리가 누구고 무엇이 되었는지, 아주 작은 일부만을 보여주는 궤적에 그치고 만다.

수없이 다양한 삶 중에서 하나를 선택할 수 있지만, 결국에는 단 하나의 삶만을 선택해야 하다니 비극이다. 그러니 어떻게 보면 모든 삶은 비극이다. 정신 세계는 무한한 가능성의 우주에 속하면서 자유의지의 지배를 받는 한편, 현실 세계는 시간과 공간, 제약과 제한이 있는 우주 안에서 하나의 삶을 선택하도록 강요당한다. 두 세계 사이에는 끊임없이 긴장이 흐른다. 자신의 미래를 놓고 여러 가능성을 적극적으로 고려하는 사람들에게는 이런 비극이 더 크게 느껴지고, 존재의 불안으로 다가온다. 자신의 잠재성, 이룰 수 있는 가능성을 충분히 아는 사람의 내적인 고뇌는 다음과 같이 표현할 수 있다.

단 하나의 삶만을 선택해야 한다는 사실이 나를 불행하게 한다. 내 인생의 모든 순간에 내재되어 있던 가능성이 사라져야 하다니, 이건 나의 일부가 죽는 것과도 같다. 인생에 내가 이룰 수 있는 가능성은 수없이 많고, 만족스럽고 행복하게 사는 내 모

모로코 셰프샤우엔의 파란 마을

습을 상상해볼 수 있는 삶의 모습도 수천 가지나 된다. 나의 수많은 관심사, 살아볼 수 있는 수많은 삶들이 손에 잡힐 듯 생생하게 느껴진다. 이런 가능성이 항상 느껴져서 이젠 친구처럼 느껴질 지경이다. 어떻게 내 앞에 놓인 굉장한 가능성을 죽인단 말인가?

체스 플레이어에 비유해보자. 인생에 있어서 선택의 어려움은 체스 말을 움직이면서 다르게 게임을 풀어갈 수 있는 흥미로운 수가 많은데 한 수만 둬야 한다고 한탄하는 체스 플레이어의 마음과도 같다. 체스 말을 옮기는 것처럼, 인생에서 결정을 내린다는 것은 나머지 다른 모든 가능성을 포기하는 일종의 희생이다. 이렇게 다른 가능성을 희생해야 하기 때문에 인생에서 중요한 결정을 내리기가 그렇게 어려운 것이다. 인생에서 결정을 내린다는 건 매일의 작은 결정과는 다르다. 메뉴 선택이나, 신발 색상을 결정할 때는 언제든지 주문을 취소하거나 마음을 바꿀 수 있다. 다른 선택을 할 수 있는 여지가 존재한다.

인생 안에서 결정을 내릴 때는 번복할 수 있다. "결정을 바꾸기로 (결정)했어", "다시 선택하기로 (선택)했어", "선택을 강요당하지 않기로 (선택)했어!"가 가능하다. 하지만 인생 전체에 대한 결정을 내릴 때는 그렇지 않다. 인생 전체가 갈 길을 정하고 나면 기존의 무한한 가능성은 영원히 사라지고 새로운 가능성들이 열린다. 평범한 결정과는 달리, 인생의 방향을 결정하고 나면 배경도 바뀐다. 돌아갈 수 없는 것이다. 영화관에서 어떤 영화를 보기로 했다면, 나중에 다른 영화를 볼 수 있다. 어떤 영화를 보든, 나중에 다른 영화를 볼 수 있는 가능성, 즉 선택의 배경은 그대로 남아 있다. 하지만 2년간 대학에서 의학을 전공하고 이후에 전공을 바꾸기로 했다면, 2년 동안 나이가 먹었다는 사실은 변하지 않는다. 그리고 의학을 공부했다는 사실이 인생에 앞으로 영원히 영향을 미칠 것이라는 점도 변하지 않는다. 빅터 프랭클의 말처럼, '시간이라는 모래에 새긴 발자국'으로 영원히 남는다. 자신 앞에 놓인 가능성은 이전과 다른 새로운 가능성이며, '잘못된 길'을 따라간 2년을 이미 전제로 한 가능성이다. 인생에서 중요한 결정을 취소할 수는 없다. 시간을 되돌릴 수 없기 때문이다. 한 방향으로, 일차원적인 시간의 세상에서 움직이는 우리에게는 결정을 내리지 않고 그저 가만히 앉아서 아무것도 하지 않는 것조차 그 자체로 결정이 된다.

그렇다면 끊임없이 여러 가능성을 바탕으로 실현 가능한 삶을 상상해보는 사람, 인생의 다양한 가능성을 좋아하는 사람은 어떻게 단 하나의 인생을 결정할 수 있을까? 인생이 결국 일차원적인 여정으로 끝난다 할지라도, 가보지 않은 길의 일부라도 가보는 게 가능할까? 만약 가능하다면 하나의 인생을 살면서 어떻게 다른 인생의 본질, 영혼, 주요한 요소를 보존할 수 있을까?

이미 여행과 인생 사이에는 상관관계가 있음이 드러났다. 그들의 관계를 면밀히 연구하고 깊이 생각해보면, 이 질문에 대한 답을 얻을 수 있을 것이다.

프랑스 니스

니스에서 가장 훌륭한 레스토랑에서 10코스 식사를 즐기는 중이다. 분위기도 너무 좋고, 인테리어는 클래식하면서도 세련됐다. 서비스 또한 흠잡을 데 없다. 코스 요리가 하나씩 나올 때마다 작고 정교한 세리머니가 따른다. 수석 웨이터는 살짝 고개를 까딱이고 조심스러운 손 신호로 오케스트라를 지휘하듯 수하의 웨이터 네다섯 명에게 지시를 내린다. 웨이터 한 명이 각 코스에 맞는 커트러리를 내오면 다른 웨이터가 메탈 돔을 씌운 요리를 작은 카트에 담아서 내온다. 마에스트로의 신호에 따라 돔을 씌운 요리가 테이블에 서빙된다. 음식이 자리를 잡으면 마에스트로가 마지막으로 고개를 끄덕인다. 오케스트라에서 두 대의 바이올린이 동시에 활을 긋듯이, 웨이터 두 명이 우아한 동작으로 돔을 들어 올려 음식을 공개하는 순간, 세 번째 웨이터는 요리에 대해 설명한다. 모두 마에스트로가 지켜보는 앞에서 자신의 역할을 한다. 모든 것에 말로 표현할 수 없는 조화로움이 있다. 전체적인 느낌은 뭔가 웅장한 느낌이지만, 그들이 손님을 대접하는 섬세한 서비스와 자기 직업에 대한 진정한 자부심이 친밀감을 느끼게 한다.

식사는 순조롭게 진행되고 모든 요리가 앞에 나왔던 요리보다 더 맛있었다. 그런데 다섯 번째 코스 요리를 먹으려고 할 때, 이상한 일이 생겼다. 접시에서 돔을 들어 올리는 순간, 장식용으로 당근을 세워서 만든 탑이 그만 쓰러져 버렸다. 돔 뚜껑이 당근 탑을 건드린 것이다. 전혀 중요한 일이 아니었다. 나도 먹으려면 어차피 곧 당근 탑을 쓰러뜨려야 했을 테니까. 하지만 웨이터들에게는 그렇지 않았다! 웨이터들을 지켜보니, 이런 사고는 용납될 수도 없고 일어나서도 안 될 일임이 분명했다. 이렇게 정교한 장식은 20~30초간 먼저 눈으로 감상하고 음식을 먹기 위해서 손님이 직접 어쩔 수 없이 해체해야 하는 것이었다. 손님은 먼저 눈으로 즐긴 다음에 음식을 먹어야 하는 것이었다. 뚜껑을 열다가 작은 탑이 쓰러져 버렸으니 눈으로 감상했어야 할 작품도 사라졌다. 부엌에서 셰프와 그의 팀이 공들여서 만든 작품을 잃어버렸다.

데코레이션에 생긴 문제는 빠르고 결단력 있게 해결해야 한다. 웃음을 잃은 마에스트로는 엄격한 눈빛으로 당근 탑을 쓰러뜨린 웨이터에게 동료와 함께 다시 탑을 쌓으라고 명령한다. 웨이터들이 스푼과 포크로 탑을 쌓으려고 끙끙거리지만 곧 세상을 떠나게 될 당근은 잠시라도 주의를 더 끌고 싶은지 계속 쓰러지기를 반복했다! 세 번째 웨이터도, 이어서 마에스트로까지도 당근 탑 쌓기에 동참했다. 눈앞에 손 여섯 개에서 여덟 개가 스푼, 포크, 나이프, 야채로 아크로바틱을 하고 있었다. 30초 정도 지나자, 마에스트로는 이 상황이 주는 스트레스가 쓰러진 당근 탑보다 더 부정적인 영향을 미치고 있음을 감지했다. 게다가 이제 더이상 시간을 지체했다가는 음식이 식어버리는 위험한 상황까지 벌어질 수 있음을 알아챈 듯했다. 딱 적당한 순간, 그는 결단을 내렸다. 당근 탑 구조 작전은 이제 종료해야 했다. 그는 당근 탑 쌓기를 멈추라고 명령했다. 그리고 위트 있는 사과의 말로 나를 웃게 하고 웨이터들도 미소를 짓게 하며 상황을 정리했다. 웨이터가 요리에 대해 설명하고, 설명이 끝나자 마에스트로는 다시 한 번 쓰러진 당근 탑과 실패한 당근 탑 구조 작전에 대해 사과했다. 결국엔 다 좋았다. 사실은 당근이 쓰러지기 전보다 더 좋았다.

너무나 인상적이었던 이 사건은 그 뒤로도 며칠간, 아니 몇 달간 내 머릿속을 떠나지 않았다. 소위 작은 '실수'를 경험했지만 그 실수를 바로잡으려는 노력은 실수가 아니라 나의 고급 식당 경험을 한 단계 더 높은 차원으로 격상시켰기 때문이다. 그들이 실수를 처리한 방식이 너무나 완벽해서 나의 경험은 오히려 더 특별한 경험이 되었다. 당근 탑이 쓰러지지 않았다면, 마에스트로와 오케스트라가 그렇게 어려운 상황에서 어떻게 대처하는지 경험할 수 없었으리라. 작은 위기 상황 때문에 팀 전체가 모든 훈련과 지식, 기술을 동원해서 나의 경험을 가장 완벽하게 만들어주었던 것이다. 서비스에 아주 사소한 불완전함이 있었다는 점까지도 자각하고 있었던, 지극히 완벽한 서비스였다. 결국 이렇게 불완전해 보였던 사건이 더욱더 완벽한 경험을 선물해주었다.

결국 완벽을 추구할 때 가장 중요한 것은, 성취하고자 하는 목표가 무엇이든 장애물을 어떻게 받아들이느냐다. 완벽은 불완전함을 부정하는 것이 아니라 인생의 어떤 상황에서든 자연스럽게 받아들이려고 노력함으로써 얻어진다. 그러면 모든 불완전함은 노력을 한 단계 더 높은 곳으로 끌어올리는 디딤돌이 된다. 그렇게 보면 이렇게 말할 수 있겠다.

불완전함이 더 큰 완전함으로 이어진다.

지혜롭게 설계한 동선과 인생 여정

인생의 방향을 정하는 건 여행의 동선, 또는 여정을 정하는 방식과 비슷하다. 한 나라의 대표적인 단면이 되도록 동선을 설계하는 것은, 희생시켜야만 하는 다른 잠재적 삶의 본질을 유지하면서 살고자 하는 노력과 거의 같다.

인생은 여행에서 지혜롭게 동선을 짜는 것이나 다름없다. 우리는 인생 여정을 통해 자신의 삶의 주요 테마를 보여주어야 한다. '주요 테마'는 한 나라의 명소들이 여기저기에 흩어져 있듯 표면에 놓여 있다. 우리의 목표는 이런 테마를 가장 조화로운 방식으로 연결하는 것이다. 여행 여정에서의 '지혜로운 동선'이라는 개념은 인생 전체를 이해하는 좋은 도구이자 인생 여정을 그려내는 가이드라인이 된다.

앞서 3장에서 우리는 지혜로운 동선이 무엇인지 살펴보았다. 동선을 지혜롭게 설계해서 한 나라 전체를 가장 잘 보여주는 단면을 찾고 그 나라의 영혼을 포착하려 한다고 했다. 지혜로운 동선과 관련해 여행의 배율, 여행지에서 공통적으로 나타나는 특징 골라내기, 개인의 관심사 존중하기, 열린 태도 갖기를 논의했다. 앞에서 살펴본 이런 여행의 개념을 인생이라는 긴 여정에 어떻게 적용할 수 있는지 살펴보자.

세상 모든 곳

어디를 가든 작은 왕국들이 있다. 출입국심사대 직원, 호텔 리셉셔니스트, 기차 차장에 이르기까지, 자기만의 작은 왕국에 엄청난 힘을 가진 왕들이 산다. 출입국심사대의 나라는 크기가 3평방미터 정도에 지나지 않지만 고유의 법과 딱딱한 언어가 있다. 왕을 숭배하고 왕 앞에서 자신을 낮추는 백성들도 있다. 수석 리셉셔니스트의 나라는 6평방미터 정도 되는데 그 나라의 규칙은 돌에 새긴 듯 절대적이다. 그 나라 여왕은 마치 여왕벌처럼 일벌과 수벌의 시중을 받는다. 보통 매우 완고하며 자신이 굉장히 중요하다고 생각한다. 가끔씩 백성들에게 귀한 관심을 보이기도 한다. 시베리아횡단열차의 나라를 다스리는 건 러시아의 황제, 강력한 프로보드니차(여자 승무원)다. 우랄 지역에서 몽골리아에 이르기까지 그녀는 기차 차량 전체를 지배한다. 백성의 취침시간, 기상시간, 식사시간, 놀이시간까지 모두 결정한다. 자신의 권위에 도전하는 사람은 누구나 즉각적으로 엄벌에 처하기도 한다!

이런 나라의 목록은 끝이 없다. 아주 작은 영역에서 권위를 부여받은 사람들은 세계 어디에나 있으며 정말 상상도 하지 못했던 구석에서조차 튀어나올 수 있다. 그 나라의 충실한 백성이 된 같이 놀아준다는 생각으로 받아주든 선택은 당신의 몫이다. 하지만 한 가지 사실은 분명하다. 그들을 무시할 수는 없다.

자기만의 작은 나라에서 그들은 자신을 매우 중요하고, 때로는 전지전능하다고까지 생각한다. 자기만의 규칙을 만들고 적용하려 한다. 무엇보다 그들은 존중받기를 원한다. 작은 나라 하나를 부여받자마자 로열패밀리라도 된 양 행동하는 모습이 참 우습다. 통치할 백성이 있다는 걸, 명령을 내리는 걸 어쩜 그렇게 좋아하는지. 권위를 행사할 기회를 어찌나 필요로 하는지.

책상 앞으로 다가서는 순간 갑자기 바빠지거나 자신 앞에 사람들이 줄을 서기 시작하면 갑자기 일의 속도를 늦추는 공무원들이 얼마나 많은지 모른다. 자기가 얼마나 '어렵고 힘든 일'을 하는지 알아달라는 것 같기도 하고, 아니면 상대방이 자기의 주의를 끌려고 노력하는 모습을 보고 싶어 하는 것 같기도 하다. 공항, 쇼핑몰, 사무실 등의 보안 관리인들이 어찌나 자기들만의 용어를 쓰면서 공식 절차를 읊어대는지, 무슨 경찰 시험 보기 전에 연습하는 것 같았던 적도 있다. 어쩌다가 자기들이 왜 이렇게 우리를 귀찮게 하는지 설명하면서, 마치 천기누설이라도 하는 것처럼, 정보 없고 무식한 우리가 감히 혹시라도 자신을 비이성적이라고 생각할 일이 없도록 설명하는 모습도 웃기다.

장기 여행을 하다 보면 가끔은 자기가 큰 인물이라고 생각하는 사람들의 작은 권력에 어쩔 수 없이 맞서야 할 때가 있다. 그런 왕국의 왕이나 여왕과 대치하거나 죽도록 싸워야 할 때도 있다. 그럴 때를 대비해서 무기를 준비해두기 바란다. 관련 주제를 정확히 파악하고, 명확한 논점과 논리를 지키며, 필요하면 언제든지 주변국의 더 강력한 왕이나 여왕을 전쟁에 참여시켜라. 적절한 외교술이나 힘을 이용하면 상대방을 내 편으로 만들어 전쟁에서 이길 수 있다. 불친절하거나 못된 리셉셔니스트가 있다면, 호텔 매니저를 찾아라. 출입국심사대 나라 옆에는 항상 경찰의 나라가 있기 마련이다. 보안 관리인의 나라 근처에는 항상 회사 디렉터가 있는 법이다.

이렇게 말했지만, 결국 작은 왕국의 왕이나 여왕이 너무 심하다 싶을 때는 그저 그 나라나 인간 본성에 대해 새로운 깨달음을 얻을 수 있도록 공부하거나 관찰하는 것이 가장 좋은 방법일 때가 많다.

고로카 쇼에서 부족별 전통복장을 갖춰 입고 분장한 전사들(파푸아뉴기니 하겐 산)

인생 여정을 설계할 때 고려해야 할 네 가지 요소

깊이/배율

인생의 한 주제에 적용할 배율은 특정 목표를 추구할 때 얼마나 파고들 것인가, 라는 깊이의 문제다. 새를 사랑한다고 해서 꼭 조류학자가 되거나 새공원에 취직할 필요는 없다. 그저 새에 대한 책을 읽거나 조류를 관찰하거나 앵무새를 키우는 것만으로도 충분하다. 마찬가지로 체스를 좋아한다고 꼭 체스 대회에 출전하거나 체스 마스터에 도전할 필요는 없다. 체스 관련 책을 읽고, 기보를 공부하거나 지역 체스클럽에 가입하면 된다.

우리의 모든 관심 분야에는 꼬리표가 달렸다. 여기에는 그 분야에 대한 열정의 수준, 즉 얼마나 시간과 에너지를 할애할 의사가 있는지가 적혀 있다. 우리의 시간, 수

—

149

단, 에너지는 제한적이다. 그러니 한 관심 분야가 모든 것을 독점할 수는 없다. 이렇게 어쩔 수 없이 자원을 나누어야 하다 보니, 자신이 정한 열정의 수준에 따라 각 관심 분야가 우리 삶에 얼마나 영향을 미치고 어떤 역할을 할지 결정된다.

어떻게 보면 관심 분야가 많다는 것은 삶에 내재된 가능성이 무한함을 의미하기도 한다. 우리는 언제든 새공원에 취직해서 평생 새와 함께하겠다고 결심할 수 있다. 프로 체스 플레이어가 되어 경기를 하거나 평생 체스에 관한 책을 쓰겠다고 결심할 수도 있다. 원하기만 하면 언제든지 삶의 방향을 바꾸고 새로운 모습으로 거듭날 수 있다. 하지만 동시에 100명의 인생을 살 수는 없다.

살고 싶은 수많은 삶 중에서 하나만 골라야 하는 인간의 굴레에서 벗어나고 싶다면, 다른 가능성을 실현할 수 있는 방법을 찾아야 한다. 한 나라에 있는 모든 명소를 다 가봐야 할 필요는 없는 것처럼, 우리가 선택할 수 있는 모든 삶을 전부 다 최대한도로 살아볼 필요는 없다. 그러기보다는 우리의 관심 분야 여러 개를 다른 배율로 하나의 인생 여정에 포함시킴으로써 어느 관심 분야도 포기하지 않고 인생의 다른 가능성을 경험할 수 있다. 직장에 취직해서도 지역 체스클럽에서 체스를 할 수 있고, 앵무새 한두 마리쯤은 애완동물로 키울 수 있으며, 여행할 때마다 새공원을 방문할 수도 있다.

여행 여정에서의 배율을 인생 전체 여정으로 바꾸어볼 때, 한 나라를 여행하는 것은 각각의 관심 분야에 대한 실현 가능성을 추구하는 정도에 해당한다. 내가 가진 가능성을 삶의 주요 여정에 포함시키지 않아도, 가능성과 관련된 활동에 참여하면 어떤 방식으로든, 어떤 정도로든 가능성을 실현하게 된다. 새 큐레이터가 되지는 않았지만 새를 사랑하고 관찰함으로써, 새들과 함께 살 수 있었던 가능성을 어느 정도 실현하게 된다. 선택하지 않았던 가능성을 낮은 배율로나마 진짜 삶 안에서 실현시킨 것이다. 마찬가지로 체스 클럽에서 정기 체스경기에 참여하기만 해도, 체스 플레이어의 삶을 일부나마 산다고 할 수 있다.

논밭에서 일을 마치고 집에 돌아오는 농부(중국 시장 마을)

공통의 특징 제외하기와 개인의 관심사 존중하기

이제 여행에서 지혜로운 동선을 계획할 때 고려하는 두 번째, 세 번째 요소를 살펴보고 그런 요소가 인생에 어떤 깨달음을 주는지 알아보자. 앞서 우리는 한 나라의 공통적인 특징은 다 보지 않아도 된다고 이야기했다. 한 나라의 모든 곳을 둘러볼 필요는 없으며, 각 지역이나 문화권에서 공통적으로 나타나는 특징을 찾아내야 한다고 했다. 파타고니아의 영혼을 만나기 위해 파타고니아 전 지역을 둘러보거나 몇 년씩 살아봐야 하는 것이 아니라, 그곳의 특징이 드러나는 대표적인 지역을 하나의 여행 경로, 즉 '지혜로운 동선'에 포함시키면 된다. 이렇게 대표적인 지역을 둘러보면 여행자는 비슷한 지역 전체의 특성을 잘 파악할 수 있다.

　　마찬가지로 이를 인생과 연결해보자. 실현 가능성이 있는 삶에 가치가 있다면 이는 모든 가능성이 완전히 현실화되기 때문이 아니라, 그러한 삶의 전체적인 본성이

파푸아뉴기니와 인도

내가 지금 와 있는 곳은 파푸아뉴기니. 세상에서 가장 이상한 광경이라는 듯, 나를 뚫어지게 바라보는 아이들 눈앞이다. 태어나서 처음으로 백인을 봤단다. 어떤 아이들은 내가 다른 세계에서 온 유령이거나 무서운 영혼이라고 생각하는 것 같았다. 한두 명은 잡아먹힐까 봐 무서워서 울기 시작했다. 어릴 적 할머니가 내게 까만 귀신이 잡으러 온다고 이야기했던 것처럼, 아이들의 할머니 역시 하얀 귀신이 온다고 한 모양이다. 내가 그들에게 호기심을 느끼는 것보다 그들이 나에게 더 호기심을 느끼는 게 분명했다. 그들을 관찰하고 연구하러 간 것이었는데, 나 또한 천 배는 더 많이 관찰되고 연구되고 있었다.

인도의 중심부, 데칸 고원을 집중적으로 여행할 때도 비슷한 일이 있었다. 여행자가 거의 찾지 않는 아주 외딴 마을에 가게 되었다. 방향을 물어야 해서 타고 있던 택시의 창문을 내리고 지나가는 아이들을 불러 세웠다. 쏟아지는 빗속에 아이들이 택시 근처로 달려왔고, 창문 안을 들여다본 아이들은 다른 세계에서 온 여행자들을 보고 충격을 받았는지 말을 잇지 못했다. 우리를 뚫어지게 바라보며 얼굴을 관찰하는 아이들의 눈에는 놀라움이 가득했다. 아이들은 빗속에서 멍하니 최면이라도 걸린 듯 서 있었다. 아주 잠시 동안, 내가 고대 그리스 신화에 나오는 헤르메스라도 된 기분이었다. 올림포스 산에서 내려와 인간에게 신의 메시지를 전하러 온 기분이랄까? 처음으로 만난 이 아이들이 신의 메시지를 들을 선택받은 인간이었다. 인도의 신들을 찾아 여행하는 동안, 기적을 받아들일 준비가 되어 있는 이 아이들에게 나 또한 그런 존재로 여겨졌을 것이라 생각하니 묘한 전율이 느껴졌다.

이런 경험을 통해 나는 내가 다른 사람들을 관찰하는 것과 비슷하게 관찰당하고 있음을 서서히 깨닫게 되었다. '비슷한 방식'이라는 깨달음은 완전히 새로운 인식으로 이어졌다. 나는 세상의 민족들을 만나지만, 그들 또한 나의 세상을 만난다. 나는 다니면서 나의 개인적인 특징, 매너, 관심 분야만을 보여주는 게 아니라, 사고방식과 세계관 또한 보여준다. 사회 속에서 성장한 만큼, 나는 수천 년을 이어온 유럽의 역사와 문화적 진보가 생생히 형상화된 존재다. 내가 세상과 사람들을 바라보는 방식은 매우 구체적이고, 어찌 보면 제한적이다.

내가 만나는 사람들은 나의 세상을 만난다. 그리고 내가 그의 세상을 최대한 많이 알아보려고 하는 것처럼, 그 또한 나의 세상을 최대한 많이 알아보려고 한다. 나아가 나의 세상을 기준으로 보면 그는 자신이 어떻게 보이는지도 알고 싶어 한다. 나의 눈을 통해 자신의 모습을 보고 싶어 하는 것이다. 그는 이렇게 자문한다. "이 외국인은 우리 문화와 매너를 어떻게 생각할까? 다른 사람의 눈에 비친 나는, 외부에서 보는 나는 어떤 사람일까?" 나는 내가 만나는 모든 문화를 비추는 거울이 된다. 내 눈을 뚫어지게 들여다보는 사람은 나만 보는 게 아니라, 내 눈에 비친 자신의 모습까지도 본다.

이렇게 비치는 모습은 내가 여행하는 세상과 나와의 관계가 표현된 것이다. (데이비드 스타인들-라스트의 표현에 따르자면) 내가 소중히 여기고 즐길 수 있도록 세상이 선물로 주어진 것처럼, 나 또한 동시에 여행하면서 나 자신을 내어 놓는다. 세상과 문화를 누리면서, 나 또한 "누려진다". 탐색하고 연구할 세상이 내 눈앞에 펼쳐지는 것처럼, 나 또한 내가 만나는 모든 사람들 앞에 펼쳐지고 탐색되고 연구된다.

관찰자를 관찰하는 아이들(인도 데칸 고원)

여행하면서 함께 데리고 다니는 나의 세상은 수동적이지도, 중립적이지도, 만난 사람에게 영향을 안 미치지도 않는다. 여행의 모든 순간에 나의 세상이 새롭게 발견한 세상과 만나는 지점이 있다. 이 지점에서 일종의 교환이 이루어진다. 나는 여행하며 세상에서 무언가를 받아간다. 그리고 무언가를 남긴다. 나는 변화하지만, 그들의 세상 또한 변화시킨다. 대개 이런 상호작용은 굉장히 자연스럽고 무의식적으로 아무런 사전 계획 없이 이루어진다. 나의 세상은 내가 여행하는 세상에 들어가고, 그들의 세상도 나의 세상에 들어온다. 예를 들어 파푸아뉴기니나 인도에서 내가 만난 아이들 중 호기심 많은 아이 단 하나라도, 자기 나라를 벗어나 여행하고 싶다는 소망을 품게 될지 모른다. 그렇게 간접적이고 숨은 영향이 결국에는 사람들의 삶을 엄청나게 바꿔놓을 수 있다. 현지에서 사람들과 같이 찍은 사진 몇 장이 이제는 전 세계 사진 앨범에 흩어져 있다. 이 사진들 속에서 두 세상의 만남이 생생히 포착되고 영원히 보존될 것이다.

하지만 나의 영향력이 그저 만남의 순간에만 발휘되는 건 아니다. 내가 여행하는 세상은 딱딱한 표면 위에 금속으로 선을 긋는 것처럼 멈춰 있고 움직이지 않는 세상이 아니다. 내가 간 길은 물 위를 나아가는 요트의 길과 비슷하다. 지나간 길과 퍼져서, 물결이 일어 끝없이 전체 바다에까지 확대되는 것이다.

여행을 할 때는 단순히 내가 세상 안에 존재하는 것이 아니라, 세상을 위해 존재한다는 것이 분명해졌다. 이러한 깨달음은 세계 여행자에게 중대한 영향을 끼친다. 내가 나 자신만을 위해 존재한다면, 내 맘대로 행동해도 좋다. 내가 만나는 다른 사람들에게 미치는 영향 따위는 생각하지 않아도 된다. 하지만 내가 세상을 위해서 존재하는 거라면, 나의 자유는 (긍정적인 의미라 하더라도) 제한된다. 나는 자유롭게 행동할 수 있지만, 나는 나 자신만이 아니다. 나의 문화, 민족, 나아가 내가 지금까지 만나온 다른 세상까지도 대표한다. 지금까지 세상이 전체적으로 내 성격과 생각에 영향을 미친 만큼 말이다.

그러므로 자신과 자신이 지나온 세상이 함께한다는 인식이 있는 세계 여행자는 별 생각 없이 놀러온 사람보다 책임 있게 행동한다. 그는 자기 민족, 문화, 문명을 대표하는 대사이자 세계 문화를 깊이 이해하고자 하는 세계 시민이다. 현지인이 외국인 손님에게 좋은 인상을 남기려고 최선을 다하는 것처럼, 세계 여행자 역시 자신이 대표하고 함께 다니는 세상의 대사로서 마땅한 역할을 해야 한다. 자신이 영향을 받고 변화하는 것만큼 자신도 영향을 주고 변화시킨다는 점을 인식하는 세계 여행자의 여행은 책임 있는 여행이 된다. 갑자기, 전혀 계획하지도 않았는데, 여행자의 모든 행동이 친선 대사의 미션이 된다. 세심하게 책임감과 의무감을 갖고 수행해야 하는 미션이 된다.

가치 있기 때문이다. 실현 가능성이 있는 삶의 세세한 면들이 그 가능성의 진정한 가치와 중요도를 결정하는 게 아니다. 실현 가능성이 있는 모든 삶에는 진정한 본성이라는 일반적이고 보편적인 특징이 있다. 체스에는 단순한 체스 플레이보다 더 포괄적인 본성이 있다. 이러한 본성은 대상의 중심 아이디어와 원칙에서 찾아볼 수 있다. 체스는 예술이자, 과학이며, 스포츠다. 체스를 그렇게 재미있게 느낄 수 있도록 하는 요소들을 간직하면 체스의 본성을 삶에 포함하게 되는 것이다. 예술, 과학, 스포츠로서 체스를 사랑하게 되면 그러한 본성에서 인생에 대한 일반적인 교훈을 얻을 수 있다.

배율의 개념은 여러 가능성, 즉 여러 주제를 현실의 삶에 서로 다른 배율로 포함할 수 있음을 보여주는 반면, 각 가능성의 본성을 보존하고자 하는 두 번째 요소는 여러 가능성이 언제나 공존할 수 있음을 보여준다. 체스 플레이어의 삶, 세계 여행자의 삶, 작가 등 세 가지 삶을 한꺼번에 살 수는 없다. 하지만 각각의 삶의 본성을 하나의 인생 여정에 포함시킬 수 있다면 세 가지 삶이 공존할 수 있다. 작가가 체스의 예를 들거나, 체스를 통해 인생을 성찰할 수 있다. 동시에 여행(글 쓰는 영감의 원천) 경험에서 영감을 받은 책[24]을 쓸 수 있다. 다른 두 가지 실현 가능이 있는 삶의 본성을 유지하면서, 작가는 작가, 체스 플레이어, 여행자로서 세 가지 삶을 산다. 현재의 삶을 살면서, 또

---

24 여기에 나온 작가가 나 자신임은 더 말하지 않아도 눈치 챘을 것이다! 여행자, 체스 플레이어, 작가로 동시에 상호 공존하는 사례는 앞서 '배율' 섹션에 등장한 세 가지 테마(새, 체스, 여행)와 함께 내 이야기다. 이 세 가지 테마는 지금은 서로 다른 배율로 내 안에 존재하지만, 다양한 기간 동안 내 삶의 일부로 항상 함께해왔다.

현재의 삶 안에서 포기해야 했던 삶(체스와 여행)이 동시에 공존하도록 허용함으로써, 작가는 자신이 만들어가는 하나의 인생 여정에서 본성의 자격으로 다른 가능성들을 누리게 되는 것이다.

이를 일반화하면 우리가 사랑하는 것들의 본성을 하나의 인생 여정에 녹여낼 수 있다면, 다른 실현 가능성이 있는 삶을 희생시키지 않아도 된다는 결론이 나온다. 이를 통해 개인의 관심사와 열정을 하나의 인생 여정에서 존중할 수 있다. 이전에는 포기해야 했던 다른 삶들을 현재의 삶 속에 얼마나 잘 녹여내느냐에 따라 삶에서 가능성을 빼앗긴다는 생각을 하지 않게 될 것이다. 그럼 이제 앞으로 추구해야 할 목표가 생겼다. 하나의 인생 여정에 실현 가능한 다른 삶들의 본성을 간직하는 것. 이것이 우리의 삶을 충만하게 하고 자기 실현에 이르게 하는 열쇠가 될 것이다.

돌발 상황에 열린 태도 갖기

드디어 지혜로운 동선을 결정하는 마지막 요소, '돌발 상황에 열린 태도 갖기'를 이야기할 차례다. 우리는 여행에서 즉흥적이고 예상치 못한 상황이 원래 계획했던 일정과 맞지 않는 방식으로 자신의 여행 경로와 틀을 만드는 데 중요한 역할을 하도록 허용하기로 했다. 마찬가지로 삶에서도 예상치 못했던 요소들이 인생 여정을 만들어가도록 허용해야 한다.

돌발 상황에 열린 태도를 갖는다는 것은 단순히 "인생은 변화다"라고 받아들이는 것을 의미하지 않는다. 변화의 가능성을 인지하고, 마음을 다해 수용하는 것을 의미한다. 여행에서 우리가 끊임없이 여정에 등장하는 예측하지 못했던 요소들의 신호와 역할에 마음을 닫을 수 있듯이, 우리는 인생 여정에서도 변화에 저항할 수 있다. 의식적으로 또는 무의식적으로, 우리는 높게 쌓아올린 성벽 안에 갇혀 살아가고 있는지도 모른다. 삶 자체가 제시하는 모든 변화를 거부하는지도 모른다. 우선 변화의 징조가 나타날 때 이를 알아봐야 한다. 그리고 마음으로부터 변화를 받아들이고, 마침내 자신의

의지로 나아갈 방향을 바꿔야 한다. 돌발 상황에 열린 마음을 갖는 것은 인생 여정이 바뀔 수 있으며 어느 순간에든 현실화될 수 있는 가능성으로 가득하다는 사실에 마음을 여는 것이다. 과거는 바꿀 수 없지만, 미래는 아직 열려 있고, 무엇이든 가능하다.

이제 우리는 여행과 인생의 비교에서 가장 중요한 요소에 이르렀다. 앞서 여행자의 궁극적인 목표는 한 나라의 영혼을 포착하는 것임을 설명했다. 이제 이를 인생의 궁극적인 목표와 연결할 수 있는지 알아보자.

인생의 영혼 포착하기

여행에서 지혜로운 동선은 한 나라의 가장 대표적인 특징을 볼 수 있도록 여행자가 지표면을 따라 움직이는 최적의 경로라고 정의했다. 그런 다음 실현 가능성이 있는 삶(예를 들어, 삶의 주요 테마)을 이와 비슷하게 표면에 놓인 대상이라고 생각하자고 했다. 그리

전통식 차고에서 당나귀의 '타이어'를 가는 모습(중국 서부 쿠처)

고 지혜로운 동선이 하나의 목적을 가지고 조화롭게 한 나라의 다양한 명소, 종교, 문화를 연결해서 한 나라의 대표적인 단면이 될 수 있듯, 어떻게 해야 실현 가능성이 있는 여러 삶을 하나의 여정으로 만들 수 있는지 살펴보았다. 마지막으로 여행의 지혜로운 동선을 결정하는 네 가지 요소가 어떻게 수많은 실현 가능성이 있는 삶 중에서 하나의 인생 여정을 선택하는 데 도움이 되는지 살펴보았다. 또한 우리의 인생 여정은 실현 가능성이 있는 삶의 본성을 담아내는 만큼 충만해진다고 결론 내렸다. 그럼 이제 인생과 여행의 비유를 완성해보자.

여행자가 자신의 여정을 새기는 표면은 다름 아닌 지표면이다. 지혜로운 동선은 여행자가 탐험한 나라에 대한 여행 경로가 된다. 인생에서 실현 가능성이 있는 삶들이 놓이는 '표면'은 무엇인가? 여러 생각이 떠오른다. 이미 설명했듯이 여행에서의 지혜로운 동선은 한 나라의 가장 특징적인 요소를 연결하므로 그 나라의 표면에 새겨지는 경로다. 이미 지혜로운 동선이 인생에서 실현 가능한 삶의 테마를 연결하는 방식과 같다고 설명했으니, 그렇다면 이때 표면은 인생의 표면 그 자체다!

'인생의 표면'이라니, 무슨 의미일까? 인간이 경험하는 인생 전체를 다르게 표현한 말이다. 여행자가 한 나라를 탐험하려고 하듯이, 인간으로서 우리는 몸과 마음, 활동을 통해서 인생을 탐험하거나 살아간다. 여행의 궁극적인 목표가 한 나라의 영혼을 포착하는 것이라 했던가? 여행과 인생을 다시 비교해본다면, 인생의 궁극적인 목표는 인생의 영혼을 포착하는 것이라 할 수 있겠다.

그렇다면 '인생의 영혼'은 무엇일까? 영혼은 독립적으로 존재하는, 직접적으로 느껴지는 존재는 아니다. 한 나라의 영혼을 포착하는 것이 말로 설명하거나 정의할 수 없는 경험임을 설명했듯이, 인생의 영혼은 그저 희미하고 일반적인 표현으로 말할 수 있을 뿐이다. 인생의 영혼을 포착하려는 노력을 한 가지로 설명하자면 인생에서의 의미를 찾는 것이다. 하지만 의미를 찾는 게 전부는 아니다. 그건 삶에 있어서 의미가 중심이 되지 않는 인류 다수를 제외하는 일이고, 지구상의 동식물군에 속하는 모든 생명에 해당되지는 않을 테니까. '인생의 영혼을 포착하는 것'은 그보다 광범위하고 근본적이다.

지구상의 모든 동식물과 마찬가지로, 모든 인간 존재는 살아있음으로써 특별한 기능을 하며, 그러한 기능이 삶의 독특한 표현이 된다. 모든 생명체는 법칙과 현실에 따라 (무한히 많은 가능성 중에) 단 하나가 표현된 것이다. 모든 원자와 소립자가 우주의 물질과 에너지 법칙과 현실의 표현인 것과 마찬가지로, 모든 생명체의 삶은 과거 우주에 이렇게 나타난 적이 없었던 고유한 삶의 표현이다.

인간은 더욱 고유한 표현이다. 의식과 자의식을 갖기 때문이다. 그러므로 인생의 영혼 찾기는 대자연의 기계적이고 생물학적인 힘 위에 자리하는, 목적의식에서 우러나는 노력이라 할 수 있다. 그렇다면 인간 삶의 영혼을 찾는 일은 별개의 카테고리로 분류해야 한다. 인간은 삶에 높은 이상과 목표, 목적, 이루고 싶은 과업을 정하고 가장 높은 기준에 따라 자신을 평가하기 때문이다. 자연에서 정해주는 대로 사는 동물이나 식물과 달리, 인간은 가능한 가장 조화로운 방법으로 우주에서 자신만의 개성과 잠재성을 표현하려고 노력한다. 그렇다면 가장 지혜로운 동선에 따라 방향 감각과 목적의식을 가지고 여행하면서 잘 계획하고 실행했을 때 성공적으로 한 나라의 영혼을 포착할 수 있는 것처럼, 인간의 삶도 중심 주제를 의식하고 여러 주제를 종합하기 위해 노력했을 때 많은 잠재성 중 일부가 의미 있고 조화롭게 발현되면서 인생의 영혼을 성공적으로 포착할 수 있을 것이다.

인생의 영혼을 포착하는 일을 당연하게 여겨서는 안 된다. 영혼을 포착하려면 상당한 어려움과 마음을 다한 노력이 필요하다. 여행자가 여행지의 영혼을 포착하지 못할 수 있듯이, 여러 가능성을 하나의 인생 여정에 조화롭게 포함시키지 못하면 인생의 영혼을 포착하지 못할 수도 있다.

인간의 자기표현 노력은 끝이 없다. 이런 노력은 인간과 나머지 동물을 구별하는 차이가 되기도 한다. 인간은 자신만의 독특한 '인생 표면'의 단면을 얻고자 한다. 여행자가 한 나라의 표면 위 여러 지점을 독특하게 연결하듯이 말이다. 인생의 영혼을 포착하는 데 성공하면 삶의 신비와 의미가 독특하게 표현된다. 점을 연결해서 선을 그리듯, 삶에 다양한 주제를 조화롭게 넣어서 인생 여정을 그리면 이 장 처음에서 언급했던 빅터 프랭클의 말처럼 '시간이라는 모래에 새긴 발자국'이 된다. 이 또한 빅터 프랭클이 자신만의 방식으로 무한하고 이해할 수 없는 '보편적 삶'과 '삶의 위대한 미스터리'를 연관 지은 표현일 것이다.

저녁 무렵에 즐기는 자전거 묘기(프랑스령 폴리네시아 보라보라 섬)

PART 05

세계 시민

고대 그리스 철학자 디오게네스[25]는 어디 출신이냐는 질문에 "나는 세계 시민이다"라고 말했다. 국적이라는 맥락에서 자신을 세계 시민이라고 언급한 기록은 이것이 처음이다.

몇 세기가 지나 로마의 금욕주의자들은 이 문제를 좀 더 파고들었다. 로마 제국의 번성으로 인류 문명에 처음으로 세계화 바람이 불자 세네카[26]는 『휴식에 대해서(On Leisure)』에서 다음과 같이 말했다.

세상에 두 가지 세계가 있음을 받아들일 때가 됐다. 하나는 거대하고 진정한 공통적인 세계로, 신과 인간을 모두 포함한다. 이 세계에서는 지구 구석구석을 들여다보지 않고, 누가 어디 시민인지 구분하는 기준은 태양이 지나는 길이 된다. 다른 세계에서는 국적이 그저 어디서 태어났느냐에 따라 정해졌을 뿐이다. 아테네인이든 카르타고인이든, 전체 인류가 아니라 특정 민족에 속하는 모든 도시가 그러한 세계가 된다. 어떤 이들은 두 가지 세계 모두에 동시에 속하고 이에 충실하지만, 어떤 사람들은 더 작은 세계에만, 혹은 더 큰 세계에만 속한다고 생각한다.

세네카가 이렇게 이야기한 지 100년이 지났을 무렵 또 다른 금욕주의자 히에로클레스는 '동심원 이론'을 내놓았다.

가장 먼저, 가장 가까운 원은 자신의 마음을 중심에 두고 몸을 둘러싼 원으로, 몸으로 여겨지는 모든 범위를 포함한다. 두 번째 원은 보다 큰 원으로, 부모, 형제, 배우자, 자녀가 들어간다. 세 번째 원은 그보다 크며 삼촌, 숙모, 할아버지, 할머니, 조카

---

25 디오게네스(기원전 404-323)는 아테네의 항아리에서 "개처럼 살았다(냉소주의 철학이 그에게서 시작되었다고 한다)"고 전해진다. 알렉산더 대왕이 그에게 도와줄 일이 없느냐고 묻자 당신이 해를 가리고 있으니 비켜달라고 한 일화로 유명하다.

26 세네카(기원전 4-기원후 65)는 가장 영향력 있던 로마의 금욕주의 철학자로, 실질적인 철학이라는 위대한 업적을 인류에 남겼다.

하굣길에 아무 근심 없이 즐거운 시간을 보내는 학생들의 모습(사모아 제도 우폴루 섬)

들 등을 포함한다. 그다음 원은 남은 친척이 들어가는 원이다. 그다음 원은 일반인들을 포함하는 원으로, 그다음 원은 같은 종족을, 그다음엔 같은 시민들이 들어간다. 그리고 두 가지 원이 더 있는데, 하나는 도시 근처에 사는 사람들을 포함하는 원, 나머지 하나는 같은 지역에 사는 사람들을 포함하는 원이다. 가장 크고 바깥쪽에 있는 원이자 다른 모든 원을 포괄하는 원은 바로 모든 인류를 포함하는 원이다. 이를 고려해볼 때, 어찌 보면 모든 원의 중심에서 적절히 행동하려고 하는 사람에게 기준이 되는 것은 자신의 지역이다.

이 글에서 보듯이 히에로클레스는 즉각적이지 않아도 쉽게 공감할 수 있는, 상식적인 동심원이라는 비유를 들어서 이 개념을 설명하고 있다. 나아가 그 원들을 축소시킨다면 인류 전체를 더 가깝게 느끼고 모든 이를 가족처럼 느낄 수 있을 것이라 말했다.

고대 그리스 철학자들의 생각은 현대에 이를 때까지 대체로 잊혀 있었다. 독일의 임마누엘 칸트가 유일하게 그들의 생각을 다시 언급했지만, '세계 시민'이라는 개념은 20세기가 되어서야 다시 대두되었다. 앰네스티 인터내셔널, 옥스팜, 그린피스, 무엇보다 유엔 같은 국제기구들이 처음으로 생겨나기 시작하면서였다. 인류는 지난 수천 년간 분쟁과 전쟁을 거듭했고, 그중 대다수 분쟁이 유럽에서 일어났는데, 유럽 국가들이 2차 세계대전 이후 하나의 연합체가 되기까지 50년밖에 걸리지 않았다. 현재 유럽에서 이어지는 70년간의 평화는 사실 현대사에서 가장 긴 평화로운 기간으로, 어쩌면 새로운 팍스 유로피아나 시대의 문을 여는 것일 수도 있겠다.

세계를 하나로 묶으려는 국제기구와 국가연합 외에도, 개리 데이비스[27]처럼 굉장한 선구자도 있다. 그는 처음으로 자신을 '세계 시민'이라 선포했다. 직접 자신만의 세계 여권을 만들고 현대판 돈키호테처럼 국가야말로 인류가 만들어낸 가장 큰 죄악이라면서 '국가'의 존재에 저항하는 캠페인을 했다.

21세기 말에 들어서 세계 시민의 개념을 정치적, 문화적, 철학적으로 논의하는 학계 움직임이 활발해졌다. 그중에서 가장 중요하면서도 이후 세계시민주의 논의의 틀을 제시한 것은 아마도 시카고대학교의 마사 누스바움 석좌교수가 1994년에 발표한 〈패트리어티즘과 코스모폴리타니즘(Patriotism and Cosmopolitanism)〉일 것이다.

로마의 금욕주의자들, 특히 히에로클레스의 동심원 이론에서 영감을 얻은 누스바움은 미국 교육 정책에 급진적인 변화가 필요하다고 주장했다. 나아가 다른 나라들도 그 뒤를 따라야 한다고 암시했다. 국수주의적인 교육보다는 세계시민주의에 중점을 두는 교육을 해야 한다는 것이다. 이 논문에서 누스바움은 '국수주의보다 세계시민주의 중심으로 교육해야 하는 이유'로 네 가지(처음 두 가지는 금욕주의자들의 주장에서 가져온 것이다)를 들었다.

---

27 개리 데이비스(1921-2013)는 1948년 11월 유엔 총회에서 "우리는 세계 정부만이 줄 수 있는 평화를 원한다. 당신들이 대표하는 주권 국가들은 우리를 나눠놓고 온통 전쟁의 구렁텅이로 몰아넣을 뿐이다"라는 발언을 쏟아낸 것으로 유명하다.

1. 세계시민주의 교육을 통해 자신을 더 잘 알게 된다.

2. 세계 공조가 필요한 문제를 해결하면서 나아갈 수 있다.

3. 세계 다른 지역에 대한 도덕적 의무를 깨닫게 된다. 세계시민주의를 고민하지 않으면 이러한 도덕적 의무를 깨닫지 못한다.

4. 제대로 옹호할 수 있는 구분법[28]을 바탕으로 일관적이고 논리적인 논의를 할 수 있다.

한때 미친 사람 취급을 받았던 디오니게스나 돈키호테와 비슷했던 개리 데이비스의 생각이 세계에서 가장 명망 있는 교수의 학술적인 논문에까지 나타나다니 흥미롭다. 이렇게 세계시민주의를 우위에 놓고 국적보다는 인간이라는 프리즘을 통해 개인을 바라본다면 단순히 국가 간의 분쟁을 해결하는 것이나 상호이해 증진을 초월하는 의미가 있다.

세계시민주의는 인류의 진화, 인간 심리, 역사 등에 굳건한 뿌리를 두고 있다. 더구나 '세계 시민'은 새로 만들어낸 개념이거나 미래에나 존재하는 이상이 아니라 인간의 본성에 깊이 새겨진 것이다. 이제 세계시민주의를 국수주의보다 우위에 두되 그 실용성에 초점을 맞추지 않았던 기존 논의를 더 파헤쳐보자.

하지만 여기서 말하는 '논의'는 일반적으로 말하는 논의가 아니다. 그보다는 세상에 이미 존재하고 항상 사실이 그러했던 것에 대한 설명이다. 세계시민주의는 눈에 보이지 않는 끈으로, 인간 모두를 꿰뚫는다. 하지만 눈에 보이지 않으니 '논의'로 뒷받침해야 할 뿐이다. 그러므로 이제 소개할 내용은 논의라기보다는 우리를 인간이게 하는 가장 중요한 요소, 그리고 이미 그 기반에 세계 시민이라는 개념을 포함하는 요소에 대한 탐구다. 그러면 이제 인간 사회의 진화부터 살펴보기로 하자.

---

28 특별한 상태나 계층이 아니라 국적이라는 측면에서의 구별을 의미한다.

나르마다 강에 이르는 계단에서 사리를 빠는 모습(인도 마헤슈와르)

인간의 진화

지난 몇천 년 동안 인간 사회가 진화한 모습을 살펴보면, 선사시대 인류는 가족이나 씨족(가족 집단) 단위로 살았다. 시간이 흐르면서 씨족들이 모여 작은 마을을 이루었다. 인류가 농경 사회로 진입하고 복잡한 사회 구조가 생겨나면서, 도시 국가가 나타났다. 그러면서 국가가 생겨났고, 국가를 포괄하는 제국이 생겨났다. 가족에서 더 큰 사회로 자연적, 사회적 진화가 이루어졌고, 이는 히에로클레스의 동심원을 떠올리게 한다. 인간이라는 종으로서 사회적 진화가 이루어진 결과로, 역사시대에 대체로 인류는 같은 방향으로 움직여왔다.

야무나 강에서 열리는 힌두교 저녁 예식(인도 브린다반)

역사

현대 사회에서 국수주의적 국가가 등장한 것은 인류 역사 전체를 놓고 봤을 때 상당히 최근의 일임을 잊어서는 안 된다. 고대 사회에서도 어떤 곳에서는 일정 기간 동안 국적이 중요하긴 했다. 하지만 이미 그 시절에도 세계 인구의 대부분은 페르시아, 이집트, 중국 등 인종적으로 다양한 사회에서 살고 있었다. 그 이후를 봐도 지난 2천 년 동안, 비잔틴 제국, 오스만 제국, 신성 로마 제국, 중국, 인도 등 대부분 다양한 인종이 복합적으로 얽힌 사회 속에서 살았다. 더구나 인류 역사상 국가라는 개념이 없었던 오랜 시기에 사람들을 묶는 힘은 국적이 아니라 윤리와 종교(비잔티움)이거나 이데올로기와 도시 인프라(중국), 혹은 광대한 제국이라는 개념과 문명(대영제국)이었다.

　　지난 2세기 동안, 인류의 역사는 퇴보한 듯했다. 기존 제국들이 무너지고 국가

인도네시아 테르나테 섬

옷을 입어 혼자만의 자유를 누리고자 하지만

옷을 입어 얻는 것은 굴레와 족쇄

태양과 바람도 피부로 더 많이 만날 텐데

옷이 없다면

삶의 숨결은 햇빛에, 삶의 손은 바람 안에 있는 것

-칼릴 지브란

새 친구 아안이 말한다.

"휴지 안 돼, 물 써야 돼!"

"오른손 말고, 왼손으로만!"

먹을 때는 오른손, 화장실 뒤처리를 할 때는 왼손을 쓰라는 말을 처음 들었다. 둘 다 이상하고 우스웠다. 그런데 실제로 그렇게 하다 보니, 나중에는 양손을 구분해서 두 가지 활동을 하는 것이 재미있어졌다. 어린 시절 이후 처음으로 내 똥에 의미를 부여하기 시작했다. 똥을 탐구하고, 손으로 만지는 느낌과 감촉이 얼마나 다양한지 느낄 수 있었다. 휴지가 아닌 흐르는 물로 뒤처리를 했을 때만 느낄 수 있는 깔끔한 기분도 처음이었다. 마침내 단순한 행동에서 아주 오랫동안 전해져온 지혜를 느낄 수 있었다. 자연 속의 인간과 내 안의 어린아이가 뭔가로 연결되어 있었다. 식사와 배설은 인간의 가장 기본적인 생물학적인 기능이니, 우리 몸의 가장 중요한 부분인 손으로 해결하는 것이 가장 자연스럽지 않겠는가.

휴지를 쓸 때는 내 손과 엉덩이를 단절시키는 얇은 막 같은 것이 있었다. 내 몸의 일부분과 다른 부분 사이에 무언가를 갖다 댄다. 먹을 때도 마찬가지다. 우리 자신과 음식 사이에 일정 거리를 유지하기 위해서 금속 나이프나 포크, 또는 나무로 된 젓가락을 이용한다. 결국에는 음식을 삼키고 몸의 일부로 흡수할 것이면서 말이다. 우리와 지구 사이의 관계에도 마찬가지 일이 벌어진다. 대부분의 인간 사회에서 더 이상 땅을 만지지 않게 된 지 오래다. 수백만 년 동안 발바닥으로 땅을 딛도록 진화해 왔음에도 불구하고, 우리는 더 이상 발바닥으로 땅을 딛지 않는다. 의자에 앉을 때도, 땅에서 인공적인 거리를 둬서 엉덩이가 땅 위에 50센티미터 정도는 떨어지게 한다. 옷에 대해 생각해보면, 칼릴 지브란이 말한 대로 옷은 태양과 바람으로부터 우리를 떼어놓는 얇은 막이나 다름없다.

많은 이슬람 국가에서 휴지를 쓰지 않는 것처럼, 다른 많은 나라에서 식기를 쓰지 않고 손으로 먹는다. 어떤 나라에서는 신발을 신기보다는 맨발로 걷거나, 의자에 앉기보다는 바닥에 앉는 것을 선호한다. 많은 원주민 사회에서는 그저 발가벗고 다닌다.

현대인은 세상과 자신의 접촉을 여러 가지 방법으로 막고 있다. 청결이라는 사회적 이유, 예의범절이라는 인공적 이유, 어느새 습득하게 된 편안함이라는 이유 등 이유는 다양하다. 자연스럽고 단순했던 삶을 복잡하고 정교한 사회적 맥락이나 행동 시스템과 바꿔버렸는데, 그중 다수는 불필요하다. 이렇게 자신을 자신과, 자연과 떼어놓는 얇은 막이 있음을, 그 막이 보편적이거나 필수적이거나 강제적인 것도 아님을 깨닫는 순간이 매우 중요하다.

오른손으로 먹고, 왼손으로 뒤처리를 하고, 바닥에 앉고, 벌거벗고 걷거나 수영을 하면 새롭게 자유로워지는 기분이고, 자연스러워짐과 동시에 억지로 꾸미지 않고 움직이는 기분이다. 내 몸과 접촉하는 것들 사이에 거리가 없다. 촉각이 자유를 얻고 다시 살아난다. 피부가 더 예민해지고 주변의 모든 다양한 감촉들을 받아들이기 시작한다. 세상을 느끼는 새로운 세계가 열린다. 나이프와 포크로 잘라먹던 고기와 야채는 맛과 향뿐 아니라 우리의 감각에 촉감과 새로운 즐거움을 선사한다. 손에 든 양상추 한 장의 독특한 구조, 주름진 감촉, 삼차원적인 개체로서 느껴지는 양감이 있다. 고기를 뼈째로 들고 물어뜯을 때, 비로소 나를 위해 어떤 동물이 희생되었고 그 고기를 먹는다는 사실을 느끼게 된다. 내가 육식동물임도 생생히 느낀다. 음식은 이제 입이나 미각하고만 연관된 것이 아니다. 손을 이용하면 우리는 아주 어린 시절에 떠나온 세계를 다시 만나게 된다.

이렇게 나와 자연을 단절시키는 모든 것, 혹은 일부를 내려놓는 것은 가장 자유로워지고 또 세계 여행자를 정의하는 가장 세계 여행자다운 행위다. 평생 화장실 휴지를 사용하지 않게 되거나, 다른 사람들 앞에서 손으로 먹어도 아무렇지도 않을 때, 이렇게 작고 사소한 일처럼 보이는 행동을 할 때에 비로소 세계 여행자는 세계 시민이라는 타이틀을 얻을 자격이 있다.

가 전면으로 등장하면서 비극적인 전쟁이 다수 발발했다. 그러나 2차 대전 이후 유럽연합, 남미국가연합, 아시아태평양경제협력체 포럼 등 초국가적인 움직임이 생겨났다.

과거 200년 동안 제국에서 국가로, 역사를 거스르는 듯한 움직임은 이제 새로운 시각으로 봐도 좋겠다. 과거의 제국들은 인위적으로 정복, 흡수, 동화의 결과로 강제로 세운 경우가 많았다. 반면 오늘날 유럽연합과 같은 모임은 회원국들의 자발적인 참여의사에서 탄생했다. 이 차이는 중요하다. 국가를 묶는 힘은 일시적인 제국의 힘이 아니라 이제 사람들의 의지가 되었다. 따라서 국가들이 모이려는 현대 사회의 트렌드는 더 건강하고 지속가능해 보인다. 언젠가 프랑스인이나 독일인이 자신을 프랑스나 독일이 아닌 유럽인이라고 할 날이 올지 모른다. 언제가 될지 지금 당장은 알 수 없지만, 또 그렇게 되기까지 몇십 년은 걸릴지 모르지만, 그런 날이 오리라 상상해볼 수 있다.

사회적 관습

많이 주목받지 못하지만 아주 중요한 사실 하나. 역사적으로 인간 사회는 작은 집단보다는 큰 집단에 충성하는 것을 선호해왔다. 예를 들어 청년이 가족을 떠나 입대하는 모습을 보면 어느 나라나 비슷하다. 군인은 가족이 아니라 나라를 위해 희생할 각오를 한다. 나라를 지킴으로써 간접적으로 자신의 가족도 지킨다는 전제가 깔려 있기는 하지만 말이다. 만약 전투에서 목숨을 잃으면, 가족뿐 아니라 국가에서 그를 기린다.

고대 시대부터, 스파르타인들과 아테네인들이 페르시아의 침입에 맞서 싸울 때는 서로의 이견을 내려놓고 힘을 합쳐 싸웠다. 더 큰 집단을 위해서는 더 좁은 범위에 대한 충성심을 내려놓는 것을 고귀하다고 여겼다.

현대에서도 마찬가지다. 2차 대전 당시 갈등관계에 있던 국가들도 공통의 목표를 위해 힘을 모았다. 영국, 프랑스, 미국, 소련이 독일에 맞서 싸웠는데, 이러한 동맹이 한 나라를 지키는 것보다 더 중요했다.

국가를 수호하고 국가를 위해 싸우면 도시에 충성하는 것보다 더 중요하게 여겨졌다. 도시를 위해 나서면 가족만 챙기는 것보다 가치 있는 행위로 여겨진다. 부모나 자식을 위해 목숨을 바치면 자신을 구하는 것보다 고귀한 일로 여겨진다. 역사적으로도 원의 범위가 크면 클수록, 그 가치를 더 인정받았다. 우리가 생각할 수 있는 가장 큰 원은 인류 모두를 포함하는 원이다. 지켜야 할 범위를 넓히고 나아가 인류 모두를 포용하는 게 너무나 당연한 일이다. 이런 점에서 우리는 이상주의자나 몽상가가 아니라, 현실주의자들이다. 인간 사회가 더 큰 사회적 집단을 형성할 때부터 지켜온 법칙이 있었음을 인지하고 인정한다.

미국 유타 주의 모뉴먼트 밸리

심리

인간 사회가 더 크고 포괄적인 집단으로 나아가고자 하는 흐름 외에도, 심리학에서 말하는 발달이라는 측면에서도 똑같이 더 크게 나아가려는 움직임이 있다. 이를 뒷받침하는 강력한 주장들도 있다.

심리학자 카를 융에 따르면, 모든 인간은 살면서 일정한 발달 단계를 거친다. 처음 태어나면 개인의 세상은 곧 가족이다. 과도기인 사춘기가 되면 우리는 가족을 떠나 세상에 나갈 준비를 한다. 산업화 사회에서 가족과 학교는 다음 단계로 나아갈 준비를 할 수 있도록 돕는다. 원주민 사회에서는 통과의례를 치른다. 이후에 인간은 사회에 나가 세상이라는 더 큰 맥락 속에서 살아간다. 융에 따르면 인간은 자신이 되려고 했던 사람이 되고 난 다음에는, 우주(또는 신)와 연결되며 자기 삶을 더욱더 큰 맥락에서 이해하려고 한다. 이 마지막 단계는 대체로 죽기 전, 노년기에 이루어진다.

　이러한 단계들을 봐도, 자연스럽게 겹겹이 겹쳐진 동심원 안에서 바깥쪽으로 나아가려고 하는 움직임이 있다. 심리적인 면에서도 인간의 여정은 가족이라는 작은 원에서 더 포괄적인 원으로 확장되어 간다. 역시, 히에로클레스의 동심원 이론을 떠올리게 한다.

어디서 태어났는가는 그저 우연일 뿐

그런데 이 모든 논의보다 더 근본적이고, 세계시민주의의 실질적인 장점이나 정치적 측면에서의 실용성, 윤리와 종교보다도 더 의미 있는 중요한 포인트가 있다. 세네카에게서 영감을 받은 누스바움의 논문을 인용해보겠다. "어디에서 태어났는가, 라는 우연은 그저 우연일 뿐이다. 누구나, 어느 나라에서나 태어날 수 있었다." 잠시 이 문장을 곱씹어보자. 대체 무슨 의미일까?

　첫째, 우리가 어떤 나라의 국적을 갖게 된 것은 지극히 우연한 일이었다는 점이다. 자연의 섭리나 논리적 필요에 의해서가 아닌, 사실상 '그냥 그렇게' 되었다는 뜻이다. 이런 관점에서 일어날 수 있었던 만일의 사태를 생각해보자. 우리의 국적은, 지구상 수백 개 중 어느 하나일 수도 있었다.

　둘째, 이렇게 국적이 임의로 정해지기 때문에, 자신이 누군가보다 우월하다고 느낀다면 이는 결코 진실이 될 수 없다. 자기 나라를 남들처럼 사랑하지 말라는 뜻은 아니다. 누구나 아이 엄마는 자기 아이를 남들보다 더 사랑하리라 생각한다. 그렇지만 애국심을 느끼더라도, 또 자기 나라가 특별하다고 생각되더라도, 우리가 그 나라에 우연히 태어난 만큼 이렇게 자연스럽게 생겨나는 애국심과 믿음도 사실은 부차적이고 자의적인 감정이라는 점에 유의하기 바란다. 엄마가 아이를 사랑하듯 애국심을 가질 수 있

칠레 산티아고

칠레 산티아고에서 택시를 탔다. 택시를 운전하던 40세 운전사에게 아르헨티나를 어떻게 생각하느냐고 물었다. 그랬더니 바로 이웃나라인데도 아르헨티나에 가본 적이 없으며 앞으로도 가볼 생각이 없다고 한다! 당황한 나머지 길게 뻗은 칠레에서는 어디에서든 2시간 정도만 운전하면 아르헨티나에 닿을 수 있는데 어떻게 그럴 수 있느냐고 물었다. 그의 태도가 어찌나 분명하고 확고했는지 그때 받은 충격이 아직도 생생하다.

"칠레 밖으로 왜 나가요? 세상에서 제일 아름다운 나라에 있는데. 우리나라가 최고죠!"

믿을 수가 없었다! 이 사람은 국경 밖에는 볼 게 없을 것 같기 때문에, 하늘이 내린 모든 축복이 우연히도 칠레에만 내려졌다고 확고히 믿고 있기 때문에 바로 옆에 있는 국경을 넘지 않겠다고 한다! 아르헨티나의 자연적, 문화적, 기타 측면에서의 아름다움은 사실 칠레보다 더 대단하다. 아르헨티나가 영토도 훨씬 크고 다양성이 풍부하기 때문이다. 그런데도 이 택시 기사는 평생 자기 나라가 더 우월하다고 생각하고 살 것이다. 칠레를 지나는 다른 외국인 여행자들은 모두 진실을 알 텐데 말이다. 그가 칠레 산티아고에서 아르헨티나 멘도자까지 차로 안데스 산맥을 넘어본 적이 없다는 사실이 더욱 놀라웠다. 그 길은 남아메리카에서도 가장 경치가 아름다운 길이다. 아르헨티나에 대해 개인이 갖고 있는 생각과는 아무 상관없이, 아주 단순하고 분명한 사실이다.

나중에야 안 일이지만, 그런 태도를 가진 사람들은 세계 어디에나 있었다. 서로 다른 나라에 사는 많은 사람들이 각자 자기 나라가 최고라고 생각하다니, 충격적이었다. 그들이 자신의 고정관념과 편견을 밑받침하기 위해 만들어내는 논리를 듣고 있다 보면 항상 무언가를 깨달을 수 있었다. 그들은 학교와 가족들로부터 자기 나라가 최고라고 생각하도록 자기가 세뇌되었다고는 꿈에도 생각하지 못했다. 또 자기 나라의 환경과 문화적 특징에 적응하면서 자랐다는 점은 고려하지 않고, 자기 나라와 문화를 다른 나라와 문화를 평가하는 척도로 삼았다. 자기가 습득한 자기네 문화의 특정 요소를 사랑하게 되었다는 점도 알지 못했고, 따라서 자기 문화에 대한 사랑은 상당 부분 자기애의 표현임을 알지 못했다!

이런 사람들은 자기 첫째 아이가 세상에서 가장 예쁜 아이라고 믿는 엄마들과 다르지 않다. 하지만 잠시만 생각해보면, 세상에 가장 예쁜 아이 10억 명이 있을 수 없다. 260개 정도의 나라가 모두 동시에 가장 아름다운 나라, 세계 최고의 나라일 수는 없다.

당신의 나라가 가장 아름답지도, 세계 최고의 나라도 아니라는 내 말이 믿기지 않는다면, 프랑스를 가보라. 당신이 프랑스인이라면? 가만히 있어도 좋다!

다. 그렇지만 사랑하는 정도를 떠나 어떤 객관적인 특성을 자기 나라에 투사하고 진실이라 믿는 것은 또 다른 문제다(앞에 있는 에피소드 20 '우리나라가 최고'를 읽어보라).

그리스 아테네

"세상에서 제일 맛있는 감자입니다! 그리스 감자예요!"

웨이터가 뿌듯한 미소를 지으며 말했다. 우리 일행은 아크로폴리스 아래에서 전통 그리스식 식사를 즐기는 중이었다. 식탁에 놓인 요리를 자세히 들여다보니, 갑자기 이 식재료 중 유럽산은 거의 없다는 데 생각이 미쳤다. 그러고 보니 아리스토텔레스는 감자를 맛본 적이 없었다! 옥수수도, 토마토도, 칠리도, 파인애플도, 초콜릿도 먹어본 적이 없었을 것이다. 이 모든 식재료는 2,000년이 지나서야 아메리카 대륙에서 발견되었으니까. 고대 그리스인들은 중국인을 본 적도, 중국의 존재도 알지 못했다. 인도 너머 아시아 어느 지역도 알지 못했다. 아메리카 대륙의 존재도, 에티오피아를 제외한 사하라 사막 남쪽 아프리카도 알지 못했다. 태평양을 본 적도, 대서양이나 인도양이 정말 얼마나 큰지도 알지 못했다. 지구 전체의 80퍼센트를 알지 못했던 것이다!

고대 그리스인들이 수학, 천문학, 지리학, 의학 분야에서 많은 업적을 남기긴 했지만, 그들의 지식 수준은 현대인과 비교하면 너무나 기초적이었다. 현대 선진국의 고등학생이라면 그 시대 소크라테스의 제자들 모두가 알고 있던 것보다 지구와 지리에 대한 지식이 더 많을 것이다. 게다가 우리가 지구 어디든 몇 시간이면 날아갈 수 있다는 점, 단순한 망원경으로도 다른 은하계를 관찰할 수 있다는 점, 현미경으로 세포를 관찰할 수 있다는 점, 인터넷으로 거의 모든 질문에 대한 답을 찾을 수 있다는 점을 고려하면 과거 지식인들은 요즘 사람들이 상식이라고 생각하는 지식의 아주 작은 일부만을 알고 있었음이 분명하다.

여행 가이드북에는 이렇게 축적된 지식과 과거 여행자들의 경험이 농축되어 있다. 너무나 쉽게, 노력 없이 이러한 지식과 경험에 접근할 수 있다 보니 그들의 지식과 경험이 얼마나 놀랍고, 때로는 기적적인 위업인지, 또 21세기 인류는 얼마나 많은 것을 누리고 있는지 잊을 때가 있다. 제대로 교육받은 현대인이라면 누구나 고대인들에게는 신처럼 보일 것이고, 진짜로 시간 여행이라도 해서 고대로 가게 된다면 신과 같은 대접을 받을 것이다.

인류 사회가 정말로 전진하고 있는지 의문을 품는 사람들이 많다. 이들은 과학과 기술, 세계 곳곳의 교육 기관이 과연 현대 사회를 고대 그리스, 페르시아, 중국보다 나은 곳으로 만들었는지 의심한다. 혹자는 인류가 외부로 보이는 편안함과 얕은 지식 측면에서는 많은 것을 얻었지만, 지혜의 측면에서는 많은 것, 심지어 영혼까지도 잃어버렸다고 여긴다. 여기에서는 그렇게 논란의 여지가 많고 자주 거론되는 주제까지 다루지는 않겠다. 그보다는 단순하게, 이 시대에 더 감사한 마음을 갖도록 하자. 우리가 경험하는 매일의 행복에 집중하자. 세계 곳곳에서 온 과일을 먹을 때마다, 딸기 타르트나 커피 한 잔에도 이런 음식을 우리 조상들은 맛보지 못했음을 기억하자. 고대인들이 그중 하나라도 발견했다면 아마도 신들의 음식, 암브로시아를 발견한 듯 벅찬 기쁨을 느꼈을 것이다.

우리는 인생에서 먹는 것이 주는 육체적 즐거움을 과소평가하는 경향이 있다. 하지만 사실 15세기 발견의 시대를 이끈 것은 향료 제도에 이르는 더 빠르고 비용이 덜 드는 항로를 찾기 위한 열정과 노력이었다. 다만 그 시절 그렇게 사람들이 얻고 싶어 했고, 그것을 구하기 위한 노력으로 세상이 완전히 바뀌었다고 전해지는 향료가, 사실은 오늘날 어느 부엌에서나 쉽게 찾아볼 수 있는 작고 눈에 잘 띄지도 않는 정향이었다니 참 아이러니다. 만약 먼 옛날 동방의 여행자 하나가 고대 페르시아 제국 다리우스 왕에게 또는 아테네인들에게 두리안을 가져다주었다면, 아마도 아메리카 대륙과 태평양을 발견하기까지 2,000년을 기다릴 필요가 없었으리라.

세계인이 공유하는 유산

인간의 모든 주요 발명, 발견, 진보가 시간이 지나면 모든 인류 공동의 재산이 되는 문화진화론적 법칙이 존재하는 것 같다. 그리스 철학과 예술, 로마법과 건축 기술, 이슬람교와 불교 사상은 수천 년이라는 소화기간을 거쳐 원래 발생했던 지역이 아닌 수많은 문화권에서도 흡수되고 동화되었다. 이런 이유로 누스바움은 자신을 로마 금욕주의자라고 해도 되고, 현대 독일인이 스스로를 불교신자라고 할 수 있는 것이다.

　5,000년이 넘는 인류 역사상, 그리고 그 이전의 선사시대와 생물학적인 진화기간 동안, 지구 곳곳에서는 그곳의 문명이 지속된 기간과 상관없이 위대한 업적이 이루어졌다. 더구나 세상의 모든 대륙에는 놀라운 자연 유산이 무작위로 흩어져 있다. 각 나라는 어쩌면 부당하게도 자국의 유산으로 이것들을 '소유'하면서 자부심을 갖곤 한다. 모든 국가에는, 또 지구상의 모든 지역 또는 지역의 집단에는 다른 인류에게 내어줄 만한 독특함이 있다. 그저 존재만으로, 혹은 다른 지역과 다르다는 점만으로도 그러하다. 세상 모든 곳이 독특하다는 것, 중국 한나라처럼 거대하거나 또는 솔로몬 제도의 콰이오 부족처럼 아주 작은 집단이라도 인류에게 줄 가치 있는 유산이 있으니 정말로 놀랍다.

　현재 세계에 기여할 수 있는 게 많지 않은 나라라고 하더라도, 그들의 조상은 과거 어느 순간에는 더 큰 영향력을 갖고 있었을지 모른다. 몇천 년의 시간을 되돌려보면 그런 영향력을 발견하게 될 것이다. 역사상 비교적 최근에 발명된 것들은 누가

발명했는지 알려져 있다. 하지만 낚싯바늘이나 사냥에 쓰는 활은 누가 발명했을까? 3만 년 전 시에라리온(오늘날 내전으로 끔찍한 고통을 받고 있는 곳이다)의 누군가였을지도 모른다. 또는 북아메리카에서 끔찍한 추위 속에서 살아남으려고 했던 에스키모였을지도 모른다. 마찬가지로, 몇천 년 전 어느 상상력이 풍부했던 중남미 여성이 이상하게 생긴 감자 줄기로 인류 최초로 요리를 해봐야겠다는 생각을 했을지도 모른다. 그리고 그 결과 감자는 세계 전체를 정복한, 인류의 주식이 될 수 있었다(174쪽 에피소드 21 '아리스토텔레스는 감자 맛을 몰랐다'를 읽어보라).

　　지구상 곳곳에서, 인류의 오랜 진화기간 동안 어느 단계에서는 최소한 한 가지 이상의 위대한 발명 또한 발견이 이루어져서 이후 전 인류에게 퍼졌다. 모든 인류의 공헌은 우리 모두가 공유하는 유산이다. 그렇게 보면 오늘날 누구든 지금과 같이 생활할 수 있는 것은 지구상 모든 나라와 지역의 공헌 덕분이라고 할 수 있겠다.

거대한 바위 봉우리로 이루어진 메테오라 꼭대기에 위치한 그리스 정교 수도원(그리스 테살리아 지방)

우리 모두의 인간성

국가의 개념을 내세우기 위해서는 다른 국가의 존재에 의존해야 한다. 자기 나라에 대한 자부심이 있으려면 일단 다른 나라들이 존재해야 하는 것이다. 인류 모두가 프랑스인이라면, '프랑스인'이라는 개념은 의미가 없어진다. 앞서 언급한 불교 교리에서 말하는 인연생기설의 또 다른 예다. 세상 만물이 존재하려면 서로 의존해야 하며, 따라서 원래 홀로 존재하지 못한다는 뜻이다.

또 다른 심오한 생각도 있다. 국적의 개념이 존재하려면 서로 다른 나라들이 필요하듯, 국적의 개념이 있는 세상이 존재하려면 국적의 개념이 없는 세상이 필요하다. 혹자는 국적의 개념이 있는 세상이 현실(현재 우리가 처한 현실), 국적의 개념이 없는 세상은 그저 추상적인 생각 또는 인류가 다다를 혹은 다다르지 못할 이상이라고 할지도

네덜란드 암스테르담

모든 규칙을 어기고 말았다. 일방통행 길에서 반대 방향으로 차를 몰았고, 벽돌이 깔린 보행자 통로를 따라 운전해서 카페에 앉아 커피를 마시는 사람들이 가득한 광장으로 들어가 카페 테이블 사이로 유턴을 했다. 이어서 다시 또 다른 일방통행 길에 반대 방향으로 들어가 길 반대 방향으로 중앙선 위에 주차를 했다! 현지인들의 아연실색한 표정이란, 전형적인 자전거 도시에 사는 그들은 이렇게까지 엉망진창인 차를 본 적이 없는 게 분명했다. 이런 상황에서 늘 그렇듯이, 네덜란드 경찰관 한 명도 아니고 여러 명이 (주차 딱지를 떼다가) 현장에서 내 운전 행태를 목격하고 말았다. 한 명이 다가와 내 외국인 운전면허증을 보더니 함박웃음을 지었다.

"멀리서 오셨군요!"

그러다가 나와 그 경찰관은 내 여행에 대해, 암스테르담은 어떤지에 대해 이야기를 나누게 되었다. 몇 분간 친근하고 따뜻한 대화가 오가다가, 경찰관이 먼저 말을 하기 전에 내가 말을 꺼냈다. 불법 주차인 건 아는데, 친구가 빨래를 픽업해 오기를 기다리고 있었다. 오래 걸리진 않을 거다. 그러자 경찰관이 미소를 짓더니 말했다.

"걱정하지 마세요. 천천히 있다 가셔도 되는데 온종일은 안 돼요!"

주차 딱지도, 열띤 논쟁도, 스트레스도 없었다. 내가 저지른 수많은 교통법규 위반에 대한 이야기는 일언반구도 나오지 않았다. 그저 인간 대 인간의 이해, 따뜻한 미소, 공감, 그리고 배려뿐.

여행을 하면서 나는 인간의 외면에 보이는 것에서 벗어나려고 노력했다. 민족, 인종, 종교 등과 연관된 고정관념을 넘어서려고 했다. 압도적으로 대다수의 사람들이 나와 똑같이 행동한다는 걸 알 수 있었다. 그들은 우선 나를 인간으로 대한 다음, 다른 존재(여기서는 교통규칙 범법자)로 대했다.

진주 목걸이의 진주 하나하나를 꿰뚫는 실처럼 우리 인간들 사이를 연결하는, 눈에 보이지 않는 끈이 있다. 우리 모두가 쓰고 있는 가면, 직책, 옷 등을 벗어던지면 우리 모두가 공통적으로 소유하는 벌거벗은 몸뚱이가 있다. 공통적인 일상에 대한 고민, 꿈, 사랑, 두려움이 있다. 표면에 드러난 가면을 벗으면 나는 인간이라면 누구든지 깊이 있게 커뮤니케이션할 수 있다고 느낀다. 바라보는 눈빛, 미소, 제스처 등은 무한히 다양하고 별나지만 인간이라면 모두 공유하는 공통의 서재에 속하는 책들이다. 인간이라면 누구나 접근하고 읽고 이해할 수 있다. 어떤 가면이든 그 뒤에서 나는 나 자신을 본다. 저렇게 애쓰는 건 바로 나다. 보고 말하는 것은 바로 나다. 모든 가면 뒤에 진짜 사람이 있다.

조금 더 심오한 이야기를 해보자. 지금 지구에 살고 있는 사람들은 모두 내 사람들이다. 같은 시대, 같은 나 이대로 태어나 살고 있는 사람들이다. 내가 태어나기 전에 이 지구에는 수십억 명이 나고 사라졌다. 나 이후에도 수십억 명이 더 태어날 것이다. 그런데 영원과 현재가 만나는 바로 이 지점에, 나는 이 역사 속 순간을 이 특정 사람들과 나누고 있다. 이러한 공감은 우리가 모두 인간이라는 현실보다도 더욱더 강력하다. 우리 모두는 지금 이 순간 지구 위에 존재한다. 모두가 21세기 인간의 눈과 마음으로 세상을 보고, 과거와 미래를 본다.

그런가 하면 또 다른 방식으로 공감할 수 있다. 우리 모두는 130년 후에는 존재하지 않을 것이다.* 지금 살아있는 사람 누구나, 내가 만나거나 멀리서 관찰하는 사람 누구나 얼마 차이는 있을지 몰라도 내가 죽는 날과 비교해 몇십 년 안에 죽을 것이다. 심장이 뛰고, 활기찬 우리 모두는 어쩌다 보니 알 수 없는 신비한 상황의 만남으로 이 지구 위에 나타났다가 금세 스러지고 말 것이다. 무심한 듯 우주의 무한한 어둠 속 정적을 밝은 빛을 내며 가로지르는 별똥별처럼 말이다. 내가 이야기를 나누고, 보고, 우연히 만나는 모든 사람이 죽음을 앞두고 있다! 하지만 모두 그 사실을 의식하지는 못하고 있다. 다들 영원히 살 것처럼 움직이고 행동한다. 가끔씩은 임시 정거장에 서서 지나가는 사람들을 바라보는 것 같은 기분이 든다. 그들에게 세네카가 했던 것처럼, 인생은 짧다고 이야기하고 싶다.** 세상의 아름다움과 놀라움을 감상할 수 있는 시간도 얼마 남지 않았다고 말하고 싶다. 이제 자잘한 일상에 집착하지 말라고 외치고 싶다. 살 날이 겨우 몇 년밖에 남지 않은 사람처럼 절박하게 여행하라고 말해주고 싶다. 그리고 우리 모두 몇 년 남지 않은 게 사실이다.

이런 세 가지 끈이 우리 모두를 단단히 묶어준다. 가면 뒤에 있는 진짜 사람, 지금 현재를 공유한다는 깨달음, 죽음이라는 눈에 보이지 않는 공통의 운명. 마지막이 가장 강력하다. 이 공통의 운명이 우리 모두를 형제로 느끼게 하는, 완전한 유대감을 느끼게 하는 가장 강력한 역할을 한다.

* 이 글을 쓰고 나서야 나는 이 아이디어를 아주 옛날 역사 속에서 발견했다! 헤로도토스(역사 7, 46)는 소아시아 아비두스에 모인 엄청난 대군과 함대를 보며 흡족해하던 헤레스가 갑자기 흐느꼈다고 적고 있다. 그의 삼촌 아르타바누스가 이유를 묻자, 헤레스는 앞으로 100년 안에 저 군인 중 살아있는 자는 아무도 없을 것임을 깨달았다고 답했다.

** 세네카의 산문, 『인생의 짧음에 관하여(On the Shortness of Life)』를 가리킨다.

모르겠다. 하지만 사실은 그렇지 않다. 국적이 없는 세상은 이미 우리가 현실로 경험하고 있다. 우리가 너무 당연하게 여겨서 주목받지 못하는 현실일 뿐이다. 자신의 국적을 다른 나라와 대비해서 이야기할 때 이미 간접적으로 인류 공통의 특징을 바탕으로 비교한다고 전제하는 것이다. 인간으로서 공통적으로 갖는 기본적인 특징, 우리 모두의 인간성이다(앞에 있는 에피소드 22 '우리는 모두 형제'를 읽어보라).

우리 모두 인간이라는 전제 하에 다른 점도 존재한다. 그러므로 국적의 개념과 국적이 다름을 확인하는 동시에 그 전제로 우리 모두가 사실은 하나임을 확인하는 것이다. 우리 모두가 공통적으로 가지는 인간성은 합리화나 추론이 아니다. 우리의 국적만큼이나 그저 주어진 기정사실이다.

베트남 하롱베이

바닷가 바에 같이 앉아 있던 독일인 젊은이들은 질문이 참 많았다.

"어떻게 그렇게 오래 여행하세요? 가족이 보고 싶지 않으세요? 어느 나라가 제일 좋으셨어요?"

내가 마치 셀러브리티라도 된 것 같았지만, 다른 한편으로는 법정에서 심문이라도 받는 느낌이었다. 다행히 시간이 좀 지나자 그들의 질문은 여행 팁에 집중됐고, 계속 셀러브리티가 된 것 같은 기분을 유지할 수 있었다.

알고 보면 여행자만 질문을 하는 게 아니었다. 여행자 또한 자기 자신에 대해서, 나라에 대해서, 여행에 대해서, 생각과 철학, 그동안 방문했던 나라, 그 순간 여행 중인 나라에 대해 질문을 받는다. 여행자는 자기 자신을 설명하고 행동을 설명해야 한다. 가끔은 인생에서 내린 결정에 대해서도 방어하듯 설명해야 할 때가 있다. 장기 여행은 많은 사람에게 이상하게 보이거나 심지어 정상적인 생활에서의 일탈처럼 보이기도 하기 때문이다.

여행자가 대답해야 하는 모든 질문 중에서도 가장 흔한 질문은 혼자 하는 여행에 대한 것과 집에 가고 싶지 않은지에 대한 것이다. 모든 질문을 하나의 긴 질문으로 요약해보자면 이렇게 될 것이다.

"어떻게 혼자 여행하는 걸 즐길 수가 있죠? 사랑하는 사람들과 이렇게 멋진 경험을 나누지 못할 때 뭔가 빠진 느낌이 들지 않나요?"

질문한 사람에 따라 나는 매번 다르게 대답한다. 질문자가 가장 당혹스러워하는 부분을 설명해준다. 앞의 질문에 답변을 할 때 그 바탕이 되는 중심 생각은 다음과 같다.

1. 여행자는 혼자가 아니다. 사실 여행자가 혼자일 때는 거의 없다(본인이 의식적으로 혼자 있기 위해 열심히 노력하지 않는 한). 여행자는 거의 항상 사람들에 둘러싸여 있다. 현지인이든, 다른 여행자든, 지나가는 행인이든. 여행자가 만나는 대다수는 개방적이고, 친절하며, 도움을 주려고, 친근하다. 여행자는 본인의 내면을 중시하고 존재의 의미를 찾고자 혼자 있으려고 하는 만큼 여행인인 동시에 수행자처럼 느껴질 수 있지만, 혼자는 아니다. 이와 비슷하게 여행자는 결코 외롭지 않다. 세상의 모든 활동에 너무 몰입한 나머지, 외로움이라는 감정, 나아가 외롭다는 생각이 떠오를 틈이 없다. 세상 어디에서든 사람들과의 상호작용에 있어서 빈도와 깊이는 여행자가 결정할 수 있다. 마지막으로, 여행하지 않는 사람들의 생각과는 다르게, 말을 알아들을 수 없는 사람들 사이에 있어도 소외감을 느끼는 일은 거의 없다. 장기 여행자가 가장 먼저 얻는 깨달음 중 하나가 바로 인간의 커뮤니케이션은 대부분 비언어적으로 이루어진다는 점이다. 영어가 아닌 외국어를 사용하는 아주 외딴 곳에서도 가장 기본적이고 보편적인 메시지(예를 들어, "행복해요", "피곤해요", "배고파요" 등)는 누구나 다 알아들을 수 있다.

2. 바로 지금 이 순간 무엇인가 또는 누군가에게 어떻게 '빠질' 수 있는가? 자기 자신에게 진심으로 집중하고 있을 때(그리고 잡념이 없을 때), 부족한 것은 아무것도 없다. 지금 있는 자리에 집중하지 않고 다른 사람을 떠올리면서 '내 친구가 이 광경을 본다면 얼마나 좋을까?'라고 생각한다면, 경험에 완전히 몰입하지 않고

파푸아뉴기니에서 만난 새 친구, 파페테

생각 속에서 길을 잃게 된다. 그 순간에서 벗어나 사진이나 동영상으로 순간을 포착하려고 노력할 때도 마찬가지다. 생각 없이 그 순간에 몰입(현재 순간에 집중)하는 게 아니라, 그 순간을 포착해야겠다는 생각에 사로잡히기 시작한다.

3. 그 자리에 없는 사람과 여행을 공유하는 건 어차피 불가능한 일이다. 왜 여기에 집착해야 하는가? 기본적으로 항상 누군가 그 순간을 공유하는 사람들이 주변에 있게 마련이다. 내가 어디에 있든, 같은 시간에 같은 장소에서 누군가를 만나게 되는 운명 덕분에 이 세상을 공유할 대상이 생기기 때문이다. 호주의 다윈에서 눈부시게 아름다운 석양을 감상할 때, 유명한 해안가 노점상들을 둘러볼 때, 같이 둘러보는 사람들 수백 명이 있다. 그 순간까지는 몰랐던 사람들이 이제는 새로운 세상의 일부가 된다. 그리고 원한다면, 그리고 그렇게 하려고 노력한다면 그들을 알게 되고, 나아가 관계가 발전하면 친구가 되거나 사랑하게 될 수도 있다. 이제 리스트의 마지막 항목, '사랑하는 사람'에 대해 이야기할 때가 되었다.

4. '사랑하는 사람'은 결코 바뀌지 않는, 정해져 있는 사람들의 집단이 아니다! 감히 말하자면, 오히려 정해져 있어서는 안 된다. 우정이 싹트기 위해서는 상호간에 의식적인 노력이 필요하다. 모르는 사람에게 마음을 열고 다가가려는 노력이 필요하다. 돌이켜보면 지금의 친구들도 모르는 사람이었을 때가 있었다. 여행하면서 만나는 사람들이 모르는 사람들인 것처럼, 지금의 배우자도 낯선 사람이었던 때가 있었을 것이다. 방금 파푸아뉴기니에서 만난 노인, 초가에서 돼지들과 함께 자는 이 노인이 낯선 것처럼, 지금까지 만난 모든 친구들도 낯선 사람이었다. 그렇지만 열린 마음을 갖고 상대방을 제대로 알아가겠다는 생각으로 이야기를 나누다 보면, 곧 그가 굉장한 사람임을 알게 될 것이다. 게다가 나이 차이, 문화 차이, 자라온 환경의 차이에도 불구하고 친구가 될 수 있음을 알게 될 것이다. 미처 알아차리기도 전에 이미 파페테라는 새로운 친구를 사귀었음을 깨닫게 되고, 죽을 때까지 앞으로 다시는 만나지 못하더라도, 서로의 가슴속에 남으리라 알게 될 것이다.

'사랑하는 사람'이라고 부르는 사람들의 집단을 계속 확장하다 보면 이 집단을 끝없이 확장할 수 있다. 사람들을 친구와 낯선 사람으로 구분하는 것은 편협한 마음과 표면적인 관습의 결과일 뿐이다. 세계 여행을 하다 보면 곧 만나는 사람 모두가 잠재적인 친구임을 알게 된다. 전에는 낯선 사람들이었던 이들과 관계가 깊어지면 전 세계 곳곳에 새 친구가 생긴다. 뿐만 아니라 이전에는 고국의 친구들만이 특별하다고 생각했다면 이제는 인간관계가 그들을 출발점으로 끝없는 나선형의 계단을 오르듯 점점 더 확대되고 있음을 알게 될 것이다.

세계 시민

서로 다른 특징에 따라 국적이 결정되는 것과 마찬가지로, 공통의 인간성을 갖춘 우리는 선천적으로 세계 시민이라는 지위를 갖게 된다. 하지만 국수주의자들은 두려워할 필요가 없다! 세계 시민이라는 지위로 뭔가 새로운 걸 만들어내거나 이미 우리가 가진 국적에 뭔가 특이한 특성을 덧붙이려는 시도가 아니다. 세계 시민은 각각의 국가를 구분하는 국적을 부정하지 않는다. 오히려 이를 긍정한다. 이렇게 놀랍도록 다양한 인류 문명과 문화가 있기에 우리가 사는 세상이 이렇게 놀랍고 탐험할 만하다. 세상 전체가 우리 집과 똑같다면, 여행할 필요가 없다. 풍부한 다양성은 세상을 정의하는 가장 강력한 특성이다.

이렇게 세계가 다양성을 갖는 유일한 이유는 여러 나라의 국가적 정체성이 있기 때문이다. 국가와 국적이라는 배경을 존중하면서 세계 여행자는 자신을 정의한다. 자신의 국적을 긍정하면서, 더 크고, 더 아름다우며, 더 중요한 세상, 즉 가장 크고 포괄적인 인류에 속한다고 생각한다. 우리의 국적과 인간성은 서로를 통해 이해하고 정의할 수 있는 상호적인 상관관계 속에 얽혀 있다.

이런 측면에서 보면, 국수주의와 세계시민주의 사이에 갈등이 있을 일도 없다. 오히려 반대다. 한 나라의 성취가 전 세계로 얼마나 퍼져나가느냐에 따라 그 나라가 존경을 받는다. 고대 그리스의 철학자와 수학자들은 업적이 세계에 보편화되는 순간 나

유럽에서 가장 오랫동안 인류가 지속적으로 살아온 마을 중 하나, 이탈리아 마테라에서 맞이하는 저녁

라의 영광이 되었다.

　　동시에 그들은 그들의 나라에만 속하는 것이 아니라, 인류 전체에 속하게 되었다. 마찬가지로, 이슬람의 황금시대, 이탈리아의 르네상스, 프랑스의 계몽운동, 영국의 산업혁명은 각각의 운동이 일어났던 국가에 한정되는 것이 아니라 모든 인류에 '속하게' 되었다. 그 누구도 계몽운동이나 현대 기술을 '소유'하지 않는다.

　　이러한 국가의 공헌처럼, 개인의 공헌도 전체에 보편화된다. 우리의 위대한 조상들을 생각해보자. 조상들의 업적은 전체 인류에게 남겨준 것으로, 몇 세기 후 우연히 같은 나라에 태어난 후손들에게만 물려주는 것이 아니다! 우리 땅에서 과거에 창조된 것은 우리 소유라는 믿음은, 우리가 조상들의 업적에 어떤 형태로든 참여를 했고, 그러니 그들의 업적에 자부심을 가져도 된다는 순진한 생각에서 비롯된 것이다. 하지만 우리의 조상은 그들의 공로로만 평가받는다. 우리도 그들만큼 위대해지고 싶다면, 오

어두운 밤, 조명을 받아 빛나는 신비하고 거대한 모아이 석상(칠레 이스터 섬)

늘날의 세계에서 그와 유사하게 훌륭한 일을 해야 할 것이다.

어느 나라든 가장 위대한 남성과 여성들은(각 나라에서는 이들에 대해서도 부당하게 자부심을 갖고 있다) 국가의 가장 높은 이상을 실현해냈고, 그 과정에서 보편적인 존재가 되었다. 영국의 과학자 아이작 뉴턴이 발견한 자연의 법칙은 발견한 사람이나 나라가 아니라 전체 인류에 속한다. 플라톤의 『파이돈』은 그리스만의 것이 아니라 전체 인류의 것이다. 셰익스피어의 『햄릿』이 영국만의 것이 아니고, 베토벤의 바이올린 협주곡이 독일만의 것이 아니며, 아우로빈도 고시의 『사비트리』가 인도만의 것이 아닌 것과 같다. 모든 위대한 국수주의의 정점에는 완벽한 보편주의가 있다.

인간의 진화, 역사, 사회적 관행, 심리에 뿌리를 둔 인간의 상호작용을 고려함으로써, 그리고 태어난 곳은 그저 우연에 지나지 않음을 알고 각각의 지역과 국가가 오늘날 공유되는 인류의 자산을 만들어내는 데 얼마나 큰 역할을 했는지 이해함으로써,

그리고 국적이 동전의 다른 면처럼 우리의 공통적인 인간성을 드러낸다는 것을 깨달음으로써, 우리는 자신이 가장 확장되고 커다란 원, 즉 인류 전체에 속한다는 점을 느끼게 된다. 그런 면에서 우리 모두는 이미, 항상, 세계 시민이었다.

미얀마의 고대 도시 바간에 있는 사원들

부록

세계 여행 준비하기

처음에 고려해야 할 사항

고정관념을 깨고 지구를 하나의 여행지로 보게 되면, 세계 여행도 새로운 방법으로 생각해 볼 수 있다. 예를 들어 지구에 놀러온 외계인에게 지구를 보여준다고 가정해보자. 지구가 하나의 나라여서 한 나라를 둘러보듯 여행한다면, 지구의 명소부터 찾아보고 여행 일정에 최대한 많이 넣으려고 하지 않을까? 지구의 명소를 프랑스의 명소처럼 대해도 될까? 명소는 어떻게 정하면 될까? 명소를 정한다 하더라도, 모든 명소 리스트는 결국 주관적이고 의미 없는 게 아닐까?

마지막 질문부터 답해본다면, 답은 "아니요"다. 의미 없는 리스트가 아니다. 리스트의 일부에는 정말 주관적으로 어떤 나라나 지역의 명소를 넣을 수 있다. 하지만 반대로 지구상의 모든 나라와 지역에 객관적인 명소(누구나 반드시 방문해야 할 곳)도 있음을 부정해서는 안 될 것이다.

인생의 모든 것과 마찬가지로, 모든 곳이 평등하지는 않다. 한 나라 또는 지구의 모든 지역이 방문할 가치가 있지는 않다. 아테네는 400만 인구가 사는 대도시지만, 주요 관광 명소, 아름다운 건축물, 역사적 기념비, 문화적 명소는 모두 아크로폴리스 주변 4평방미터에 모여 있다. 나머지 도시 지역은 1960~1970년대에 지어진 흉물스러운 아파트의 연속이라 동네 몇 군데를 봤다면 다 본 셈이다.

이건 대부분의 도시에서도 마찬가지다. 물론 파리, 런던, 빈, 뉴욕과 같은 예외가 있긴 하지만. 이런 도시에서는 역사적 중심지에서 멀리 떨어진 곳도 아름답다. 너무나 아름다운 만큼 누구의 명소 리스트든 반드시 포함돼야만 한다!

일부만 보면 된다는 논리는 나라 전체에도 적용된다. 앞서 이야기한 것처럼, 지구상에 있는 많은 지역은 특성이 반복된다(바다 풍경 또는 아마존 강 풍경 등). 어떤 지역은 풍경이나 동식물군, 문화적 요소가 그다지 흥미롭지 않다. 그러니 세계 여행자 누구에게든 적합한 한 대륙의, 나아가 지구 전체의 명소를 찾아내려는 도전도 해볼 만하다. 나중에 유럽을 예로 들어 이 작업을 해보도록 하겠다.

우선 리스트를 세 개로 나누어보자. 1. 지구상에서 가장 중요한 명소, 2. 상당히 중요한 명소, 3. 중요한 명소. 명소를 중요도에 따라 별 5개, 4개, 3개로 나눠보는 분류 방식이다. 아니면 지구를 2년 동안 둘러본다고 할 때, 4년 동안 둘러본다고 할 때, 6년 동안 둘러본다고 할 때 등 여행 기간에 따라 가정하는 방법도 있다. 여정이 길어질수록 중요도에 따라 더 많은 명소를 일정에 포함하는 식이다. 물론 이건 간략하게 나타낸 예일 뿐이다. 현실에서는 별 5개짜리 명소 중 많은 수는 지구 곳곳에 흩어져 있기 때문에, 별 3개, 4개짜리 명소를 더 넣어서 균형 잡힌 여정을 만들려고 하다 보면 어쩔 수 없이 별 5개짜리 명소 여러 개를 포기해야 할 수도 있다.

물론 이런 리스트가 모두를 만족시키기에는 부족하다. 여행자의 성격, 관심 분야, 국적, 나이 등에 따라 다른 명소, 지역, 또는 국가를 계획에 넣어야 한다. 게다가 모든 여행자는 이미 한 지역(예를 들어, 유럽)에 살고 있다. 그러니 자신이 사는 지역은 다른 지역보다 더 잘 알고 있다. 또는 이미 여러 번 여행을 다녀와서 세계 여행에 군이 포함할 필요가 없는 곳들도 있을 것이다.[29] 그렇지만 명소 리스트를 만드는 것은 여행 계획에서 핵심적인 역할을 한다. 모든 여행자는 이를 바탕으로 여행하고 싶은 나라나 장소를 추가하거나 빼면서 자신만의 리스트를 만들 수 있다.

'명소'라고 할 때, 우리는 단순히 장소를 이야기하는 게 아니다. 지표면, 바닷속, 하늘의 모

---

29 예를 들어 나의 세계 여행에서 나는 근동(Near East) 지역과 영국, 스칸디나비아, 동유럽은 포함하지 않았다. 이미 예전에 여행한 적이 있기 때문이다.

든 것이 포함되어야 한다. 이를테면 동물, 식물, 강, 화산지대, 열대 폭풍, 의식, 축제, 독특한 관습, 음식, 음악 등 인간의 다양한 활동이 포함되어야 한다. 가믈란 연주를 듣지 못했다면 발리 여행을 제대로 한 것이 아니다. 중국 요리를 많이 맛보지 못했다면 중국 여행을 제대로 한 것이 아니다. 밤에 열대우림 속에서 들려오는 소리를 들으며 잠들어 보지 못했다면 열대우림에 다녀온 것이 아니다. 힌두교 장례식에 참석하지 않았다면 인도 여행을 제대로 한 것이 아니다. 일부 이벤트는 어떤 나라에서만 경험할 수 있다. 그중에서도 활화산 트레킹이라든지 특정 이벤트는 아주 소수의 지역에서만 경험이 가능하다. 여기에서 소개하는 명소 리스트에는 이 중 일부 활동, 이벤트, 일 등을 넣을 예정이다. 이 모든 이벤트를 다 다루거나 서로 다른 이벤트끼리 비교할 수 없긴 하지만 말이다.

다섯 개의 잣대

그럼 이제 한 발짝 더 힘차게 내딛어보자. '대표적인 나라'는 어떻게 선택할 수 있을까? 자연의 아름다움이나 역사적 중요성 같은 몇 가지 좁은 시각으로만 바라보아서는 안 된다. 한 나라를 구성하는 전체적인 요소를 모두 고려해야 한다. 가장 좋은 방법은 인류가 역사적으로 분류했던 가장 큰 단위, 대륙에서 시작하는 것이다.

단순한 질문을 하나 던져보자. 각 대륙을 대표하는 나라는 어디인가? 자연의 아름다움이라든지, 오늘날 정치적으로 가장 중요한 나라와 같은 기준을 사용해서는 안 된다. 오히려 반대로 물어야 한다. 만약 보지 않는다면, 그 대륙을 이해하거나 경험하는 데 부족한 나라가 어디인가?

대륙의 대표적인 나라를 찾는 데는 지리, 크기, 역사, 문화, 그리고 아름다움이라는 다섯 개의 잣대를 이용할 수 있다. 이는 여행자가 나라를 분석하고 이해하는 맥락이 된다. 또 각 나라나 지역의 상대적인 장점과 중요성을 평가하는 수단이 되기도 한다. 목수가 되려는 사람이 목공의 원칙을 이해하고 수종을 알아야 하듯이, 여행을 떠나려는 사람 역시 여행에 대해 공부해야 한다. 내가 제안하는 다섯 가지 잣대는 여행 계획에 필요한 원칙이라 할 수 있다. 생각을 정리하고 가장 중요한 요소에 집중하도록 도와주며, 여행자가 세상의 무한함 속에서 길을 잃지 않도록 도와준다.

1. 지리

지리는 어떤 여행 계획에서나 가장 기본적인 잣대다. 단순히 기후 지역(사막이나 열대우림 등)과 지형(산이나 초원 등)만을 의미하지 않고, 지역 간 거리, 이동 수단 등을 포함한다. 예를 들어 사모아는 작은 섬이니 차로 여행할 수 있다. 중국은 워낙에 넓은 나라라 비행기를 이용해야 한다.

2. 크기

크기는 지리와 관련이 있기는 하지만 별도의 잣대로 분류할 필요가 있다. 영토의 크기는 나라의 상대적인 가치를 정하는 데도 필수적인 역할을 하고, 여행에 필요한 기간을 결정하기도 한다. 어떤 면에서 보면 크기는 다른 모든 잣대에 포함되기도 한다. 나라의 크기는 지리적 특징인 동시에, 나라의 역사적 위치를 결정하고, 전체 대륙에 미친 문화적 영향과도 어느 정도 관련이 있다. 역사적으로, 그리고 문화적으로, 큰 나라가 대체적으로 작은 나라보다 중요했다(프랑스와 슬로베니아의 차이, 중국과 한국의 차이를 생각해보라). 하지만 크기에만 너무 집착해서는 안 된다. 예를 들어 그리스와 영국은 크기가 작지만, 유럽의 다른 나라보다 역사적으로 더 중요한 역할을 했다.

크기를 고려하는 접근법은 아시아나 아메리카 대륙에서 더 중요하다. 크기가 역사나 문화보다 중요하다. 브라질의 역사가 그다지 오래되지 않고 역사적으로 깊이가 부족하다고 누군가 주장하더라도, 그럼에도 불구하고 남아메리카에서 여행자에게 가장 중요한 나라는 여전히 브라질이다. 남아메리카의 절반이나 되는 어마어마한 크기 때문이다. 지도에서 여행자의 얼굴을 빤히 바라보는 그렇게 큰 나라를 어떻게 건너뛸 수 있겠는가?

3. 역사

역사는 한 나라의 과거의 깊이를 결정하고 명소에 가치를 부여한다. 이탈리아, 그리스, 페루 같은 나라들은 거대한 야외 건축학 박물관이나 다름없다. 이러한 나라들은 과거의 중요성 때문에, 지금까지 보존되어온 유적 때문에 아직도 상당히 중요한 대접을 받는다. 현대의 카이로는 흥미로운 여행지지만, 그보다 더 중요한 지역은 고대 피라미드가 모여 있는 기자다. 그러니 기자의 피라미드를 보지 않고 이집트를 제대로 여행했다고 할 수 없을 것이다.

4. 문화

문화는 한 나라의 영혼이다. 나라의 특성과 자아, 개성이 되는 존재다. 그런데 문화적 공통성을 바탕으로 나라들을 하나로 묶을 수 있는 경우도 있다. 이때 인종과 언어가 핵심적인 역할을 한다. 아랍 국가들은 아라비아 문명과 관계가 있고, 거의 모든 라틴 아메리카 국가들은 아메리카 원주민-히스패닉 문화를 공유한다. 이렇게 겹치는 문화를 경험하기 위해서 모든 아라비아 국가나 라틴 아메리카 국가를 여행할 필요는 없다. 반면 중국, 인도네시아, 파푸아뉴기니 같은 곳에서는 한 나라 안에서도 다양한 문화를 접할 수 있다. 이들의 문화적 다양성을 이해하지 않고서는 그 나라를 제대로 이해했다고 할 수 없다. 중국에는 50개의 서로 다른 언어와 문화를 지닌 소수민족이 1억 명 가까이 살고 있다. 인도네시아와 파푸아뉴기니는 다양한 국적과 문화를 가진 민족들을 강제적으로 연합하여 만든 현대 국가다. 이러한 국가를 여행한다면 반드시 이들 국가를 구성하는 문화에 대한 책을 읽고 지식을 쌓아야 할 것이다.

5. 아름다움

아름다움은 마지막 잣대이자 가장 논란의 여지가 많은 잣대다. 왜냐하면 자기 인종이 우월하다고 생각하거나 자기가 사는 나라가 가장 좋은 나라라고 믿는 사람이 많기 때문이다(173쪽 에피소드 20 '우리나라가 최고'를 읽어보라). 많은 사람들이 아름다움은 주관적이라고 믿는다. 하지만 이건 단순한 문제가 아니다. 그렇지 않다면 철학자들이 수천 년 동안 이 문제를 두고 갑론을박하지는 않았을 테니까. 『스탠퍼드 철학 백과사전(Stanford Encyclopedia of Philosophy)』에 따르면, "아름다움의 본질은 서양 철학에서 가장 오래되고 논란이 되는 주제다. 그리고 아름다움의 본질은 예술의 본질과 더불어 철학적 미학에 있어서 가장 근본적인 문제로 꼽힌다." 옥스퍼드 영어사전에서는 아름다움에 대한 좀 더 일반적인 정의를 찾아볼 수 있다. "아름다움이란 기쁨이나 만족스러움이라는 인지적 경험을 주는 사람, 동물, 장소, 대상 또는 생각의 특징이다." 이렇듯 아름다움의 정의가 워낙 일반적인 탓에 문제가 생긴다. 많은 철학자들이 (특히 고대 철학자들이) 아름다움은 객관적인 특성이라고 보았지만, 대다수 현대 철학자들은 아름다움이 절대적인 위상을 가지려면 주관적인 요소가 반드시 개입되어야 한다고 주장한다. 다음과 같은 입장에 어느 정도 의견이 모아지는 모양새다. '아름답다'고 하기 위해서 반드시 갖춰야 할 특징을 설명하는 기준을 직접 정의하긴 어렵지만, 좋은 예술 평론가나 뛰어난 안목을 갖춘 사람들의 특성을 설명할 수는 있다. 그런 사람들이 오랫동안 합의하는 내용은 취향을 판단하는 실용적인 기준이 되고 아름다움 여부에 대한 판단이 옳고 그른지 뒷받침하는 방법이 될 수 있다.

미학과 철학의 영역으로 더 들어가기 전에, 우선 세상 사람들 대다수가 동의할 수 있는 보편적인 아름다움의 기준을 정리해보자. 경이로운 자연 유산(영어로 'natural wonder'라고 부르는 데는 다 이유가 있다!)이 있고, 보는 사람에게 영감을 불러일으키고 자연의 아름다움을 그대로 담아냈다고 사람들이 말하는 풍경이 있다. 미국의 모뉴먼트 밸리, 아르헨티나의 페리토모레노 빙하, 중국의 주자이거우, 프랑스령 폴리네시아의 후아히네가 이런 예다. 이런 곳들은 누구든 눈으로 보게 되면 (앞에서 정의한 대로) '기쁨이나 만족스러움이라는 인지적 경험'을 하게 되며, 그런 면에서 객관적이라 할 만하다.

물론 이런 논리를 따를 때는 조심해야 한다. 남태평양 사람에게는 놀라운 절경인 후아히네도 그저 평범하고 지루하게 보일 수 있다. 네바다나 뉴멕시코의 황량한 풍경이 익숙한 사람이라면, 모뉴먼트 밸리 또한 그저 또 다른 돌덩이에 불과할 수 있다! 자신의 고향이 어디냐에 따라 평가가 굉장히 달라지는 주관적인 요소가 있다. 고향을 직접 둘러싸고 있는 환경에도 불구하고, 이렇게 경이로운 자연과 극도의 아름다움을 보여주는 지역은 가장 안전하고도 객관적인 '아름다움'의 기준으로 정할 수 있다.

그렇다면 사람들이 만든 도시, 마을, 기타 땅을 일궈서 만들어낸 구조물들은 어떤가? 인공적인 명소에 대한 평가에는 주관적 요소가 더욱더 분명히 드러난다. 아름다운 건축물이나 아름다운 정원에 대한 평가는 다양한 문화적 배경을 가진 사람들이 어떻게 인간이 만든 아름다움을 평가해왔느냐에 따라 달라진다. 하지만 그렇다고 하더라도 객관성이 완전히 없는 것은 아니다. 예를 들어 오랫동안 인류 전체가 역사적으로 보인 합의 하에, 두려움이나 편견 없이 나는 파리가 세상에서 가장 아름다운 도시 중 하나라고 말할 수 있다. 그리고 정신 없고, 오염되고, 아무런 멋이 없는 마닐라는 가장 못난 도시 중 하나라 말할 수 있다. 마찬가지로 오랫동안 잘 보존된 돌로 만든 집과 자갈길이 있는 프랑스의 역사적인 도시와 전통적인 도시들이, 세계 어느 곳에서나 만나볼 수 있는 콘크리트로 뒤덮인 현대 도시보다 미학적으로 뛰어나다고 단언할 수 있다. 또 토스카나의 깔끔하게 손질된 포도밭이 현대의 대도시를 감싸고 있는 황량하고 지저분한 교외지역보다 훨씬 더 아름답다고 할 것이다.

이를 염두에 두고, 이제 나라들을 놓고 비교해볼 때가 되었다. 앞의 논리에 따라 객관적인 아름다움을 기준으로 삼기 위해, 좀 극단적인 예를 들어보겠다. 뉴질랜드만큼 뛰어난 자연유산을 많이 품고 있는 나라는 거의 없다. 이렇게 많은 명소를 품고 있는 나라는 세상에서 가장 아름다운 나라 중 하나로 구분되어야만 한다. 반면 몰도바는 단조로운 풍경이 많다. 이 단조로움을 깨는 것은 그보다도 더 단조로운 구소련 시대에 똑같이 지어진 아파트 단지들뿐이다. 이런 몰도바를 보고 뉴질랜드보다 더 아름답다고 할 사람은 거의 없을 것이다.

나아가 중부 유럽 여행 상품에 프랑크푸르트와 슈투트가르트를 제외하고 빈과 프라하를 넣는 여행사의 선택에는 자명하고도 (직접 표현되지는 않지만) 미학적인 평가가 내포되어 있다. 자세히 살펴보면, 이런 여행을 계획하는 여행사에서 오랫동안 합의해온 내용이 아니라 사실 여행자들 스스로가 합의한 결과다. 빈과 프라하를 돌아다니며 즐겁고 만족스러운 인지적 경험을 했던 여행자들이 입소문(과 사진)으로 뒤따라올 여행자들에게 빈과 프라하의 아름다움을 알린 결과이기 때문이다. 지난 수세기 동안 여행자들은 그 두 도시에 꼭 가봐야 한다고 글로 표현하지 않았을 뿐 이제 일종의 합의에 이르게 된 것이다.

그렇지만 여행자는 '오랫동안 이어져온 합의'에만 너무 매달려서는 안 된다. 그러면 여행에서 놓칠 수 있는 숨은 보석이 너무나 많기 때문이다. 그럼에도 불구하고 아름다움에는 중대하고 객관적인 요소가 있다. 여행 후보지의 중요도를 평가하고 일정을 계획할 때 아름다움을 반드시 고려하기 바란다.

사례: 유럽 여행을 위해 잠정적인 '지혜로운 동선' 만들기

이제 한 대륙의 명소를 찾아낼 준비가 되었다. 모든 대륙 중 가장 많이 연구되고 많이 여행하는 유럽을 예로 들어서 앞서 설명한 방법과 아이디어들을 적용해보겠다. 방법은 세 부분으로 나뉜다. 첫째, 다섯 개의 잣대를 이용하여 유럽에서 핵심 국가를 찾아낸다. 둘째, 지역과 도시를 추가하여 리스트를 완성한다. 그리고 다양한 문화행사나 축제를 어떻게 고려할 것인지에 대해서 짧게 논의하겠다. 마지막으로 모든 정보를 모아 하나의 여정으로 만들어보고자 한다.

유럽의 핵심 국가 정하기

다섯 개의 잣대 사용하기

지리라는 첫 번째 잣대로 시작해보자. 노먼 데이비스의 분류법을 차용하도록 하겠다.[30] 데이비스는 유럽을 네 개의 지리적 영역으로 나누었다. 1. 우랄 산맥과 카스피해에서 시작되어 프랑스 루아르 계곡과 대서양에서 끝나는 거대한 유럽 평원, 2. 카르파티아 산맥, 알프

---

30 노먼 데이비스, 『유럽의 역사(Europe: A History)』

스 산맥, 프랑스의 마시프 상트랄(피레네 산맥도 포함할 수 있음)을 포함하는 산악지대, 3. 스페인 남부, 이탈리아 대부분, 발칸 반도, 그리스를 포함하는 지중해 연안지대, 4. 다른 지역보다 규모는 작지만 중부 유럽의 남부 지방과 발칸 반도 일부를 포함하는 다뉴브강 유역이다. 여기에 다섯 번째 지역을 추가해야 한다. 영국 제도, 스칸디나비아, 발트 3국을 포함하는 북유럽이 그것이다. 이것이 유럽을 자연적 특징, 풍경, 동식물군에 따라 분류하는 지리학적 분류다.

지리라는 첫 번째 잣대를 고려한다면 유럽의 다섯 지역에서 최소한 한 나라씩 골라야 한다. 언뜻 보기에 프랑스가 가장 적합해 보인다. 유럽 평원과 알프스 산맥, 지중해 연안을 모두 포함하고 있기 때문이다. 알프스 산맥에서부터 지중해로 뻗어 있는 이탈리아도 지리적인 기준에서 많은 부분을 충족한다. 마지막으로 독일도 알프스와 다뉴브 강 유역을 포함하며, 대륙의 중심에 있어서 한 나라에서 다른 나라로 건너갈 때 거쳐야 한다.

두 번째 잣대는 크기다. 유럽에서 가장 큰 나라는 러시아(아시아 여행이 아니라 유럽 여행에 포함시킨다면), 프랑스, 우크라이나, 스페인, 스웨덴, 독일이다. 러시아와 스웨덴은 큰 나라긴 하지만, 이들 중 많은 부분은 얼어붙은 툰드라 지역으로 풍경도 단조롭고 연중 대부분 접근하기 어렵다. 스칸디나비아 여행을 한다면, 스웨덴이 가장 큰 나라이므로 여행지를 결정할 때 이를 고려해야 한다. 마찬가지로, 우크라이나보다는 러시아를 여행하는 게 낫다. 나라의 크기뿐 아니라 러시아가 역사적으로 중요한 역할을 해왔기 때문이다.

세 번째 잣대이자 정말 너무나 중요한 잣대가 역사다. 태평양 제도나 뉴질랜드와는 달리, 역사는 유럽의 아이덴티티를 결정하는 중요한 구성요소다. 유럽의 명소 중 다수는 역사적 기념물(예를 들어 그리스의 델피), 고대 도시(예를 들어 이탈리아의 폼페이), 중세 마을(예를 들어 프랑스의 카르카손) 심지어 선사시대 유적지(예를 들어 영국의 스톤헨지) 등이다. 유럽 어느 나라를 가든 안목 있는 여행자라면 그 나라의 역사적인 발전 과정을 볼 수 있으며 서로 다른 시대의 역사의 흔적을 느낄 수 있다. 예를 들어 로마에서는 지난 2,500년간 각 세기마다 지어진 건축물을 찾아볼 수 있다!

유럽의 역사에 모든 유럽 국가들이 각자 역할을 했지만, 어떤 나라들은 유럽의 역사를 만드는 데 더 중요한 역할을 하고 더 큰 영향을 미쳤다. 각 나라가 미친 영향은 객관적인 역사적 기준으로 결정된다. 유럽 역사의 방향을 정하는 데 프랑스가 노르웨이나 몬테네그로보다 중요한 역할을 했음을 부인할 수는 없을 것이다. 프랑스의 영향력과 유산은 오늘날 유럽 곳곳에서 쉽게 찾아볼 수 있다. 마찬가지로 이탈리아는 벨기에나 폴란드보다 중요한 역할을 해왔다. 로마라는 과거 때문만이 아니라, 이탈리아의 르네상스 때문이었다. 이러한 역사적인 요소를 모두 고려했을 때, 어떤 나라들은 역사적 중요도에 있어서 눈에 띈다. 이탈리아, 그리스, 프랑스, 독일은 다른 나라들보다 훨씬 더 역사적으로 중요하다.

네 번째 잣대는 문화다. 러시아, 벨라루스, 우크라이나는 비슷한 역사와 문화, 언어를 공유한다. 구소련의 슬라브족 문화를 탐험해보고 싶다면 이 지역 모든 나라가 아니라 일부 대표적인 지역만 여행하면 된다. 마찬가지로 덴마크, 노르웨이, 스웨덴은 서로 비슷한 점이 많고 이탈리아보다는 자기네들끼리 문화적으로, 사회 규범 면에서, 기후까지도 거의 비슷하다. 그리고 중부 유럽의 독일, 오스트리아, 스위스 또한 '가까운 친척'이다. 같은 독일어를 쓸 뿐 아니라 대부분의 풍습이 같은 가지에서 갈라져 나왔다. 유럽의 명소를 결정할 때는 이러한 인종적, 문화적 구분이 고려되어야 한다. 각각의 문화를 체험하기 위해서 모든 독어권 국가나, 슬라브족 국가나 스칸디나비아 국가를 여행할 필요가 없다. 공통적이고 대표적인 지역을 탐험함으로써 각 문화에 대한 일반적인 이해의 폭을 넓히는 것이 핵심이다. 이렇게 문화적으로 공통적인 특성은 국가 간에도 공유하는 경우가 많다.

이제 마지막 잣대이자 가장 논란의 여지가 많은 잣대, 아름다움에 대해서 생각해보자. 역사적으로 많은 사람들이 이탈리아가 유럽에서 가장 아름다운 나라라고 생각했다. 그 증거가 바로 유럽의 그랜드 투어[31]다. 마찬가지로 몇 세기 동안이나 프랑스는 가장 매력적인 나

---

31 그랜드 투어는 1600년에서 1840년까지 북유럽 귀족과 상류층 사이에서 유행했다. 교육적 통과의례로 유럽의 명소를 여행하곤 했는데, 그랜드 투어의 마지막 여행지이자 하이라이트는 다름 아닌 이탈리아였다. 여행자들은 이탈리아에서 1년간 머무르며 고대부터 르네상스 시기에 이르기까지 중요한 문화적, 역사적 명소를 둘러보았다.

라로 여겨졌다. 자연이 빼어나게 아름답고 중세 마을이 잘 보존되었기 때문만이 아니라 사람들이 가꾼 시골의 밭과 정원 등 시골 풍경이 더없이 아름다워서 다른 사람들이 이를 따라 할 정도로 전체적인 기준을 높여 놓았기 때문이다. 알프스와 주변 지역 또한 아름다움에 있어서 탁월하다. 그러니 독일 남부, 오스트리아 서부, 이탈리아 북부, 스위스 또한 강력한 후보다. 영국과 스페인의 남부 지방도 오랫동안 아름다운 관광지로 여겨졌다. 그런가 하면 그리스는 지중해에 흩어져 있는 독특한 섬나라다.

핵심 국가 찾아내기

이제 '유럽의 핵심 국가'[32]를 정할 준비가 되었다. 우선 프랑스와 이탈리아는 당연히 유럽의 핵심 국가에 넣어야 한다. 프랑스는 유럽에서 가장 큰 나라다. 로마 시대부터 현대에 이르기까지 유구하고 풍부한 역사를 자랑하며, 유럽에서의 문화적 영향력도 막강하다. 유럽 대륙에서, 그리고 지구상에서 가장 아름다운 중세 마을도 프랑스에 있다. 그러므로 프랑스가 유럽을 정의하는 나라 중 하나라고 말할 수 있다.

이탈리아도 유럽의 정수를 간직한 나라다. 모든 유럽 역사와 관계가 있을 뿐 아니라 알프스에서 시작하여 유럽 반도의 가장 남쪽 끝에 위치한다는 점에서 유럽 대륙의 지리적인 다양성을 굉장히 많이 보여줄 수 있다. 이탈리아에 고대 로마가 있었고, 피렌체, 베니스, 토스카나, 북부 호수 등이 있으며, 폼페이, 라벤나의 모자이크, 시스티나 성당 등 유적이 있다.

독일도 중요한데, 나라의 크기나 유럽 역사 속에서의 중요성, 특히 최근 현대사에서의 중요성 때문만이 아니라, 자연의 아름다움(특히 남부 지방의 아름다움) 때문에도 중요하다. 인종을 봐도 게르만족 인구가 슬라브계 인구 뒤를 이어 두 번째로 많다.

북유럽을 대표하는 나라를 고르자면 후보지가 많다. 스칸디나비아 국가들과 영국, 아일랜드, 아이슬란드나 그린란드까지 있다. 단 하나만 골라야 한다면 영국을 고려해야 할 것이

---

32 여기와 이후 여행 일정을 언급할 때 러시아와 다른 슬라브계 동유럽 국가들은 유럽에 포함되지 않았음을 밝혀둔다. 그 이유는 단하나, 사례를 더 간단하게 만들기 위해서다. 러시아는 아시아 극동 지방인 블라디보스토크에까지 이르지 않는가!

다. 영국만큼 전 세계에 유럽 문명을 전파하는 데 중요한 역할을 한 나라가 없었다. 겨우 몇 천 명의 인력만으로 영국은 그때까지 존재했던 것 중에서 가장 훌륭한 행정 조직과 정교한 외교 조직으로 세계를 지배했다. 영어라는 언어를 전 세계에 전파했으며, 여행 상품, 대부분의 스포츠, 현대 남성의 정장과 타이 등을 발명했다. 영국은 산업혁명이 일어난 현장이었으며, 북아메리카, 호주, 뉴질랜드에 이르는 제국을 가진 식민지 시대의 강국이었다. 우리가 살고 있는 현대 사회의 구성요소 대부분을 단독으로 만들어냈다고 해도 과언이 아니다! 더구나 나라의 영토가 비교적 작은 편이고 지리적으로도 비슷한 특색을 보이지만, 영국의 역사는 뿌리가 매우 깊다. 스톤헨지처럼 고대의 거석이 있는가 하면, 로마 시대 하드리아누스 황제가 스코틀랜드에 세워놓은 요새 유적이 남아 있고, 중세시대 마을과 역사적 건축물이 놀랄 만큼 많이 남아 있다. 마지막으로 스코틀랜드와 영국의 남부 지방은 독특하고 아름다운 절경을 자랑한다.

빅4(프랑스, 이탈리아, 독일, 영국)라고 부를 만한 네 나라가 유럽의 핵심 국가인 것 같다. 마찬가지로 각 대륙에는 여행자가 부분적으로 여행한다 하더라도 꼭 가봐야 할 핵심 국가들이 있다. 나머지 국가 선택은 여행자의 취향, 관심 분야, 여행할 수 있는 시간에 따라 달라질 수 있다.

핵심 국가에 더해서 명소 리스트 완성하기

이제 유럽의 다른 어떤 지역을 추가해서 명소 리스트를 완성할지 고민해보자. 스페인, 스위스, 슬라브계 국가 몇 군데를 포함하지 않고서는 완벽한 유럽 여행이라고 하기 어렵다. 스페인은 유럽 역사에서도 중요한 역할을 했지만 발견의 시대에는 세계사에서도 큰 역할을 했다. 그 결과 특히 아메리카 대륙에 대대적인 영향을 미쳤다. 그러니 다음과 같은 논리를 펴보자. 스페인 전체를 둘러볼 게 아니라면, 가장 대표적인 지역, 즉 마드리드, 그라나다, 세비야, 그리고 남부의 백색마을 몇 군데를 선택할 수 있겠다.

역사적이고 중요한 도시라면 각각의 도시가 속한 나라 전체를 둘러보지 않는다 하더라도 여행해야 할 명소로 고려할 수 있다. 이를테면 암스테르담, 빈, 프라하가 속한 나라는 다 보지 않고 도시만 보는 것이다. 이 세 도시는 유럽의 유산을 품은 소우주라 할 만큼 굉장한 보석과도 같은 역사적인 도시들이다. 마찬가지로 스위스에는 취리히, 베른, 루체른처럼 아름답고 유서 깊은 도시들이 있다. 특히 알프스의 아름다움을 보여주는 산악열차도 있다. 슬로베니아와 세르비아 같은 슬라브계 국가를 여행할 수도 있으며, 이슬람교 발칸 지역을 보고 싶다면 사라예보를 여행할 수도 있다. 달마시아 해변과 역사적인 두브로브니크 같은 크로아티아 일부를 더할 수도 있다. 헝가리의 부다페스트를 선택할 수도 있겠다. 스칸디나비아 4개국 중에서는 개인의 시간과 관심사에 따라 1~2개국을 선택할 수 있다. 러시아 도시 중 가장 유럽 느낌이 있는 상트페테르부르크는 특히 헬싱키를 방문하는 여정이라면 유럽 여행 일정에 추가해도 좋겠다.

마지막 단계로, 여행하기로 한 나라에 속하지 않은 몇몇 자연 유산이나 매우 아름다운 지역 정도는 따로 추가할 수 있다. 앞서 언급한 대로 스위스의 산악열차를 추가하거나 오스트리아 알프스 하이킹을 추가할 수 있겠다. 지중해 섬 생활을 구경하기 위해 그리스를 여행한다면 메테오라의 절경을 보는 것도 유럽 여행의 화룡점정이 될 수 있겠다.

다음은 유럽의 핵심 국가와 지역을 모은 명소 리스트의 한 예다.

1. 유럽의 핵심 국가

- 프랑스

- 이탈리아

- 독일

- 영국

2. 다른 중요한 지역

- 스페인 일부

- 스위스 일부

- 세르비아/슬로베니아/크로아티아 일부(또는 기타 서쪽 슬라브계 국가)

- 스칸디나비아 국가 일부

- 그리스 일부

3. 도시 및 자연 유산(기타 명소)

- 암스테르담

- 빈

- 프라하

- 두브로브니크(사라예보와 부다페스트 포함 또는 제외)

- 상트페테르부르크(헬싱키 포함)

- 스위스 알프스 산악열차

- 노르웨이 피오르

- 그리스 섬 일부와 메테오라

이 예와 분석은 독자가 따라 할 수 있도록 생각의 흐름을 보여주기 위한 것이며, 명소 리스트를 만드는 데 필요한 원칙과 철학을 보여주기 위한 것이지 특정 장소를 유럽의 명소로 꼽기 위한 것이 아니다. 처음에 정한 핵심 국가 네 곳을 출발점으로 삼아 사고를 확장하여 여정을 만들지만, 최종적인 여행 국가와 실제 여행 경로는 여러 선택에 따라 달라진다.

이벤트 추가하기

여러 나라를 여행하면서 여행자는 다양한 이벤트에 참가함으로써 각각의 문화를 깊이 이해하려고 노력해야 한다. 다양한 이벤트를 통해 각 장소의 특성이라 할 만한 살아있는 전통을 느낄 수 있다. 여행자는 성당이나 교회에서, 또는 둘 다에서 미사나 예배에 참석할 수 있다. 유럽 대륙에서 가장 훌륭한 콘서트홀에서 클래식 음악회에 참석할 수 있다. 여행 일정을 조정해서 큰 축제가 열릴 때 특정 장소를 여행할 수 있다(뮌헨의 옥토버페스트, 베니스의 카니발, 코르푸의 동방정교 부활절 축제 등).

해변 마을에서 파머스 마켓이나 어시장을 찾아가면 현지인들이 살아가는 모습을 생생하게 지켜볼 수 있다. 프랑스 고급 레스토랑에서 세련된 요리와 서비스를 즐기는 다이닝 경험이나, 스페인 와이너리 투어, 토스카나 지방의 올리브 오일 같은 현지 음식을 맛보는 경험도 이벤트에 포함된다. 물론 경치 좋은 라이딩 코스를 따라 자전거를 탄다든지, 급류타기 래프팅이라든지, 알프스에서 스키 타기라든지… 이 같은 레저활동 또한 다양한 나라를 색다르게 경험할 수 있는 기회다.

이동 수단 결정하기

여행 경로와 상세 일정에는 여행의 서로 다른 부분에서 이용할 이동 수단이 포함되어야 한다. 유럽 여행에서는 아주 멀리 떨어진 지역에 갈 때 열차나 비행기를 이용해서 시간과 비용을 아끼더라도 보통은 차로 여행하는 것이 가장 좋다. 선택한 핵심 국가와 주변 국가 일부는 기차, 버스, 자동차로 여행하면 되며 상트페테르부르크나 그리스 같은 지역은 유럽 대륙 중심에서 비행기를 타면 된다. 여행의 서로 다른 부분에서 선택한 이동 수단은 여행자의 총 여행 일정, 예산, 취향을 바탕으로 결정해야 한다.

잠정적인 '지혜로운 동선' 만들기

여행을 떠나려고 리서치를 하고 다양한 여행지를 선택했다면, 이제 지도 위의 점을 조화롭게 연결해서 잠정적인 여행 동선(앞서 언급한 '지혜로운 동선')을 정해야 한다. 처음 잠정적 여행 동선을 만들려면 우선 조정 작업이 필요하다. 여행 기간, 이벤트 날짜, 기타 독특한 상황에 따라 여행 동선을 조정하는 것이다. 이러한 여행 동선을 만들 때 여행자가 염두에 두어야 할 사항 몇 가지를 소개한다.

- 그 나라의 여행 동선에 가장 적합한 입국 지점과 출국 지점을 정하라.

- 왔던 길을 되돌아가는 일(지나간 지역이나 마을을 두 번 이상 여행하거나 같은 길로 왕복하는 일)을 피하라.

- 비슷한 자연, 문화, 건축적 특성을 보이는 지역에 가는 일을 피하라.

- 각각의 여행 부분에서 적합한 이동 수단을 선택하여 시간을 절약하라.

- 볼거리, 경험할 거리가 많은 곳에는 충분한 시간을 할애하라.

- 기존에 여행했던 지역은 제외하라.

다른 대륙, 나아가 지구 전체에 대해서도 비슷한 절차와 방식으로 명소 리스트를 만들 수 있다. 한 대륙을 분석하는 다섯 가지 잣대는 일종의 든든한 프레임워크가 되어 여행을 계획할 때 여행지 선택을 도와주고, 모든 면에서 균형 잡히고 적절한 일정을 만들 수 있게 해준다. 다섯 가지 잣대를 바탕으로 남아메리카 여행 계획을 세운다면, 브라질, 아르헨티나, 볼리비아, 페루를 핵심 국가로 선택하게 될 것이다.

세계 여행자의 하루 들여다보기

세계 여행자의 하루는 다섯 가지 활동으로 구성된다. 어떤 일을 하든, 다음 다섯 가지 카
테고리 중 하나에 속한다.

1. 여행
2. 계획
3. 공부
4. 잡무
5. 휴식

하루에는 대부분 앞의 활동 중 두 가지 이상을 하게 된다. 다음날의 활동을 준비해야 하기
때문에 거의 매일 약간의 계획이 필요하다. 어떤 명소를 여행하다가 가이드북이나 관광 브
로슈어에서 그곳의 의미와 역사를 공부할 수도 있다. 물론 명소로 가는 길에 세탁소에 빨
래를 맡기고 오후 늦게 찾으러 갈 수도 있다. 저녁에는 이메일을 쓰거나, 친구에게 편지를
쓰거나, 여행했거나 앞으로 여행할 곳에 대해 공부할 수도 있다. 그러므로 자연히 매일같이
이런 활동 중 몇 가지를 하게 된다. 여행을 준비하는 방식은 물론 개인의 성격과 취향에 달
렸다. 나의 경우에는 특정 활동을 하루에 몰아서 하는 방식이 더 맞았다. 그렇게 함으로써
여행하는 날(나의 리스트 맨 위에 적은 활동이자 가장 중요한 활동)에 집중하고 다른 활동(잡무 또는 계
획)으로 인한 방해를 받지 않을 수 있었다. 그래서 나는 여행하는 날, 계획하는 날, 공부하
는 날, 잡무를 처리하는 날, 쉬는 날로 일정을 나누게 되었다.

여행하는 날은 탐험하고, 새로운 곳을 보고, 유명한 장소에 가보고, 이벤트에 참석하고, 사람들과 상호작용하는 날이다. 잡무를 처리하는 날은 빨래를 하거나(3주에 한 번 정도), 무언가를 고치거나(신발, 여행 가방, 카메라 등), 물건을 사거나(모기퇴치제, 플래시 등), 특별한 일을 하곤 했다(특정 책을 찾거나 우체국에 가는 일 등). 그런가 하면 계획하는 날은 보통 한 나라나 특정 지역(인도의 데칸 고원 같은 곳)을 다 보고 나서 나머지 여행 계획을 세우곤 했다. 그리고 마지막으로 3~4일마다 한 곳에 머무르면서 쉬는 날을 즐겼다. 하지만 쉬는 날은 잘 지켜지지 않았다. 여기에는 많은 이유가 있지만 가장 큰 이유는 아무래도 새로운 발견의 기쁨에 들떠서였다. 이럴 때 나는 휴식을 미루고 새로운 장소를 더 다녀보거나 문화를 더 깊이 이해하려고 노력했다. 쉬는 날 없이 일주일 이상 여행하게 되면 쉬는 기간도 늘려서 3~4일 정도를 쉬었다. 몇 번씩이나 극도의 피로로 고생을 한 끝에, 나는 2개월(9주)간 여행한 후에는 반드시 한 주 전체를 쉬기로 했다. 그러면 일 년에 6주 정도를 쉬게 되는데, 보통 유럽의 근로자가 크리스마스, 부활절, 기타 휴일을 합쳐서 쉬는 기간하고 비슷한 기간이다. 경우에 따라 나는 이렇게 쉬는 주에 공부하고 계획하는 주를 붙여서 2주에서 3주 정도까지 쉬는 기간을 연장하기도 했다. 오랫동안 방해 없이, 그리고 휴식도 없이 여행한 다음, 또는 커다란 나라를 탐험하기 전에 여행 계획에 시간이 필요할 때 그렇게 하곤 했다. 세 번인가 네 번은 휴식 기간을 늘려서 남은 여행 계획을 완전히 엎기도 했다(경험과 여행의 지혜가 쌓이면서 그렇게 됐다). 예를 들어 뉴질랜드에서는 여행 일정에 중앙아시아와 실크로드를 추가하느라 3주간의 계획 기간이 필요했다.

그럼 이제 다섯 가지 활동을 좀 더 구체적으로 들여다보도록 하겠다.

여행

세계 여행자에게는 여행이 본업이다. 여행은 주로 움직임과 탐험을 의미한다. 여행하는 날은 거의 대부분 활동과 움직임이 많은 날이다. 그렇지만 그것만으로는 여행하는 날을 정의

하기에 부족하다. 한 군데 머물러 있으면서도 여행하는 날을 보냈다고 할 수도 있다. 어떤 의식이나 공연에 참석하거나 자연 현상 또는 야생 동물을 관찰하느라 한 곳에 머무를 때도 탐험에 완전히 몰입되어 있다. 여행자의 감각과 주의가 한 나라의 요소를 경험하는 데 집중되어 있다면 여행 모드라고 할 수 있다.

여행 활동은 대부분 세 가지 전형적인 활동으로 나눌 수 있다. 여행 자체로의 여행, 이벤트 참석, 숙소 찾기가 그것이다. 마지막 '숙소 찾기'는 잡무로 분류될 수도 있지만, 여행에 포함시킨 이유는 앞으로 다시 설명하겠다.

'여행 자체로의 여행'은 세상을 탐험하는 활동이다. 곳곳을 돌아보고 외국 문화와 상호작용하는 활동이다. 특히 도보 여행, 자동차(또는 버스, 기차, 보트) 여행, 그리고 비행기 여행으로 나눠볼 수 있다. 여행의 깊이를 극대화하려면 마을이나 동네를 걸어야만 한다. 박물관, 집, 빌딩에 걸어 들어가 봐야만 한다. 또는 아름다운 자연 속을 하이킹해야 한다.

하지만 여행은 그저 돌아다니는 것만은 아니다. '돌아다니기'라는 기준으로 '여행 자체로의 여행'에 속하기 어려운 부분을 체험하는 것도 여행에 속한다. 이벤트 참석은 여행의 중요한 부분이다. 이벤트는 보통 한 문화의 여러 요소를 농축해서 표현한다. 예를 들어 라틴 아메리카의 축제는 현지 문화를 이해하는 초점이 된다. 여행자가 큰 수고를 들이지 않고 현지 문화의 특징과 영혼을 경험할 수 있기 때문이다. 올린다나 리우데자네이루의 브라질 카니발 같은 대규모 축제는 그 나라의 전통, 역사, 음악, 현지 음식 등을 녹여서 보여준다.

이벤트에는 축제만 있는 것이 아니다. '이벤트'라는 단어는 여기에서 더 광범위하게 쓰였다. 여행을 더욱 풍요롭게 하는 이벤트의 종류는 너무나 많으며, 여행자는 적극적으로 주변에 어떤 이벤트가 있는지 물어봐야 한다. 우선 결혼, 파티, 스포츠 이벤트, 장례식, 성당 미사, 모스크 기도회와 같은 일상적인 이벤트들이 있다. 이런 이벤트들은 문화적 특징을 보여주는 훌륭한 단면 역할을 하며, 결혼과 같은 일부 이벤트는 그 자체로 축제가 된다. 이런 일상적인 이벤트 외에, 빈에서 클래식 공연을 보러 간다든지, 뉴욕에서 연극을 본다든지, 일본에서 가부키 공연을 보러 간다든지, 청두 중심가 다원에서 중국 전통악기 연주 관람을 경험할 수 있다. 프랑스의 고급 레스토랑이나 일본의 가이세키 레스토랑에서 음식과 서비스를 경험하는 이벤트도 있다. 방콕에서 스트리트 푸드를 맛보는 것 또한 이벤트다. 이런 이벤트는 작은 규모지만 문화의 많은 요소를 포함하는 작은 소우주라 할 만하다. 일본의 가이세키 정식을 맛보는 것은 그저 '외식'이 아니다. 베토벤의 5번 교향곡을 공연장에서 듣는 것이 그저 '음악 감상'이 아닌 것과 마찬가지다. 이 두 가지 이벤트는 각각 일본과 독일 문명이 이룩한 가장 놀라운 성취를 즐기는 것이다. 가이세키 정식에는 역사, 문화, 예술, 아름다움 그 이상이 담겨 있어 일본의 혼이라 할 수 있는 중심 요소가 모두 담겨 있다 할 만하다.

베토벤의 5번 교향곡을 연주하는 공연에 참석하는 사례를 좀 더 자세히 살펴보자. 이로써 왜 그리고 어떤 의미에서 '이벤트 참석'이 여행자가 전체 문화를 이해하는 데 핵심적 역할을 하는지 이해해볼 수 있다. 인간 영혼이 창조한 위대한 작품에 대해 곰곰이 생각해보면, 5번 교향곡은 단순히 베토벤 혼자만의 작품이 아니다. 첫째, 5번 교향곡은 다성음악을 연주하는 오케스트라 음악이 가장 탁월하게 표현된 작품이다. 둘째, 공연의 연주자들이 연주하는 가장 뛰어난 악기를 만들어낸 장인들의 노력, 기술, 그리고 제조업체가 이루어낸 성과다. 셋째, 건축학적으로 음향을 위해 특별히 디자인된 콘서트홀에서 연주된다는 점, 그리고 서로 다른 종류의 공연을 위해 서로 다른 공연장을 만드는 유럽의 전통도 기여를 한다. 넷째, 이렇게 큰 오케스트라를 만들어내기까지 음악인들을 교육하고 문화를 알리는 사회의 교육 시스템과 전통에 대한 헌신을 보여준다. 다섯째, 정교하고 복잡한 작품을 즐기는 수준 있는 클래식 음악팬들이 있으며, 이들은 공연에 참석함으로써 클래식 공연의 높은 수준을 유지하도록 돕는 후원자 역할을 한다. 마지막으로 베토벤이라는 작곡가를 생각해볼 수 있다. 베토벤의 작품은 그 시대, 개인의 가치를 높이 사는 시대에 자신이 원하는 것은 무엇이든 자유롭게 표현하도록 격려했던 시대의 산물이자 표현이었다.

여행 중에 사물을 '보는' 데만 집중하고 특별한 이벤트를 찾지 않으며 끊임없이 돌아다니는 여행자는 실로 빈곤한 여행자임에 틀림없다. 반면 한 곳에 며칠씩 머무르면서 이런 이벤트를 여러 번 경험하려고 하는 여행자도 있다.

마지막으로 여행자에게 궁극의 경험이라 할 수 있는 이벤트가 한 가지 더 있다. 현지인의 집에 초대받아 같이 식사를 하거나 결혼식이나 생일 파티 같은 이벤트에 참석하는 일이다. 여행의 모든 순간을 다 합쳐도 이런 순간만큼 생생하고 잊을 수 없는, 마법 같은 순간이 없다(아쉽지만 이런 순간이 흔하지도 않다. 스스로 자신을 초대할 수는 없으니 말이다. 기회가 있을 때 용감하게 초대해달라고 나서볼 수는 있겠지만!). 이란에서 페르시아인의 집에 들어가는 것, 과테말라에서 마야인 가족의 초대를 받는 것, 베냉의 타타 솜바 마을 주민의 초대를 받는 것, 그래서 문화를 이루는 가장 기본적인 집단인 가족의 테두리 안에서 사람들의 일상과 상호작용을 관찰하는 일은 그야말로 여행의 정점이라 할 만하다. 티베트 유목민에 대한 책을 수백 권 읽고 사진을 수천 장 볼 수는 있어도, 반나절 말을 타고 가서 그들의 마을에 다다르고 며칠 밤을 그들과 야크 텐트에서 머무르는 경험은 훨씬 더 균형 잡히고 4차원적인 경험으로 남는다. 말린 야크와 양떼 똥 옆에서 임시로 만든 매트리스에 누워 잠을 청하는 것, 또는 유목민들의 단순하지만 맛있는 음식을 나눠먹으며 전원풍의 음악을 듣는 것 같은 단순한 일상은 여행자의 영혼에 영원히 새겨진다. 여행자가 나중에 유목민들과 함께 찍은 사진을 볼 때, 그는 텐트 안의 냄새를, 음식의 맛을, 언어와 노랫소리를, 바닥의 촉감을 다시 느낄 것이다. 이런 기억은 대부분의 기억처럼 '인상의 희미한 사본'[33]이 아니다. 그런 기억은 그 기억이 탄생했던 실제 순간의 인상처럼 강렬하고, 생생하며, 실재한다. 이렇게 귀하고 드문 만남이야말로 여행자들이 적극적으로 추구해야 할 작은 환희일 것이다. 대개 한 나라의 여행을 마무리하는 단계에서 만나게 되는 이런 이벤트에서 여행자는 순간적으로 그 나라의 영혼을 포착하게 된다.

마지막 여행 활동이자 좀 더 일상적이고 재미없는 부분이 숙소 찾기다. 생존에 필요한 기본적인 활동을 '여행'의 범주에 포함하는 것이 이상하게 느껴질지 모르겠다. 하지만 이는

---

33 영국의 철학자 데이비드 흄(1711~1776)이 언급한 기억의 정의다.

여행에서 필수적인 부분일 뿐 아니라, 거의 매일 일어나는 활동이기도 하다. 장기 여행자로서는 다른 여행자들처럼 숙소를 미리 계획하는 것이 불가능하다. 계속 나아가면서 평균 2~3일마다 새로운 숙소를 찾아야 한다. 시간과 경험이 쌓이면서 숙소 찾기의 달인이 되기도 한다. 여행자 개인의 취향에 맞는 숙소를 찾기까지 30분에서 2시간까지, 경우에 따라서는 더 오래 걸리기도 한다. 이렇게 숙소를 찾을 때 여행자는 서로 다른 호텔이나 숙박업체를 방문하면서 새로 여행하는 곳에서 숙소의 가격대와 서비스 수준을 가늠해본다. 그 후 가격 대비 가장 서비스가 뛰어난 숙소를 정하고 체크인한다. 여행자는 이렇게 숙소를 찾는 과정에서 마을이나 도시의 특정 지역을 둘러보는 두 가지 활동을 같이 할 수도 있다. 또는 반대로, 동네를 둘러보면서 숙소를 찾을 수도 있다. 요즘에는 인터넷의 발달로 수많은 웹사이트가 있어서 여행자에게 큰 도움이 되고 있으며, 고객 후기를 통해 숙박업체에 대한 피드백도 이루어지고 있어서 여행자는 대도시의 경우 직접 호텔에 가보지 않고도 예약을 하고 방 컨디션이 마음에 들 것이라 확신할 수 있다. 하지만 세계 대부분의 작은 도시와 마을에서는 이렇게 쉽게 정보에 접근할 수가 없다. 게다가 여행자가 계속 돌아다니다 보니 끊임없이 인터넷을 할 수가 없고, 다음 목적지에서 고려할 만한 숙박업체 후보 리스트를 만들기도 어렵다. 가장 중요한 건, 많은 경우 여행자는 해질 무렵 자신이 어디에 있을지 미리 예상하기 어렵다는 점이다. 마음에 드는 곳에서는 더 오래 머물고, 마음에 들지 않는 곳은 패스하는 것이 장기 여행만의 특징이기 때문이다. 많은 경우, 예를 들어 모로코의 리아드(몇 세기나 된 전통적인 무어 양식의 맨션)나 영국의 쾌적한 민박을 찾을 때는 숙소 찾기 자체가 여행의 즐거움이 된다.

마지막으로 숙소 찾기와 관련해서 특별히 언급해두고 싶은 점이 있다. 숙박 장소 자체가 여행의 중심적인 역할을 할 때가 있다. 앞서 언급한 것처럼 2~3주에서 한 달까지, 휴식을 취하고 공부를 하며 계획을 세우기 위해서 여행을 잠시 멈춰야만 하는 중요한 시기가 있다. 이런 경우 여행자가 진정으로 휴식을 취하고 재충전을 하기 위해서는 장기로 머무르기에 적합한 숙소를 찾는 것이 정말 중요하다. 이렇게 오랫동안 휴식차 머무르는 곳은 여행자의 여행에서 매우 중요한데, 이는 여행자가 외국에서 말 그대로 살게 되기 때문이다. 여행하는 나라의 시스템이 어떻게 돌아가는지 배우는 외에도(베이징에서 3주간 아파트를 렌트하면서 정말 많은 것을 배우게 되었다!) 여행자는 그 나라의 일상을 더 깊이 이해하게 된다. 한 곳에 머무르면서 현지인처럼 살아보게 되기 때문이다.

계획

몇 년 동안이나 여행할 건데 미리 여행을 계획할 수는 없다. 만약 계획이 가능하다 하더라도, 여행의 목적에 맞지 않을 것이다. 장기 여행은 굉장히 느슨하게, 개괄적으로 계획할 수밖에 없기 때문이다. 예를 들어 어떤 여행자는 중국 여행을 6개월간 하겠다고 계획하고 여행할 지역을 고르려고 할 것이다. 하지만 각 지역에서 얼마나 있을지는 모른다. 한 지역, 마을, 동네가 너무 마음에 들어서, 또는 봐야 할 곳이 너무 많고 할 일이 많아서 더 있고 싶을지 알 수가 없다. 혹은 선택을 잘못 해서 처음 선택한 지역에 더 있고 싶지 않을 수도 있다. 그러니 짜놓은 여행 일정은 항상 잠정적일 수밖에 없다. 그리고 여행하면서 다시 조정하게 될 것이다. 한 나라를 여행하기 위해 잠정적인 여행 일정표를 만들 때는 부록 1에서 본 것처럼 많은 요인을 고려한다. 이렇게 만든 일정표는 여행자가 그 나라에서 하는 경험에 따라 계속 변한다. 대륙 전체, 지구 전체를 여행하겠다고 계획했을 때도 마찬가지다.

세계 여행을 할 때는 꾸준히, 정기적으로 계획을 세워야 한다. 계획은 세 가지로 분류할 수 있다. 지금 여행하는 나라, 다음에 여행할 나라, 그리고 남은 여행. 지금 여행하는 나라에 대한 계획은 여행자가 지금 있는 곳을 여행하면서 계속 일정을 조정하는 것이다. 그때까지 얻은 여행지에 대한 이해와 깨달음을 바탕으로 기존에 세워둔 일정을 조정하는 작업이다. 방문하려고 생각했던 장소 몇 개를 뛰어넘거나, 이동 수단을 바꾸는 것 등이다(예를 들어 버스 시간표를 신뢰하기 힘들다고 생각하면 버스 대신 택시를 이용하겠다고 계획을 수정할 수 있다).

여행자는 한 나라를 여행하는 동시에 다음 나라에 대한 여행을 준비해야 한다. 이것이 '다음 나라 여행 계획하기'다. 미리 이 작업을 해두지 않으면 현재 여행 중인 나라의 여행이 끝나갈 무렵 여행이 중단되는 일이 생긴다. 다음 나라 여행 준비에 며칠, 길게는 일주일도 걸리기 때문이다. 현재 나라 여행을 마치고 오랜 휴식 기간을 갖기로 따로 계획한 게 아니라면, 계획과 준비로 시간을 잃어서는 안 된다. 여행자는 다음에 여행할 나라의 역사와 문화를 공부하고 여행 동선, 입국 도시, 입국할 때 이용할 교통수단(매우 중요함), 그리고 주로 이용할 이동 수단을 결정해야 한다. 현재 여행하는 나라가 큰 나라일 경우에는 특히나 여행이 끝날 때까지 다음 나라에 대한 집착을 내려놓아야 한다. 그래야 현재 여행 중인 나라와 다음에 여행할 나라에 대해 공부한 지식이 뒤섞이지 않으며, 현재 여행 중인 나라에서 다음 여행 계획에 발목 잡히지 않고 깊이 몰입할 수 있다. 어쩔 때는 많은 명소가 국경 가까이에 모여 있을 때가 있다. 칠레와 아르헨티나가 접해 있는 파타고니아 지역이 딱 그랬다. 이럴 때는 시간을 절약하고 합리적으로 둘러보도록 두 나라를 한꺼번에 봐야 한다. 그런가 하면 어떨 때는 인접해 있는 두 나라의 특징(아마존 열대우림의 경우 여러 나라에 걸쳐 있다)이나 문화 행사가 비슷할 때가 있다. 이럴 때는 충분히 미리 둘 중 어느 쪽을 경험할지 선택해야 한다. 중국이나 독일은 다른 접경 국가를 여행하기 위해서 입국 지점이 두 군데가 될 수 있는데, 이렇게 두 번 방문할 때 각각 어디를 어떻게 둘러볼 것인지 미리 신중하게 계획해야 한다.

마지막으로 세 번째 계획은 남은 여정 계획이다. 물론 이런 계획은 오래 쉬게 되는 기간이나 공부와 계획하는 기간에 정하기 마련이다. 지금까지의 여행 방식과 지금까지 알게 된 점을 바탕으로 항상 '남은 여행'을 다시 계획해야 한다. 예를 들어 처음에 잠정적으로 라틴아메리카 일정을 짤 때 그동안의 공부와 지식(또는 고정관념), 명소에 대한 평가를 바탕으로 베네수엘라와 아르헨티나를 방문하기로 하고 파라과이와 볼리비아는 제외했다고 치자. 그런데 공부를 더 하고 다른 여행자와 이야기를 나눠보고, 라틴 아메리카의 다른 지역을 몇 달간 여행하면서 견문을 쌓다 보니 다른 나라 한 곳을 더 가고 남은 여정을 다시 계획하는 게 좋겠다는 결론에 이를 수 있다. 남은 여정을 다시 계획할 때 가장 중요한 요소는 여행

총 기간에 대한 재평가다. 2년쯤 여행하고 나면, 서서히 하지만 분명히 깨닫게 되는 사실이 있다. 한 지역을 둘러보는 데 충분할 거라 생각했던 시간은 항상 모자라다는 것. 여행자는 지구 절반 정도는 여행해야 지구가 정말 얼마나 큰지, 지구의 진짜 크기를 깨닫는다. 세상이 정말 넓다는 점은 여행을 시작하고 비교적 얼마 지나지 않아 깨닫게 되지만, 넓어도 정말 얼마나 넓은지, 여행자가 지구의 크기를 몇 번이나 잘못 계산한 다음에야 실제로 와 닿게 된다.

남은 여정을 다시 계획하는 중요한 순간에, 여행자는 사실상 지구를 여행하며 자신만의 '지혜로운 동선'을 만든다. 백만 개의 가능한 여행 경로 중에서 자신만의 유일한 동선을 만드는 것이다. 이렇게 유일한 지구 여행의 경로이자 자신만의 세계 여행 동선은 여행자의 개인적인 선택, 철학, 취향 등을 지구 위에 유일하게 새긴 결과물이 된다. 변경할 수 없고 한 번 결정하면 끝인, 개인적이고 유일한 경로이기 때문에 남은 여정을 계획한다는 것은 굉장한 책임이 따르는 일이다. 뿐만 아니라 어쩔 수 없이 희생이 따르기도 한다. 여행자는 곧 아무리 여행해도 세상의 상당 부분은 영원히 여행하지 못할 것임을 깨닫는다. 물론 이번에 못본 지역을 보려고 다시 한 번 세계 여행에 나설 수는 있겠지만, 사실 그러기는 쉽지 않을 것이다!

공부

진지하고 체계적인 공부 없이 장기 여행을 할 수는 없다. 모든 경험은 공부라는 작은 체를 통과해야 의미를 갖게 되며, 공부는 새로 만나는 세상을 이해하기 위한 토대가 된다. 실질적으로도 여행에 필요한 일정을 만드는 데 필요한 필요조건이기도 하다. 공부를 하지 않는다면 여행자는 여행지를 이해하는 데 필요한 길잡이라 할 나침반도 없이, 눈앞이 깜깜한 상태로 이곳저곳을 떠도는 것이나 다름없다.

공부는 장기 여행을 시작하기 전에 시작되어야 한다. 그래야 여행자가 탐색해보고 싶은 분야를 생각해볼 수 있기 때문이다. 하지만 공부는 여행하는 중에도 계속되어야 한다. 여행자의 공부는 1. 여행 책자 공부하기, 2. 여행지의 역사와 관습 공부하기, 3. 관심 분야에 대해 공부하기로 나누어볼 수 있다.

여행 책자에는 여행 가이드, 여행 영화, 여행에서 영감을 받은 소설 등이 포함된다. 이런 공부는 어디로 갈지, 어떻게 갈지, 얼마나 여행할지를 결정하는 데 도움이 된다. 이런 책으로 나라, 장소, 풍경, 문화 행사 등을 평가하여 잠정적인 명소 리스트(부록 1 참조)를 만들 수 있다. 여행 가이드 책자는 보통 여행자보다 훨씬 더 깊이 있게 현지를 여행한 사람들이 쓴 책인데, 각 나라와 장소에 대한 지식이 보관되어 있다. 몇십 년간 수많은 여행자들이 함께 모은 이러한 지식은 여행자가 한 나라에서 방문할 만한 가장 흥미롭고 중요한 장소를 가려내는 데 도움이 된다. 한 나라에 대해서 최소한 두 권 이상의 가이드북을 심각하게 공부하지 않고서는 여행 일정을 만들 수 없다. 물론 요즘엔 인터넷과 이북의 발달로 대부분 종이 책자는 필요 없을 수도 있다.

가이드북만큼 중요한 것은 여행하는 나라와 문화에 대한 책들이다. 여행지의 동식물군, 역사, 고고학, 특성, 그리고 전통에 대한 책이 모두 중요하다. 진공상태에서 혼자 존재하는 나라는 없다. 모든 나라는 주변 또는 멀리 떨어진 문화와 상호작용하면서 역사적으로, 문화적으로 몇 세기 동안이나 발전해왔고, 따로 배워야 할 풍습과 관습이 몇백 가지나 된다. 이런 책들은 때로는 현지인 작가 또는 현지에서 살아본 외국인이 만든 여행 영화나 소설을 참고로 하면 더 큰 도움이 된다. 미리 마야나 잉카 문명에 대한 책을 읽어보지 않는다면, 스페인인들이 어떻게 마야와 잉카 문명을 무너뜨렸는지, 어떻게 마야와 잉카 문명이 현대 멕시코, 과테말라, 볼리비아, 페루가 발전하게 되었는지 등을 제대로 이해할 수 없다. 마찬가지로 남태평양의 부족 문화를 모르고서는, 유럽인들이 어떻게 그들을 억지로 현대 국가로 만들었는지 모르고서는, 기독교 선교사들이 어떻게 토착문화를 영원히 바꿔놓았는지 모르고서는 남태평양 지역을 제대로 이해할 수 없다. 아프리카도 물론 마찬가지다.

마지막으로 세계 여행자는 여행을 하면서 자신의 공부 수준을 더 높여야 할 필요가 있다.

여행을 하지 않고 자기 나라에 머물러 있었더라도 공부했을 만큼은 말이다. 서로 다른 주제를 공부함으로써 자신의 내면을 더 깊고 넓게 확장해야 한다. 종교를 공부하면 종교적 믿음 안에서 사회가 어떻게 기능하는지 이해하기가 쉬워진다. 지리를 공부하면 세계의 기후 지역, 지형, 자연적인 특성, 다양한 인간 문화와의 관계를 이해할 수 있다. 역사를 공부하면 어떤 문화든 더 깊이 이해할 수 있게 되며, 생물학을 공부하면 지구에서 살고 있는 생명체에 대해 알게 되고, 사회인류학을 공부하면 라틴 아메리카나 아프리카에서 만나게 되는 다양한 원주민에 대해서도 더 잘 알게 된다. 그런가 하면 예술, 음악, 과학, 경제, 정치를 공부하면 각 나라와 세상을 더 잘 이해하게 된다. 그리고 어느 정도는 시사 상식도 파악하고 있어야 큰 틀에서 세상이 어떻게 돌아가는지 알고 어떤 나라에서든 현재 일어나고 있는 변화를 이해할 수 있게 된다.

많은 이유가 있지만 이렇게 공부를 해야 하기 때문에 나는 세계 여행을 하기에 가장 적합한 나이가 특히 35세 이후라고 생각한다. 35세가 넘어야 인생 경험과 여러 분야에서 지식이 쌓이기 때문이다. 스무 살에도 6개월 이상, 1년까지도 장기 여행에 도전할 수 있다. 하지만 몇 년에 걸쳐서 세계 여행을 한다면 아마도 지식과 인생 경험이 아직 부족해서 많은 부분을 느끼지 못하고 지나칠 것이다.

잡무

마음에 들건 들지 않건 잡무는 여행의 일부다. 빨래나 다림질을 하기 위해 빨래방을 찾으려고 돌아다니거나, 신발 수선을 맡길 곳을 찾거나, 가려움증에 바르는 로션처럼 특정 물건을 사려고 할 때 여행자는 아주 실용적인 방식으로 현지 문화와 상호작용하게 된다. 그러니 잡무는 결국 어떤 곳의 '일상'을 다른 각도에서 보게 해준다. 이렇게 현실적이지만 소소한 문제들은 의외로 꽤 되는데(다음에 오는 리스트를 참고하라), 이런 문제를 해결하면서 여행자는 그 나라의 서비스, 비즈니스 관행, 그리고 전체적인 '시스템'을 경험하게 된다. 현지에서 거주하지 않고 이곳저곳 옮겨 다니다 보면 눈에 잘 보이지 않는 부분들이다. 그러니 이렇게 잡무를 처리하는 건 한 곳에서 일하거나 거주하는 삶의 대안이라고 봐도 좋겠다. 더구나 여행자가 잡무를 처리할 때 현지 문화와 하게 되는 상호작용의 형태는 보통 그냥 여행할 때와는 상당히 다른 모습일 때가 많다. 그러니 잡무는 여행자의 여행을 더욱 풍요롭게 하고, 잡무 처리에 따르는 귀찮음을 상쇄하고도 남는다.

다음은 세계 여행자가 해야 하는 잡무를 정리한 샘플 목록이다.

1. 단순한 잡무

- 옷, 신발, 세면도구 등 구입하기
- 가장 적합한 현지 휴대전화 선불카드 선택하기
- 인터넷 카페 또는 와이파이존 찾기
- 차량 렌트하기

2. 살짝 복잡한 잡무

- 빨래와 다림질을 할 수 있는 빨래방 찾기
- 신발, 여행 가방, 카메라 등 고치기
- 다이어리 원본을 집으로 보내기 전에 복사하고 제본하기
- 뱃사공을 찾고 하루 동안의 배 이용료 협상하기

3. 꽤 복잡한 잡무

- 여러 여행사에 들러서 서로 다른 투어, 항공권, 현지 여행 상품이나 가격을 조사하고 평가한 다음 가장 맞는 것 골라내기
- 택시, 기사, 뱃사공 또는 가이드와 지역을 돌아보는 3일짜리 여정 만들기
- 휴식을 취하는 3~4주 기간 동안 지낼 적절한 숙소 찾기(숙소 방문 일정을 잡고, 가격

을 협상하고, 계약서 쓰는 일 등 포함)

- 우즈베키스탄에 있는 동안 이란 같이 까다로운 나라의 비자 받기

휴식

마침내 휴식 차례다. 잡무 처리나 계획, 공부를 할 때는 쉬는 게 아니다(편안하게 독서를 하는 것도 휴식에 포함될 수 있겠지만). 지금까지 논의한 모든 활동은 일이다. 그런 면에서 여행자의 활동은 일과 휴식, 두 가지로 나눌 수 있다. 이때 휴식은 그저 매주 재충전을 하고 긴장을 푸는 것만을 의미하지는 않는다. 몇 달에 한 번쯤은 좀 더 길게 쉬어갈 필요가 있다. 매주 정기적으로, 그리고 더 길게 쉬는 기간을 두지 않으면, 주변을 흡수할 만큼 여행에 집중하지 못하고 그저 기계적으로 돌아다니게 되고 만다.

휴식이란 여행을 자제하는 것 이상이다. 장기 여행은 전체적으로 애초에 생각했던 것보다 훨씬 더 정신적으로, 심리적으로 많은 것을 요구한다. 여행자는 모든 새로운 경험을 소화하고 흡수하며 동화하는 동시에 하나로 통합해야 한다.

통합이란 기존의 관념과 새로 이해하게 된 정보를 조화시킴으로서 세상에 대한 새로운 정신적 모델을 만드는 과정이다. 휴식 기간에는 통합이 일어날 수 있는 시간이 있다. 여행을 통해 변화가 일어나려면 휴식이 꼭 필요하다. 가장 중요한 '변화'는 신체와 정신이 이미 모아놓은 정보로 무언가 조합을 할 여유가 있을 때 일어난다. 그러니 휴식은 그저 단순히 쉬는 것보다 더 큰 의미가 있다. 휴식을 취할 때 비로소 여행은 개인이 성장하는 과정과 메커니즘의 일부가 된다.

• 저자의 여행 일정표 •

지역	나라	거주 기간(주)	여행 기간(주)
북아메리카	미국	24	17
	캐나다	2	2
중앙아메리카	멕시코	6	4
	벨리즈	1	1
	과테말라	2	2
	온두라스	1	1
	코스타리카	7	1.5
남아메리카	베네수엘라	2	2
	브라질	7	6
	우루과이	0.5	0.5
	아르헨티나	7.5	5
	칠레	4	4
	볼리비아	4	3
	페루	4	4
	에콰도르	2	2
	갈라파고스(에콰도르)	1.5	1.5
	(칠레 – 산티아고)	5	–
오세아니아	이스터 섬	1	1
	프랑스령 폴리네시아	2.5	2.5
	쿡 아일랜드	1	0.5
	사모아	3	3
	통가	0.5	0.5
	피지	8	5
	솔로몬 제도	3	3
오스트랄라시아	뉴질랜드	13	5.5
	호주	14	10
동남아시아	파푸아뉴기니	4	4
	인도네시아(1)	8	8
	말레이시아	2.5	1
	싱가포르	1	1
	인도네시아(2)–발리	4	9*
	필리핀	3.5	2.5
	(인도네시아–술라웨시)	9	–
동북아시아	타이완	4	3
	일본	8	7
	대한민국	1	1
	러시아	4	2.5
	몽골리아	2.5	2.5
	중국(1)	13	9
	홍콩/마카오(중국)	1.5	1.5

동남아시아	라오스	1.5	1.5
	베트남	2	2
	캄보디아	1.5	1.5
	태국	11	6
	버마	3.5	2.5
남아시아	인도	14	12
	티베트(1)	3	1
	네팔	2	2
중앙아시아 (실크로드)	중국(2)	5.5	14.5*
	티베트(2)	2	3*
	키르기스스탄	1.5	1.5
	우즈베키스탄	3	1.5
	이란	2.5	2.5
중동	아랍 에미리트	4	2
	오만	1	1
	키프로스	18	2
	이집트	2.5	2.5
아프리카	에티오피아	2.5	2.5
	탄자니아	1	1
	남아프리카공화국	9	5.5
	카메룬	2	2
	베냉	1	1
	토고	0.5	0.5
	부르키나파소	0.5	0.5
	말리	2.5	2
	모로코	4.5	4.5
유럽	스페인	4.5	3
	프랑스	12	9
	벨기에	0.5	0.5
	네덜란드	1	1
	독일(1)	1.5	1.5
	체코	0.5	0.5
	오스트리아	2	1
	독일(2)	2	3.5*
	스위스	1	1
	이탈리아	8.5	7
	그리스	8.5	8.5
			총 6년 6개월

여행 일정표에 대한 설명

1. 리스트의 나라 이름은 여행한 순서대로 정리했다. 각 나라에 머물렀던 기간(주수)과 실제 여행 기간(여행한 주수)을 표기했다. 이렇게 구분함으로써 휴식, 잡무, 계획에 소요된 주수를 빼고 순수하게 여행에 할애한 시간을 설명하고자 했다.

2. 지역 구분은 일반적인 지리적 구분을 따랐지만 개인적으로 구분한 면도 있다.

3. 두 번 이상 여행한 나라에 대해서는 두 번째 여행 이후에 여행 기간을 별표(*)와 함께 표시하였다.

4. 갈라파고스 섬과 이스터 섬은 독립적인 나라가 아니지만, 워낙 외딴 곳에 떨어져 있고 모국과 역사적으로 다른 곳이라 따로 여행해야겠다고 생각했다. 홍콩과 마카오도 마찬가지였다.

5. 티베트는 중국에 속해 있는 만큼, 나라로서가 아니라 문화권으로서 여행했다. 티베트(1)은 인도 라다크, 티베트(2)는 중국 암도 지역을 의미한다. 두 곳 모두 티베트인들이 주로 사는 곳이다.

6. 표에 있는 나라 중 두 곳의 나라가 괄호로 처리되어 있다. 남아메리카 여행을 마치고 이스터 섬으로 가는 비행기를 타기 위해 다시 칠레 산티아고로 돌아가야 했는데, 이때 산티아고에서 5주를 쉬면서 남태평양 여행을 계획했다. 필리핀에서는 그동안 누적된 극심한 피로를 느끼고 그 지역에서 가장 마음에 들었던 인도네시아로 가서 두 달 동안 푹 쉬었다.

7. 키프로스에서 네 달 동안 머무른 것은 내 동생의 갑작스러운 죽음 때문이었다.

8. 이번 여행에서 제외한 아주 중요한 곳들, 이를테면 영국, 스칸디나비아, 동유럽 국가 대부분, 그리고 중동 대부분은 이전에 여행한 적이 있었기 때문에 제외했다. 반면 중앙아프리카는 당시 역내 무력충돌이 계속되고 있었고, 여행자를 위한 인프라가 전혀 없었기 때문에 제외했다. 그런 상황에서는 여행을 위한 모든 노력이 일종의 '미션'이 되기 때문에 여행할 마음이 사라졌다.

지은이

니코스 하드지코스티스(Nicos Hadjicostis)

니코스 하드지코스티스는 6년 6개월 동안 전 세계를 일주한 세계 여행자다. 여행을 떠나기 전까지 그리스 키프로스에서 대형 미디어 그룹을 10년 넘게 이끌었던 니코스는 비즈니스 세계에 염증을 느끼던 어느 날 과감히 회사를 박차고 나와 세상과 자신을 알아보기 위한 여행길에 올랐다. 한 번 갔던 곳은 다시 찾지 않았고, 출발지로 되돌아가지도 않았다. 지구가 마치 거대한 한 나라인 것처럼 하나의 목적지로 보고 여행했다. 6년이 넘는 시간 동안 전 세계를 여행하면서 여행지의 사람들, 문화, 자연을 깊이 있게 탐구했다. 여행에서 얻은 영감을 사람들과 공유하고자 이 책 『지구별 오디세이』를 세상에 내놓았다.

홈페이지 : www.nicoshadjicostis.com

옮긴이

정수진

미국 몬트레이 통번역대학원을 졸업한 후 전문 통번역사로 일하고 있다. 구글, 에어비앤비 등 실리콘밸리 기업들의 번역 일을 해왔으며, 책 번역의 매력에 끌려 글밥 아카데미를 수료하고 바른번역 소속 출판번역가로도 활동하고 있다. 옮긴 책으로는 『Calm 이토록 고요한 시간』, 『콘텐츠 룰』 등이 있다.